KB110573

# 조선 누아르

범죄의 기원

no 01
mo\vel 무블
vie

# 조선 누아르

## 범죄의 기원

이원태
김탁환

장편소설

민음사

너의 벗들을 가까이 두라,

너의 적들을 더 가까이 두라.

— 영화「대부 2」

차 례

검을 잡기 전엔 무엇을 하셨는지요?

이 질문까지 쟁여 놓고, 나는 벽에 걸린 명천검(鳴天劍)을 노렸다. 술상에 둘러앉은, 세상에서 가장 친한 두 벗의 시선도 칼날로 향했다. 엄마의 자궁 속 그 아득한 어둠으로 되돌아가는 기분이랄까. 술을 치기 위해 부른 일패 기생 따위가 질문의 무게를 재었을 리 만무하지만, 감당 못할 물음도 아니다. 마포 나루를 떠나는 뱃사람들의 노래여! 그 위로 아득히 흐르는 별 무리여! 목검이든 진검이든 하다못해 방망이나 비로도 판을 가르는 검계 중의 검계, 나용주(羅龍珠) 그 이름이 바로 나다.

대두령 나용주를 칭송하는 문장들은 다양하다. 대부분은 허황하고 과장이 심하지만 예닐곱은 쓸 만하고 한둘은 썩 괜찮다. 불포적(不捕賊), 영원히 잡히지 않는 도적! 나를 도적으로 본 것은 지나치지만 영원히 잡히지 않는다는 지적은 옳다. 검술의 달인이라서가 아니다. 나보다 더 뛰어난 검객도 사로잡혀 감옥에서 썩거나 목이 달아났다. 열 명 정도면 맞서 싸울 만하지만 서른 명을 넘어가면 나도 한두 군데 크게 다칠 각오를 해야 한다. 그래도 불포적 세 글자가 거짓이 아닌 까닭은 탈놀음을 배우고 익힌 덕분이다. 100명의 관원에게 에워싸여도 붙잡히지 않을 자신이 있다. 관원의 수가 많을수록 오히려 탈출하기 쉽다.

탈을 쓰면 그 탈에 갇히지만 탈을 놀면 탈바꿈이 가능하다. 당신이 원하는 얼굴을 말해 달라. 두려움 없이 나를 지우고 그 얼굴이 되리라.

탈을 놀았다. 기억의 첫 장면에서부터 내 손엔 탈이 쥐어져 있었다. 탈만으로 가득한 방. 사당패 놀음에 쓸 도구였다. 아이탈 할미탈 백정탈 양반탈 토끼탈 범탈. 탈을 쓰며 놀았다. 술보다도 돈보다도 여자보다도 좋으냐는 질문을 여러 번 받았다. 어리석은 질문이다. 더 좋고 덜 좋고를 따지는 자는 탈놀음의 지극한 행복을 모르는 자다. 오직 즐길 뿐!

정확히 말하자면 탈을 쓴 채 살았다. 각시탈을 쓰고는 각시처럼 걸었고 병신탈을 쓰고는 병신처럼 웃었고 장군탈을 쓰고는 장군처럼 호령했다. 내 곁엔 아버지도 어머니도 형제도 없었지만 탈이 있어 외롭지 않았다. 생의 쓸쓸함이 찾아들 때면 탈을 골라 쓰고 타인의 삶을 즐겼다. 탈을 쓰는 내내 행복했던 것만은 아니다. 양반탈을 쓴다고 배고픔이 사라지지도 않았고 사자탈을 쓴다고 남사당(男寺黨)들이 피한다거나 주먹질을 멈춘 것도 아니다. 한판 탈춤을 즐길 때는 잠시 세상과 내가 하나로 뭉쳐 돌아가는 착각이 일었지만, 그 판만 끝나면, 혹은 판이 끝나기 전에도 탈은 탈이고 나는 나였다. 탈놀음부터 배운 걸 후회하느냐고? 전혀 아니다. 탈을 쓰고 놀아 본 놈은 안다. 구경꾼은 탈을 확인한 후 그 직분과 표정에 맞장구를 치지만, 탈을 쓴 광대는 오직 반복된 연습에 의해 자신에게 덧씌워진 타인의 삶을 그럴싸하게 상상하고 말과 행동으로 옮긴다. 아무리 과장해도 늘 어딘가 부족하다. 채워지지 않는 부재와 어색함과 불일치가 좋았다.

탈을 쓰는 순간 세상은 나를 잊었다. 내가 각시탈을 쓰면 첫날밤 남정네 앞에서 수줍은 듯 교태를 부리는 새색시를 생각하며 만지려 들었고, 백정탈을 쓰면 죽은 소들의 피가 튀기라도 할까 겁내며 물러섰다. 나는 바뀌지 않았고 탈만 바뀌었지만 세상은 나를 그리 대했다. 그것이 세상이었고 민심이었다. 때론 탈 뒤에 숨어 나를 가렸고 때론 탈을 이용해 나의 본심을 드러냈다. 세상은 나의 탈을 즐겼지만 정작 세상을 즐긴 것은 탈 뒤에 숨은 나였다. 허깨비놀음이었다.

탈을 벗어 던진 자들은 이 자리에 없다. 살해당했거나 누군가를 죽이고 평생 도망자로 떠도는 중이니까. 당신이 아는 나용주는 나용주가 아니다.

검을 잡기 전에 무엇을 하셨는지요? 이 물음은 여러 갈래로 뻗은 길과 같다. 딱 한 가지 무엇만 하진 않았다. 길의 폭과 길이와 높낮이에 따라 각기 다른 무엇을 하기 마련이다. 언제나 나는 무엇'들'을 했다. 가령 탈을 썼을 뿐만 아니라 줄도 탔다. 나중에는 줄을 타며 탈을 놀았다. 일곱 살부터 나는 늘 줄 위에 있었다. 연습을 하다가 실수한 날엔 줄에 매달려 밥을 먹고 이야기를 나누거나 노래를 부르고 졸았다. 줄 위에서 잠들었다가 머리부터 거꾸로 떨어져 죽은 아이들의 피울음이 내 무거운 눈꺼풀에 얹혔다. 삶과 죽음의 경계는 도처에 깔려 있다. 듣고 나면 너무 어처구니없는, 헛웃음까지 나오는 죽음이더라도, 경계에 선 이들은 가볍게 넘어설 수 없다. 필사적으로 버텨야 일용할 삶을 얻는다. 줄 매는 법도 배웠다. 너무 팽팽하면 줄이 광대를 허공으로 튕겼고, 너무 느슨하면 줄이 광대의 발목이나 허벅지를 끌어당겨 먹었다. 줄만 매는 늙은 광대가 따로 있었으나 그에게 목숨을 맡기긴 싫었다. 나를 지키는 인간은 나다.

내 인생에선 가정법이 먹힌 적이 없다. 어떤 가정법은 힘을 선사하기도 했지만, 그 힘은 결국 독으로 판명 났다. 이 관계 저 관계 따져 봤자 줄만 엉켰다. 끊어 버릴 것인가 올라탈 것인가, 그것부터 결정할 것. 그다음 일들은 저절로 펼쳐진다.

줄 위의 나는 땅 위의 당신과 다르다. 당신도 웃고 나도 웃지만 그 웃음이 다르고, 당신도 울고 나도 울지만 그 울음이 다르다. 당신을 포함한 대부분의 인간은 땅 위에 살 운명이기에 그에 합당한 몸과 마음을 지녔다. 줄 위의 나는 땅에 적응한 몸과 마음을 바꾸기 위해 노력했다. 완전히 바뀌진 않지만, 적어도 줄 위에서 떨어지지 않으려고 내 몸과 마음을 오랫동안 샅샅이 살폈다. 반성에 적합한 도구로 공자는 활을 골랐지만 나는 당신에게 줄을 권하고 싶다. 스스로를 돌아보지 않고는 단 한 걸음도 떼지 못하는 경험을 선물하고 싶다.

줄타기의 핵심은 호(呼)와 흡(吸)이다. 한가롭게 그늘을 거닐 때 뱉고 삼키는 숨, 그 무심함에 이르지 않고는 균형 잡기가 불가능하다. 숨을 다르게 쉬면 몸 전체가 바뀐다. 외줄에서의 탈놀음은 내가 만든 독창적인 장기다. 탈 열 개를 번갈아 쓰며 무사히 재주를 마친 열두 살의 여름, 꼭두쇠는 처음으로 내게 막걸리 한 사발을 권했다. 담배는 그 전에도 간간히 피웠지만 막걸리로 대취하긴 그 여름이 처음이었다. 탈을 벗고 외줄에서 내려서자, 사당패의 그 누구도 나를 업신여기지 않았다. 원숭이의 영혼이 깃들었다며 혀를 내둘렀다. 때리고 부수는 법은 익히지 못했으나 누군가로부터 멀리 달아나는 일이라면 자신이 있었다. 특히 좁은 골목에서의 질주는 평생 내가 즐기는 취미다. 쌓아 놓은 물건과 오가는 행인을 털끝 하나 건드리지 않고 방향을 자유자재로 꺾으면서 지나치는 즐거움. 바람처럼 홀로 허공을 떠도는 삶. 그 헛헛함이 탈과 외줄을 익힌 아이를 감쌌다. 검을 만나지 않았다면, 그랬다면.

지금도 나는 꼭두쇠의 본명을 모른다. 사당패 우두머리, '대인(大

人)'으로 통했을 뿐이다. 이름이 전부인 세상에서 이름 없이 사는 이의 자신감이 부러웠다. 이름을 떨치기도 어렵지만 지우기는 몇십 배 더 용기가 필요하다. 대인은 조심하고 조심하고 또 조심하는 사내였다. 사당패 놀음을 두루 알고 일일이 가르쳤지만 직접 그 재주를 선보인 적은 없다. 검술의 달인이라는 사실도 나 혼자만 알 정도였다.

왜 내게 검을 쥐여 주었을까. 어느새 나는 사당패에서 가장 돋보이는 광대였다. 구경꾼의 절반은 내 재주를 구경하기 위해 찾아왔다. 대인은 내가 달아나고 피하다가 끝내 사당패에서 사라질 것을 걱정했을까. 인기를 얻은 광대는 둘 중 하나다. 독립하여 새 패를 꾸리든지 아니면 떠나지 않고 그 패에서 으뜸이 되든지. 나도 고민을 하지 않았다면 거짓말이다. 꼭두쇠 노릇이 얼마나 힘든지 지켜보았기에 선뜻 인연을 끊을 결심이 서지 않았을 뿐이다. 제 몸을 놀아 먹고사는 팔자여! 하루하루 배불리 넘기면 그만인 가없는 생이여!

내일이 없다는 것은 오늘을 포기하게도 만들지만 오늘을 가장 아름답게 가꾸려는 충동도 낳는다. 층층이 탑을 쌓아 언젠가는 아름다워지는 것이 아니라, 지금 이 순간 전부를 이루거나 전부를 잃는 식의 움직임. 광대가 아니라고 해도, 내일을 대비하지 않고 덤벼드는 자의 하루는 결정적인 아름다움으로 빛난다.

대인은 검 두 자루를 쥐고 달빛을 가르며 춤을 놀았다. 쌍검이 만나고 흩어지고 빗겨 돌 때마다 음악이 흘렀다. 몸과 검이 함께 만들어 내는 소리요 장단이었다. 나는 깨달았다. 대인은 탈의 명인이자 외줄타기의 명인이며 공중제비의 명인이자 접시돌리기의 명인이었다. 그 모든 놀음의 핵심 동작들이 자연스럽게 검무에 녹아들었다. 아름다웠다. 석 달하고도 열흘을 가르쳐 달라 졸랐다. 대인은 이 핑계 저 핑계로 미꾸라지처럼 빠져나갔다. 완전한 거절은 아니고 내가 다시 찾아와서 달려들 딱 그만큼의 아쉬움을 남겼다. 그리고 100일째 되던 새벽, 대인은 나를 문하(門下)로 받아들이며 한 가지 조건을 내걸었다.

허락 없이 검을 쥐면 안 돼! 어기면 손목을 자를 테다.

수련할 때 외엔 막대기도 들지 말라 했다. 검술을 배울 마음이 급했으므로, 이 요구가 얼마나 사람을 답답하게 만드는가를 가늠하지 않고 넙죽 엎드리기부터 했다.

마음을 베는 데는 검이 필요하지 않다는 것을 그때는 몰랐다.

대인은 판이 끝난 늦은 밤 한 동작씩만 가르쳤다. 목검을 들고 시범을 보인 뒤 내가 흉내를 내기도 전에 사라지는 것이 전부였다. 그 동작을 기억했다가 익히는 일은 전적으로 내 몫이다. 잘못 기억했거나 연습을 충분히 못한 날엔 다음 동작을 가르쳐 주지 않았다. 가르침은 더뎠지만 굳은 땅을 다지고 또 다지는 기분이 들었다. 검술은 어려웠다. 외줄을 탈 때보다 발을 디딜 곳이 적었고, 탈을 놀 때보다 머리와 가슴과 손과 발이 엇박자로 움직이거나 멈출 때가 많았다. 겨우 목검 하나 쥐었을 뿐인데, 발목에 돌덩이를 차고 머리에 놋쇠 투구를 쓴 듯했다. 탈과 줄을 놀 땐 구경꾼이 그득했는데, 검을 익히는 밤엔 판 자체가 없었다. 실수를 거듭한 새벽, 대인이 목검을 빼앗은 뒤 물었다.

이게 무엇이냐?

목검입니다.

머리를 쳤다. 언제 그 검이 다녀갔는지 보이지 않을 정도로 빨랐다.

이게 무엇이냐?

……목검입니다.

옆구리를 때렸다.

이게 무엇이냐?

…….

답이 없자 양쪽 어깨를 동시에 두드려 댔다. 그 후로도 오랫동안 검을 휘두르는 날이면 대인의 물음이 콧잔등에 내려앉았다. 무엇이라고 답할까. 정녕 나는 답을 찾았을까. 대인의 답은 무엇이었을까. 그렇게 1년이 꼬박 흐른 뒤 나는 깨달았다, 검술을 배운 광대가 언젠가는 사당패의 꼭두쇠에 오른다는 것을. 검은 사당패를 지키는 마지막 무기였다.

대인은 또한 일깨웠다.

그림자보다 더 빨리 움직여라! 가장 두려운 적은 바로 너의 그림자다.

대두령 나용주가 탈과 줄과 검에 빠져 쓸쓸한 어린 날을 보냈다고 착각하진 말기를! 사당패 광대처럼 신나는 업(業)도 드물다. 판이 제대로 차려지지 않으면 오래 굶주린다. 떠도는 나날이 고달픈 것도 사실이다. 꼭두쇠 대인이 끼니 이을 묘책을 찾아 외출하는 시간이 늘수록 광대끼리 다툼도 잦다. 어릴 때는 많이도 맞고 많이도 울었다. 달아나다가 붙들린 적도 열 번이 넘는다. 그러나 판을 거방지게 돈 날이면 생지옥이 순식간에 무릉도원으로 바뀌었다. 닷새면 족하겠느냐? 꼭두쇠 대인이 놀고먹을 기간을 정하면, 그때부턴 술과 음식과 웃음과 춤과 노래와 이야기가 넘쳐흘렀다. 어리다고 술을 치지 않거나 춤판 노래판에서 내쫓지 않았다. 오히려 사내아이들에게 술을 먹인 뒤 치마저고리를 입히고 재롱을 부리게 했다. 검술을 익히기 전까지, 나는 각시 할미 기생 암여우 탈을 번갈아 쓰고 밤을 새워 춤추었다. 청주 탁주 가리지 않고 잔을 비웠다. 취기를 견디지 못하고 쓰러지면 여광대가 냉큼 안아 젖가슴에 품고 토닥토닥 재워 주었다. 봉긋한 가슴을 쥔 채 잠든 밤엔 어머니 얼굴이 떠오르지 않아도 괜찮았다.

사당패를 가족으로 여길 만큼 어리석진 않다. 가족이었으면 하고 바란 적은 있지만. 가끔 홀로 떠돌며 판을 벌이는 광대를 만나기도 했다. 혼자서 탈을 챙기고 줄을 매고 구경꾼을 불러 모았다. 판에선 좀처럼 웃음이 터지지 않았다. 나 홀로 광대는 사당패가 등장하면 서둘러 자리를 피했다. 일면식이 없는 사이더라도, 사당패 광대들은 나 홀로 광대를 붙잡아 두들겨 패고 가진 것을 모조리 빼앗았다. 무리는 강하다. 그리고 비겁하다.

전부를 걸어야 할 판이 있고 손목이나 발목 하나쯤 떼어 주더라도 목숨을 보전해야 할 판이 있다. 둘을 혼동하면 만용을 부리다가 개죽음을 당한다. 작은 고을 열 개가 큰 고을 하나에 못 미쳤다. 전주나 나주, 충주나 청주, 경주나 상주에서의 판이 시원찮으면 나머지 고을에서 제아무리 용을 써도 밤은 길고 뼈는 시렸다.

내 나이 열아홉, 늦가을 전주로 가 볼까 한다. 비가 원수였다. 판만 차리면 빗방울이 듣고 된바람이 몰려오길 이레째였다. 어제는 이슬비를 맞아 가며 판을 놀았다. 접시가 일곱 장이나 깨지고 공중제비를 넘던 광대는 허리를 삐었다. 나까지 줄에서 떨어졌다. 왼 어깨부터 굴러 치명상은 면했지만 팔을 드는 모양이 개장국을 앞에 둔 똥개마냥 불편했다. 대인은 부목을 댄 나를 탈방으로 밀어 넣으며 나흘은 꼼짝 말고 누워 있으라고 명했다. 사당패에선 꼭두쇠의 말이 곧 법이다. 놀라면 놀고 쉬라면 쉬고 벗으라면 벗어야 했다. 밤은 그럭저럭 보냈지만 날이 밝자 엉덩이부터 들썩거렸다. 대인이 비싸게 주고 사 왔다며 새벽부터 약탕을 내밀었다. 쓴맛이 배꼽까지 밀고 내려갔다.

대체 뭘 넣었습니까? 사람 목구멍으로 넘길 게 아닙니다요.

대인은 내가 약탕을 비울 때까지 잡아먹을 듯 노려보며 섰다. 비 한 방울 눈 한 송이라도 떨어지면 판을 접는 것이 대인의 원칙이었다. 사람 나고 돈 났지 돈 나고 사람 난 것은 아니라고도 했다. 광대가 판을 접으면 사람 구실을 하느냐고 속으로만 맞섰다. 대인은 한숨 푹 자 두라며 표표히 사라졌다.

있수?

있는 줄 알면서 괜한 수작이다.

들어와.

계집아이 셋이 쪼르르 탈방으로 들어왔다. 열두 살 동갑내기로 소품 담당이다. 옷과 탈과 도구를 챙기고 나르고 공연 순서에 따라 배열하여 건네고 돌려받고 다시 모아 돌아오는 일. 판에서 역할이 가장 적은 이들이 이 잡무를 맡았다. 처음엔 복잡하고 헷갈리지만, 소품을 잊거나 순서를 뒤섞은 벌로 사나흘을 굶고 나면 한 줄로 꿴 실타래처럼 머릿속이 맑고 가지런해진다. 계집아이들은 자신들이 건넨 소품을 입거나 쓰거나 들고 판을 노는 광대에게 시선을 더 오래 둔다. 그미들도 소품이나 옮기려고 사당패에 든 것이 아니다. 판에서 한바탕 놀고 싶다. 그러기 위해선 준비하고 또 준비해야 한다. 기회가 언제 주어질지 모르기 때문이다. 다치거나 아프거나 달아나는 광대는 늘 있다. 꼭두쇠가 갑자기 그미들을 부를 것이다. 미리 연습해 두라고 시킨 것처럼 이것저것 놀아 보라 요구할 것이다. 그 때 실력 발휘를 못하면 영원히 소품이나 나르며 늙어 갈 수도 있다. 그보다 더 비참한 내일은 없다.

챙기는 소품 중 거의 절반이 나를 위한 것이다. 그미들은 특히 탈을 좋아했다. 번갈아 탈을 쓰곤 이 말 저 말 흉내 내며 자지러지게 웃곤 했다. 따끔하게 야단을 칠까 하다가 웃음소리가 너무 맑아 그냥 두었다. 이건 무슨 탈일까 궁금해하면 직접 탈을 쓰곤 대사와 춤사위를 가르쳐 주기도 했다. 호기심 가득한 눈동자는 달덩이만큼 둥글고, 부끄러운 듯 손등으로 가린 입술은 앵두보다 붉었다. 어제 저녁 줄에서 떨어질 때도 가장 먼저 비명을 지른 사람이 바로 그미들이다. 들창코와 여드름과 주근깨.

많이 아파?

셋 중 대표로 말하는 이는 들창코다. 이마에 가득 돋은 여드름과 볼에 듬뿍 핀 주근깨는 날 때부터 벙어리처럼 군다. 들창코는 말끝을 뚝 잘라먹고 처음부터 반말이었다.

어서 쓰기나 해.

놀음을 나가기 전 가끔 탈춤을 가르쳤다. 그미들은 각자 마지막으로 골랐던 탈을 주섬주섬 집더니 윗목에 나란히 섰다. 들창코가 또 무엇인가 반말을 던지기 전에 턱짓으로 시작을 알렸다. 그미들의 두 발이 허공으로 동시에 떠올랐다. 가야금 소리가 뚜둥뚜 발바닥에 감기자 뒤이어 북소리가 두둥 어깨를 쳤다. 활짝 벌린 두 팔 아래로 장구가 요란하게 지나갔고 엉덩이를 쑥 뺄 때마다 징이 힘차게 울렸다. 할미와 각시와 어린 계집종. 오늘따라 그미들은 한 동작도 틀리지 않고 제법 그럴싸하게 춤사위를 이끌어 갔다. 저렇게 두어 달만 더 연습하면, 내가 외줄을 놀 때 발아래 놀음판에서 춤을 춰도 되리라. 외줄을 타며 홀로 탈놀이를 고집해 왔지만 때때로 망망대해의 작은 섬처럼 외로웠다. 힘든 날도 있었다. 한 호흡 쉴 틈도 없이 발이든 손이든 입이든 계속 놀아야 했던 것이다. 그미들이 잠깐만이라도 시선을 끌어 주면, 종아리의 힘도 살짝 빼고 목과 어깨도 슬쩍슬쩍 돌리며 다음을 준비할 수 있다. 넷이 한 무리를 이루면 꾸며 댈 이야기가 배는 많아지리라. 그런데 오늘따라 계집아이들이 이상하다. 이쯤에서 한두 번 걸음이 꼬여 발을 헛디디고 날개 다친 비둘기처럼 팔을 휘젓고 대열에서 튀어나왔다가 급히 뒷걸음질 칠 때가 지났건만, 흐르는 강물처럼 부드럽다. 탈춤을 단숨에 익히는 명약이라도 먹었을까……. 이쁘구나!

약을 먹은 사람은 나였다. 계집아이들이 탈을 벗고 방을 나간 것도 몰랐다. 대인이 건넨 약탕은 잠에 취하는 혼심탕(渾心湯)이었다. 성치 않은 몸으로 판에 설까 염려하여 아예 재우기로 작정한 것이다. 한나절은 시체처럼 옴짝달싹 못하게 만들 양이었다. 잡스러운 소리가 어둠을 울퉁불퉁 흔들었다. 바늘이 모서리를 동시에 찔러 눈부신 빛을 뿌렸다. 빛들은 흙먼지를 둘둘 마는 울음으로 바뀌었다. 억지로 눈을 떴다. 할미와 각시와 계집종의 탈이 머리맡에 가지런했다. 문을 열고 나섰다. 어지러웠다. 공중제비를 노는 광대를 붙잡았다.

양반집 도령들이래. 여광대들은 모두 일 나가고 없다고 했더니…….

판이 없는 날이면 이팔(二八) 열여섯 살을 넘긴 여광대는 이런저런 술시중도 들고 춤 솜씨 노래 솜씨도 선뵈는 자리에 돈을 받고 나갔다. 그보다 어린 계집아이들은 밥을 짓고 빨래나 청소 등 허드렛일을 맡아 했다. 여광대를 원하던 도령들이 꿩 대신 닭이라며 계집아이 셋이라도 끌고 가려고 소란을 피운 것이다. 나는 싸릿대를 엮어 만든 비를 손에 잡히는 대로 들고 마당으로 나섰다. 힘 좋아 보이는 하인 예닐곱 명이 방망이를 든 채 길을 내고 있었다. 그 뒤로 도령 셋이 손목을 쥐고 질질 끌었다. 계집아이들은 끌려가지 않으려고 눈물바람을 했다. 신발이 벗겨지고 땅에 끌린 멍든 무릎에서 피가 흘렀다. 막아선 광대들은 하인들의 기세에 밀려 뒷걸음질을 쳤다. 양반집 도령들과 싸움이라도 벌였다가는 벌을 받는 쪽은 언제나 광대들이다. 대인은 무슨 일이 있더라도 양반과 맞서서는 안 된다고 했다.

악! 이런 발칙한 년.

들창코가 손등을 깨문 것이다. 도령은 옷고름을 틀어쥐곤 주먹으로 코를 한 번 두 번 쳤다. 세 번째 내리 찍으려는 주먹을, 내가 껑충 뛰며 걷어찼다. 비를 휘둘러 도령의 가슴을 때렸다. 길을 내던 하인들이 순식간에 나를 에워쌌다. 대인의 얼굴이 스치고 지나갔다. 허락을 받기 전에는 세상 그 누구에게도 검술을 선뵈지 않겠다고 맹세했었다. 하지만 겨우 열두 살밖에 안 된 계집아이들이다. 끌려가서 당하도록 둘 수는 없었다.

아직 초경도 지나지 않았습죠. 물정 모르는 아이들과 노는 판이 무어 그리 즐겁겠습니까요? 잠시만 기다리시면 여광대들이 돌아올 겁니다. 그때…….

죽여라!

엉덩방아를 찧었다가 겨우 일어선 도령은 내 목숨을 원했다. 치켜 올라간 방망이들 역시 갈비뼈를 부러뜨리고 목뼈를 꺾고 머리뼈를 부술 살기(殺氣)로 가득했다. 주근깨와 여드름을 차례차례 살폈다. 이젠 맞서 싸우는 길뿐이다. 나는 빙글 몸을 돌리면서 한일자로 비를 뻗어 저었다. 비는 정확하게 하인들의 손목을 때렸다. 다시 비를 곧게 세워 배꼽 아래 단전을 찔렀다. 녀석들이 새우처럼 웅크린 채 꼬꾸라졌다. 두 도령이 주근깨와 여드름을 등 뒤에서 끌어안고 목을 졸랐다. 한 녀석은 뚱뚱했고 한 녀석은 길었다. 나는 그들에게 곧장 걸어갔다. 뚱보가 겁먹은 눈으로 친구 자랑을 했다.

이 친구가 누구인 줄 아느냐? 전주 부사의 무녀독남으로……

내게는 주근깨와 여드름의 눈물밖에 보이지 않았다. 뚱보의 자랑이 끝나기도 전에, 껑충 공중제비를 돌아 두 사내의 어깨를 넘어 내리며 뒷목 급소를 단숨에 찔렀다. 꺽다리와 뚱보가 썩은 고목처럼 쓰러졌다.

겨우 정신을 차린 하인들이 절뚝대며 세 도령을 부축했다. 지금까지 가족처럼 지내온 광대들은 슬금슬금 나를 피하면서, 그때까지도 훌쩍이는 계집아이들을 데리고 숙소로 들어갔다. 구경꾼을 가르며 10여 명의 포졸이 우르르 몰려나왔다. 방망이 대신 장창을 들었지만 포졸은 나의 적수가 아니었다. 구경꾼들 틈에서 뜨거운 눈길이 내 이마에 닿았다. 삿갓을 쓴 중늙은이, 처음 보는 얼굴이었다. 목이 짧고 가슴이 두툼하며 어깨가 떡 벌어져서 한눈에도 싸움판깨나 돌아다닌 분위기를 풍겼다. 그때 대인이 여광대들과 함께 돌아왔다. 그만두거라! 대인은 천천히 고개를 저었다. 나는 억울했다. 저 도령들이 먼저 시비를 걸었습니다. 계집아이들이 끌려가는 걸 보고만 있을 순 없었습니다. 우린 식구 아닙니까. 대인이 오른 주먹을 들어 보였다. 당장 내 명을 따르지 않는다면 사당패에서 내쫓겠다. 나는 비를 내려놓았고 포졸들의 발길질이 이어졌다.

결정적인 하루는 누구에게나 있다. 그 하루를 기록하는 이는 드물다. 닥쳐온 생의 물살을 헤쳐 나가기에도 바쁘기 때문이다. 나도 그랬다.

표악두(表嶽頭)를 따라 상경했다. 전주에서 한양으로 장소만 옮긴 것이 아니라, 사당패에서 검계(劍契)로 인생의 소속이 달라졌다.

사흘 뒤 어둑새벽에 옥문 밖에서 만난 대인은 돌이킬 수 없는 일이라고 했다. 사당패의 몰살을 막기 위한 마지막 방편이라고도 했다. 대인의 등 뒤에서 걸걸한 목소리가 흘러나왔다.

형님! 걱정 마쇼. 세상을 향해 발톱을 내보인 놈이니 광대질 하긴 이제 틀려먹었소. 내가 잘 거둬 키우리다. 광대 노릇보다야 낫지 않겠소?

가거라!

대인은 그 목소리의 주인공 악두에게 자리를 내주고 돌아섰다. 비에 젖은 땅바닥에 무릎을 꿝고 멀어지는 대인의 등에 큰절을 올렸다. 먹여 주고 입혀 주고 살길을 열어 준 은인에게 내가 갖출 수 있는 마지막 예의였다. 그리고 난생처음 본 사내에게 내 남은 인생이 맡겨졌다.

용주라고 했느냐? 내가 네놈 목숨을 구한 은인임을 잊지 말거라.

서둘러 관아를 나섰다. 스무 명도 넘는 장정들이 전주감영 대문 앞에서 악두를 기다렸다가 허리 숙여 인사했다. 악두가 턱짓을 하자 중갓을 쓴 사내가 팔을 끌어 대열의 끝에 세웠다. 그리고 한양에 닿을 때까지 나는 악두 곁엔 다가가지도 못했다. 오직 중갓의 사내만이 악두의 명령을 듣고 장정들에게 전했다. 배를 타고 한강을 건넜을 때도, 이 무리가 마포 검계이고 악두가 두령임을 몰랐다.

마포 검계 두령 악두가 전주까지 내려온 사연을 훗날 술안주로 들었다. 전라도의 유명한 밀무역상과 회합을 갖고 도박장과 술도가를 둘러보기 위함이었다. 특히 악두는 술도가에 관심이 많았다. 경기도와 한양 인근에서도 밀주를 만드는 술도가들이 적지 않았지만, 최상급 밀주는 전라도와 경상도에서 올라왔다. 악두는 아예 솜씨 좋은 술도가 장인을 한양 인근으로 데리고 가서 밀주를 만들 계획을 세웠다. 악두가 남행을 시작했다는 풍문이 돌자, 내로라하는 술도가 장인들은 지레 겁을 먹고 외딴 섬으로 숨었다. 보름을 돌아다녔지만 밀주 장인의 그림자조차 밟지 못한 채 전주로 들어서던 길이었다. 악두는 내가 하인 여섯을 단숨에 제압하는 솜씨를 보고, 또 사당패의 꼭두쇠가 소싯적에 함께 검술을 익힌 사형임을 안 후, 마포 검계로 나를 데려갈 결심을 굳힌 것이다. 한양 운종가에 기와집 한 채는 거뜬히 살 뒷돈을 전주 부사에게 안겼다. 당장 나용주의 목을 베고 사당패를 불러들여 치도곤을 내겠다던 전주 부사도 뜻밖의 횡재에 웃음을 감추기 어려웠다. 나는 알지 못했다. 돈은, 언젠가는, 돈값을 한다는 사실을.

늦은 밤, 장정들을 따라 나루 근처 고(庫)로 들어섰다. 이글대는 횃불 아래 100여 명의 장정이 악두가 쌓아 놓은 볏섬 위에 올라서

기를 기다렸다. 악두는 이야기를 시작하려다가 중갓을 쓴 사내, 그러니까 부두령 명길(明吉)에게 턱짓을 했다. 명길은 미간을 찡그리며 눈으로 되물었다. 악두가 도끼눈을 뜨자 내 팔을 잡아끌었다. 명길은 나를 데리고 고에 딸린 작은 방으로 들어섰다. 품에서 단검을 꺼내 내 콧잔등 가까이 댔다. 나는 재빨리 그 손목을 잡고 비틀었다. 명길이 힘으로 버티며 웃었다.

싸움닭이라더니. 제법인데.

검은 어디에 쓰려는 거요?

왜? 죽일까 봐 겁나냐?

어디에 쓰냐니까?

내 검에 네 피를 묻히게 된 걸 영광으로 알거라.

명길이 왼손으로 내 빰을 후려쳤다. 외줄에서 떨어졌을 뿐만 아니라 포졸들에게 얻어맞은 탓에 몸놀림이 둔했지만, 명길 정도는 제압할 수 있었다. 그러나 악두가 어떤 명령을 내렸는지 알고 싶었기에 그 정도에서 참았다.

또 한 번 까불면 황천행이다. 숨도 쉬지 마.

누런 수건을 집어 내밀었다.

물고 엎드려.

그제야 나는 이 무리의 정체를 알아차렸다. 왼쪽 날갯죽지에 단검으로 표식을 넣어 동류임을 나타내는 사내들. 나랏법으로 금하는 일들을 아무렇지도 않게 해치우는 악한들. 바로 검계였다.

그냥 하십시오.

재갈까지 물고 새로운 인생을 받아들이긴 싫었다.

계속 까불어 보겠다?

명길이 피식 웃으며 내 등에 올라탔다. 왼손으로 어깨를 누른 채 말발굽 표식을 새길 자리에 칼끝을 갖다 댔다. 칼날이 단숨에 살갗을 파고들었다. 어금니를 앙다물었지만 비명이 터져 나왔다. 명길이 수건을 집어 다시 입 가까이 들어 보였다. 물어! 고개를 반대쪽으로 돌렸다. 눈물이 주르륵 흘렀다. 칼날의 고통 때문이 아니었다. 대인과의 약속을 단 한 번 어긴 탓에 삶이 송두리째 바뀐 것이다. 열두 살 계집아이 셋을 구하기 위해서였다는 변명도 핑계다. 약속을 무겁게 받아들였다면, 비를 휘두르지 않고 다른 방법을 찾았으리라. 꿇어 엎드려 빌며 시간이라도 끌었으리라. 나는 단숨에 양반 도령들을 제압하는 쪽을 택했다. 대인과의 약속을 쉽게 깬 결과가 바로 지금 이 칼날로 돌아온 셈이다. 살면서 무엇인가 소중한 것을 잃었다고 느낀 순간은 그때가 처음이었다.

학교에 가야 배움이 있는 것이 아니다. 배움이 있는 곳, 그곳이 바로 학교다. 사당패는 나의 첫 학교고 검계는 나의 마지막 학교다.

강조하지만 검계에겐 신나는 일상이란 없다. 낮밤 없이 박진감 넘치는 모험이 이어지리라 믿고 찾아오는 젊은이들이 아직도 많다. 검계에겐 순발력보다 인내심이 필요하다. 사당패에선 몇 달을 놀고먹더라도 기대를 항상 품고 지냈다. 술을 즐기는 광대라도 공연 날짜가 다가오면 스스로 삼갔다. 판에선 자신의 밑천이 다 드러난다. 벌거숭이로 벌판에 선 꼴이다. 검계는 다르다. 특히 나처럼 갓 입문한

막내는 문 앞이나 길 옆 나무 아래에 서 있는 것이 전부다. 왜 거기를 지켜야 하는지도 모른 채, 해가 뜨면 나와 서 있다가 선배들 따라가서 점심을 먹고 또 어딘가에 서 있다가 선배들 따라가서 저녁을 먹고 또 어딘가에 서 있거나 아니면 일찍 숙소에 들어와서 잤다. 그 짓을 보름 반복하고 나니 인내심도 바닥이 드러났다. 차라리 싸움이라도 벌어졌으면 싶었다. 절벽 위 외줄에서 목숨을 건 사투를 하겠느냐고 해도 주저하지 않고 뛰어들 정도였다.

그 마음을 꼭 짚은 검계가 바로 동피(動皮)다. 나보다 반 년 먼저 말발굽을 어깻죽지에 새겼다. 그와 나 사이에 네 명이 더 있었다. 동피는 우리 다섯을 데리고 온종일 움직였다. 내가 처음 동피를 만났을 땐 한마디로 이 녀석은 뭔가 싶었다. 배는 복어처럼 튀어나오고 가만히 서 있어도 숨을 헐떡이는 뚱보에다가 먹을 것을 입에 달고 살았다. 겁은 또 얼마나 많은지 길고양이 울음에도 흠칫 놀라 뒷걸음질을 쳤다. 전주에서 마포 나루까지 일사불란하게 움직인 장정들과는 완전히 달랐다. 검계엔 동피처럼 싸움과는 거리가 멀어 보이는 사내들이 적지 않았다. 그러나 그들에게도 검계에 들 만한 구석이 한두 가지쯤은 있었다. 우리 다섯을 이끌고 서대문 밖에서 술잔을 기울였던 밤, 동피도 드디어 검계다움을 보여 줬다. 강화도를 오가는 보부상들과 시비가 붙었던 것이다. 상대는 스무 명이 넘었는데도 동피는 혼자서 간단히 그들을 제압했다. 웃옷을 벗어 말발굽 문신을 보인 다음 호리병의 목을 탁자에 때려 부러뜨린 뒤 팔뚝에 대고 그은 것이다. 팔을 높이 들어 뚝뚝 떨어지는 피를 자랑처럼 보여 주며 빙긋 웃었다.

누가 먼저 피맛을 볼래?

스스로 만든 팔뚝의 흉터만으로도 한양 전도를 그리고 남음이 있었다. 그렇게 가끔 더러운 성질을 부릴 때 외엔, 동피는 우리를 잘 대해 줬다. 우리도 동피가 저지르는 크고 작은 실수를 부지런히 메웠다. 동피는 실력 있는 선배를 자처하기보단 친구처럼 지내기를 원했다. 그런 동피가 나를 만나고 보름 만에 평생 기억에 남을 따끔한 충고를 했다.

막내야! 뭐든 저지르고 싶지? 참아! "튀면 빨리 죽고 참으면 오래 산다!" 검계라면 누구나 아는 명언 중 명언이야. 피가 끓어 정말 견디기 힘들면 말해. 일패는 어렵지만 이패나 삼패 기생은 하룻밤 붙여 줄 테니.

여자도 모르는 촌놈 취급이었다. 막내로 지내는 동안엔 어리바리한 이 탈이 편했다. 내가 여광대들과 보낸 뜨거운 밤들을 얘기하면 동피는 너무 놀라 오줌을 지리겠지만.

동피는 마포 나루에서 오후를 보낸 후 우리를 소광통교로 데리고 갔다. 근사한 저녁 식사가 기다린다고 자랑이 대단했다. 포목전(布木廛) 곁방에서 돼지고기로 배를 채우고 나니 늦가을 바람도 춥지 않았다. 가게 옆 빈 뜰에 서서 밤하늘을 쳐다보며 소화를 도왔다. 동피가 곁에 서서, 부른 배를 아기 어르듯 쓰다듬으며 또 장난을 걸었다.

여기 처음이지?

포목전 아닙니까?

내 이럴 줄 알았다니까. 용주야! 여기가 바로 '홍청'이란다.

홍청? 홍청망청의 그 홍청 말입니까?

슬쩍 농담으로 받아쳤다. 한양 제일 주점이자 도박장인 '홍청'을 모르는 검계가 있을까. 이름은 익히 들었으나 그 가게가 포목전 속에 있다니 낯설었다. 이 나라는 개국 이래 단 한 번도 술의 제조와 판매를 허용한 적이 없다. 드러내 놓고 술장사에 도박판을 벌일 형편이 아니었기에, 눈 가리고 아웅 하듯 지전이나 포목전 따위로 주점을 가렸다. 낮과 밤이 다른 또 하나의 탈이었다.

밤하늘만 살피며 한숨짓지 말고. 눈 크게 떠. 운이 좋으면 천하제일 미색 홍랑의 얼굴을 볼지도 몰라.

'홍청'의 주인이 누구인지는 의견이 분분했다. 왕실 인척과 조정 대신으로부터 거상과 검계까지 내로라하는 숱한 사내들이 이곳을 드나들었다. 왕이 바뀌고 삼정승 육판서가 달라져도, 뽕밭이 바다가 되어도 '홍청'의 인기는 식을 줄 몰랐다. 한양 검계들이 품앗이하듯 돈을 모아 차렸다고도 하고, 조정 대신들이 재물을 보탰다고도 했다. 왕실 쪽에서 비밀 자금이 흘러들어 왔다는 소문까지 돌았다. 주인으로 지목된 이들은 하나같이 손사래를 쳤다. 누군지는 모르겠지만, 자신들보다 더 돈 많고 힘센 세력이라는 것이다.

그 '홍청'에 꼬리표처럼 따라다니는 이름이 둘이다. 하나는 취몽(醉夢). '홍청'에 이 나라 최고의 미주(美酒)를 대는 술도가의 장인이

자 전설적인 타짜이며 또한 청나라에서 들어오는 그림과 도자기의 애호가 겸 판매상이다. '홍청'은 취몽의 장기 셋을 동시에 살린 장소인 셈이다. 이곳에선 술이 돌고 도박이 이어지고 또 밀거래로 청나라에서 들여온 그림과 도자기가 은밀히 거래되었다. 혹시 '홍청'의 주인이 아니냐는 의심도 샀지만 취몽은 코웃음을 쳤다. 이 큰 주점을 가졌다면 밤을 새워 힘들게 술을 빚겠느냐고 반문했다. 말년에 그는 늘 도박 빚을 깔고 살았다. 젊은 날 취몽의 현란한 손놀림을 기억하는 이들에겐 믿기 힘든 현실이었다. 평생 즐겨 마신 술 때문에 수전증(手顫症)이 점점 심해졌고, 떨리는 손으로 끼어든 도박판에서 번번이 큰 돈을 잃었다. 당장 돈이 없더라도 술 빚는 솜씨를 믿고 '홍청'의 손님들이 급전을 빌려 준 적도 여러 번이었다. 또 하나는 홍랑(洪娘). 취몽의 딸로 일패 기생 출신이며, 미모는 물론이고 검무 솜씨 또한 탁월했다. 취몽이 계속 도박 빚을 지는 것도 기댈 구석이 있기 때문이었다.

그러한가. 저 포목전 뒤 밀실에서 술판과 도박판과 밀무역판이 벌어지고 있는 것인가. 부자 양반님네들이 기생 끼고 노는 동안 나는 찬바람 맞으며 우두커니 경계를 서는 것인가. 이따위 조잔한 짓이나 하는 사내가 검계인가. '홍청'을 지키는 검계는 우리뿐만이 아니었다. 대문 밖에도 다섯 명, 협문 안에도 다섯 명이 나처럼 그림자 흉내를 냈다. 한심하고 한심한 풍광이었다. 협문이 열리면서 악두가 걸어나왔다. 동피와 어울린 뒤론 악두의 얼굴을 본 적도 드물었다. 명길이 반보 뒤에서 따랐고, 명길 뒤로 기생 하나가 사뿐히 걸음을 옮겼다.

홍랑! 미색은 정녕 미색이었다. 시선을 내리깔고 입을 닫은 채 차가운 무표정이었으나, 대왕팔랑나비가 우아하게 내린 듯했다. 악두가 걸음을 멈추고 뜰로 고개를 돌렸다. 눈이 마주쳤다. 동피를 비롯한 우리는 동시에 허리를 숙여 읍을 했다. 명길이 재빨리 악두 곁으로 다가갔다. 악두가 귓속말을 한 후 대문을 나섰다. 명길이 건들건들 와선 나를 째린 뒤 동피에게 명령했다.

이 밥버러지 데리고 내일 새벽 나루로 와.

강바람이 목덜미를 파고들었으나 갈대숲에 웅크린 이들은 꿈쩍도 하지 않았다. 나와 동피까지 합쳐 서른두 명이다. 해 질 무렵 일찌감치 압록강에 닿았으나 저녁도 건너뛰고 잠복 중이다. 숲에 도착한 직후 진검이 분배되었다. 검계에서 선봉을 도맡는 철표(鐵彪)가 따로 검을 모아 운반한 것이다. 서른 명의 장정이 분신과도 같은 각자의 검을 챙겼다. 잠시 따스한 웃음이 감돌았다. 아직 자신에게 맞는 검이 없는 사내는 동피와 나뿐이었다. 한양에서 경계를 설 때도 신참은 진검 대신 방망이나 장봉을 들었다. 진검은 특별한 공을 세운 신참에게 두령이 내려주는 것이 관례였다. 그런데 오늘은 악두가 직접 검 두 자루를 건넸다. 막중한 임무를 앞두고 우리에게도 진검이 주어진 것이다. 동피와 내게 검을 내밀며 짧게 충고했다.

명심하거라. 검을 믿지 말고 검계를 믿어야 한다.

일경 이경을 지나 삼경이 가까웠다. 악두가 선두에 앉았고 후미는 명길이 맡았다. 명길의 손엔 활이 들렸다. 검술은 신통치 않아도 궁술만은 한양 검계 중 으뜸이라고 했다. 동피와 나는 앞 사내의 목덜미만 쳐다보며 침묵을 지켰다. 기침도 삼가란 명령에 동피는 이경부터 나무토막을 재갈 삼아 물었다. 명길은 내게도 눈짓을 보냈지만 나는 나무토막을 받지 않았다. 원한다면 반나절을 떠벌리고 나머지 반나절을 벙어리로 지내는 이가 바로 사당패 광대다. 동피는 평양을 지날 때 볼에 바람을 한껏 집어넣고 내게 바짝 붙었다. 신이 나서 미칠 것 같은 표정으로 우리의 행선지가 바로 이 압록강 스산한 갈대숲임을 알려 주었다. 청나라에서 몰래 들어오는 그림과 도자기를 받아 운반하면 그만인 시시하고 간단한 일이라고 했다. 나는 동피의 허풍을 믿지 않았다. 그처럼 시시한 일에 두령까지 나설 까닭이 없다. 내 손에 들린 이 진검은 또 무엇이란 말인가.

삼경을 지나 사경이 가까웠을 때, 앞 사내의 어깨가 반 뼘 내려갔다. 기다리던 배가 나타난 것이다. 갈대숲에서 먼저 부싯돌이 두 번 번쩍이자 배에서도 같은 횟수로 불똥이 튀었다. 서른두 명의 사내가 밀물처럼 갈대숲을 벗어나서 강변으로 나섰다. 호출이 날아들었다. 배는 순식간에 의주목 관할인 강변에 멈췄다. 협객을 자처하며 만주 일대를 주름잡는 용걸(龍傑)의 무리가 마포 검계의 거래 상대였다. 용걸이 먼저 배에서 내리자 검을 든 장정들이 강변에 넓게 벌려 섰다. 악두가 성큼 용걸을 향해 걸었다. 용걸은 관우가 즐겨 썼다는 언월도를 들었지만 악두는 빈손이었다. 자신의 장검을 철표에게 맡긴 것이다.

너희 둘 따라와!

명길이 나와 동피의 어깨를 동시에 뒤에서 짚고는 배 쪽으로 뛰어갔다. 용걸과 악두의 거리는 세 걸음에 불과했다. 선상으로 올라간 나와 동피와 명길은 두꺼운 비단으로 덮은 물품 앞에 섰다. 비단에는 용과 호랑이가 마주 서서 위협하는 그림이 현란했다. 용걸 쪽 장정 열 명이 장창을 뉘어 우리들 가슴을 겨눴다. 새벽빛이 창날에 부딪쳐 흩어졌다. 눈부셨다. 시간이 없었다.

은괴부터 보자!

용걸이 칼칼한 청나라 말로 요구했다. 말투는 느리고 손짓은 여유로웠지만 짙은 눈썹이 미세하게 떨렸다. 검계와의 밀무역은 그들에게도 중요한 거래였다. 악두가 고갯짓을 하자 선봉장 철표가 나무 상자를 열었다. 가득 든 은괴를 확인한 용걸이 언월도를 치켜들었다. 비단이 걷히면서 가지런히 놓인 족자와 도자기 상자가 드러났다. 산수화 스무 점에 도자기 상자 마흔 개. 명길이 백자와 족자를 하나씩 꺼내 나와 동피에게 건넸다.

두렵께 드려.

동피와 나는 족자와 백자를 받아 안고 배에서 뛰어내렸다. 왼 무릎을 꿇고 불법으로 국경을 넘은 작품 두 점을 올렸다. 악두가 오른손을 들어 까닥 흔들었다. 감정을 위해 동행한 취몽이 바람처럼 튀어나왔다. 외눈 돋보기안경을 꺼내 쓴 취몽이 족자부터 펼쳐 샅샅이 보곤 백자도 같은 방식으로 살폈다. 용걸의 무리와 마포 검계는 취몽만 쳐다보며 기다렸다. 취몽이 어깨를 펴면 그들도 어깨를 폈고 취몽이 돋보기를 고쳐 쓰면 그들의 손도 괜히 이마나 뺨으로 향했다. 취몽이 고개를 끄덕이면 그들의 표정도 밝아졌고 취몽이 고개를 흔들면 그들도 의심 가득한 눈으로 상대를 노려보았다. 취몽의 한마디에 이 자리가 싸움터로 바뀔 수도 있었고 덕담을 교환한 후 깔끔히 돌아서서 흔적을 남기지 않을 수도 있었다. 취몽이 귓속말로 감정 결과를 알렸다.

상상품일세.

악두의 시선이 용걸에게로 올라갔다. 엄지를 치켜들며 호방하게 평했다.

하오하오!

용걸과 악두는 가벼운 포옹을 끝으로 각자의 길을 갔다. 용걸의 무리는 배를 타고 압록강을 거슬러 사라졌고, 마포 검계는 갈대숲에 숨겼던 소달구지에 족자와 도자기 상자를 실었다. 달구지 하나에 도자기 네 상자와 족자 두 점씩을 담으니 준비한 달구지 열 개가 그득 찼다. 동피와 나는 명길을 도와 마지막 달구지를 맡았다. 검계가 되기 전 농사일을 10년 넘게 거들었다는 동피가 익숙하게 소를 끌었고, 나는 중간에서 도자기 상자를 지켰으며, 명길은 달구지 끝에 걸터앉아 지나온 길을 되짚으며 추격자들을 경계했다.

갈대숲을 벗어나서 언덕 셋을 넘자 솔숲이 나타났다. 완만한 길에 소나무가 빽빽하고 높았다. 소달구지뿐만 아니라 세상에서 가장 큰 새라도 거뜬히 숨길 정도였다. 솔숲으로 들자마자 나무가 해를 가려 그늘이 짙어지면서 찬바람이 일었다. 앞서 걷던 동피가 몸을 떨며 슬쩍 고개를 돌렸다.

으으 정말 춥네. 저 나무들 좀 봐. 북삼도는 별세계라더니, 과연 굵기도 굵다. 우리 둘이 양팔을 벌리고 마주 안아도 부족할 정도야.

혹시 장갑 없어? 한양 떠나올 때 분명히 챙겼고 갈대숲에서도 끼고 있었는데, 배에 오를 때 벗었다가…… 기억이 안 나.

털장갑을 벗어 건넸다. 동피가 냉큼 쓰곤 좋아했다.

고마워. 이 숲만 벗어나면 돌려줄게.

아닙니다. 계속 쓰세요.

그렇게 벗어 주다 빈털터리 된다.

상관없습니다.

동상에 걸릴지도 몰라.

견딜 만합니다.

나한테만 이러고 다른 사람 앞에선 네 걸 꼭 챙겨.

알겠습니다.

챙길 거지?

아닙니다. 아직 전 챙길 게 없습니다.

그래도 살펴봐. 이 생활이 상상하던 것보단 넉넉하지가 않아. 있을 때 미리미리 챙겨 둬야 한다고.

알겠습니다. 챙기겠습니다.

명길이 작지만 날카롭게 꾸짖었다.

조용!

주춤했던 동피가 장갑으로 제 볼을 비비며 히죽거렸다.

아이고 부두령님! 주둥이만 닥치면 뭐합니까요? 배 속에서 밥 달라고 이리 천둥소리를 내쌌는데…….

화살 하나가 바람을 가르며 동피의 목에 꽂혔다. 동피가 말도 맺지 못한 채 모로 쓰러지며 소의 등에 머리를 들이받았다. 놀란 소들이 울음을 터뜨렸고 다시 화살이 날아들었다. 검을 뽑기도 전에 검계 서넛이 화살을 맞고 나뒹굴었다. 나는 소달구지를 방패막이 삼아 화살이 날아오는 반대편으로 공중제비를 돌며 피했다. 화살 세례가 그치자 장정들이 원숭이처럼 나무에서 뛰어내렸다. 명길이 재빨리 악두가 있는 선두로 달려갔고 나도 뒤따랐다.

뚝섬 애들입니다.

눈썰미 좋은 명길이 뛰어내린 장정 몇 놈의 얼굴을 확인한 것이다. 악두가 아랫입술을 물어뜯었다. 철표가 엉덩이를 들곤 분노를 쏟아 냈다.

강치, 이 쥐새끼가 감히 우릴…….

악두가 철표의 팔목을 잡아 끌어 내렸다. 휘파람 소리가 발자국보다 먼저 마포 검계들 귀에 닿았다. 뚝섬 검계 두령 강치(江齒)의 휘파람이었다. 저 휘파람 소리를 듣고 살아 나온 이가 없었다. 강치는 밀무역을 위해 압록강까지 북상한 마포 검계 서른두 명을 몰살시키고 소달구지를 통째로 빼앗으려는 것이다. 악의 바닥에 사는 검계에게 정의란 없었다. 수단 방법 가리지 않고 내 손에 들어오면 내 것인 것이다. 불법으로 불법을 이기고 그 불법을 다른 불법으로 막는 것. 그것만이 검계의 삶이다. 길을 막고 다가오는 장정들을 명길이 눈대중으로 훑었다.

예순 놈이 넘습니다.

철표가 누런 이를 드러내곤 웃었다.

강치가 잔뜩 겁을 먹었나 봅니다. 예순 명이 아니라 600명이 와도 눈 하나 깜짝할 줄 알았나? 한겨울 길바닥에서 피 흘리는 맛이 어떤지 내 오늘 똑똑히 보여 줘야겠소.

명길이 신중론을 폈다.

우리도 적지 않은 손실을 각오해야 합니다.

철표가 잡아먹을 듯 명길을 째렸다.

그러니까 뭐요? 족자와 도자기 상자를 강치 저 새끼한테 주고 달아나자 이 말인가? 갈 테면 혼자 가쇼. 다신 내 얼굴 볼 생각 말고.

주둥아리 닥치지 못해. 달아나긴 누가 달아난다고 그래?

악두가 벌떡 일어섰기 때문에 명길과 철표의 말다툼이 그쳤다. 두령이 나서자 나머지 검계들도 부채꼴로 벌려 섰다. 나는 명길 옆에 자리를 잡았다. 악두가 장검을 뽑아 들고 휘파람 소리가 나는 쪽을 향해 걸음을 옮기기 시작했다. 검계 전체가 한 몸처럼 같은 보폭 같은 속도로 전진했다. 휘파람 소리가 멎었다. 두 무리의 거리는 20보 남짓이었다. 양손에 쌍도끼를 든 강치가 좌우로 오가며 콧김을 뿜었다. 악두는 강치가 멈춰 설 때까지 기다렸다. 강치가 큰 입을 벌리며 너스레를 떨었다.

동상! 여기서 뭐하는가?

…….

강치가 군데군데 화살이 꽂힌 소달구지를 왼 도끼로 가리켰다.

내 동상을 오해했네. 미안하이. 압록강 구경 갔단 소린 들었네만, 나 주려고 저렇게 하나 가득 소달구지에 선물을 채운 줄은 몰랐구먼.

악두가 짧게 으르렁댔다.

씹어 먹어 주마.

강치가 히죽거렸다.

그러니까 같이 먹고살자고 내가 충고했잖은가? 혼자만 몰래 북삼도 유람 나서서 맛난 것 먹고 또 좋은 벌이까지 만들어 요렇게 굴면 섭섭하지. 검계끼리 도울 건 돕고 살자고 떠든 이는 동상일세.

이 건은 내가 오랫동안 혼자 준비하였소. 일한 자가 챙긴다. 이게 검계의 오랜 원칙 아니었소? 난 뚝섬이 이 거래를 성사시키는 데 무슨 일을 했는지 모르겠소. 배분받을 근거를 대 보시오.

배분이라니? 거미줄에 걸린 매미를 나눠 먹는 거밀 본 적 있어? 조용히 사라져. 그동안의 정을 생각해서 지금이라도 도망가면 뒤쫓지는 않겠네.

미친 새끼!

피리릭. 다시 휘파람이 불었다. 수가 많은 뚝섬 검계가 먼저 공격해 왔다. 마포 검계는 움직이지 않고 악두의 장검만을 쳐다보았다. 검술에서도 호흡이 중요하다. 기선을 제압한다고 뛰어들다간 들숨과 날숨이 뒤엉켜 제풀에 흐트러지고 만다. 두려워 말고 상대를 노려라. 달려오는 상대는 나를 살피지 못한다. 유리한 쪽은 나다. 대인의 충고를 악두 역시 마포 검계에게 강조했음이 분명하다. 수가 적다고 뒷걸음질 치거나 두려운 마음에 한 걸음 내딛고 보는 이는 없었다.

딱 두 놈씩만 노려라. 각자 두 놈만 베면 우리가 이긴다.

악두의 장검이 사선을 그으며 내려오자마자 마포 검계가 동시에 튀어 나갔다. 혈전이 벌어졌다. 갈고닦은 검술을 선보이는 자리였다. 죽이지 않으면 죽는, 지극히 단순한 결말이 검계들을 기다렸다.

그런데 아니었다. 강치의 쌍도끼가 마포 검계 다섯의 목숨을 빼앗고, 악두의 장검이 뚝섬 검계 넷의 목을 베었을 때, 또 다른 결말을 만든 자들이 움직이기 시작했다. 호랑이와 용이 물어뜯고 싸워 치명상을 입을 때까지 기다린, 머리 좋은 흑곰의 무리였다. 제3의 장정들이 두 검계를 에워싸고 포위망을 좁혀 왔다. 명길이 바뀐 전황을 눈치채고 외쳤다.

척검방(斥劍房)! 척검방이 왔다!

검계만 전문적으로 잡아들이는 조직, 척검방의 급습이었다. 악두가 뚝섬 검계의 목을 연이어 베고 고개를 돌렸다. 그 순간 강치의 휘파람 소리가 커지면서 손도끼가 악두의 뒤통수를 노리며 표창처럼 날아들었다. 나는 급히 몸을 날려 악두의 옆구리를 끌어안고 쓰러졌다. 손도끼가 아슬아슬하게 악두의 오른 어깨를 베고 소나무에 박혔다. 어깨에서 피가 솟았다. 강치가 마지막 일격을 가하려고 달려들었다. 나는 두 무릎을 땅에 붙이고 하늘을 찌를 듯 검을 치켜올렸다. 강치가 급히 뒷걸음질을 쳤지만 칼끝이 예리하게 뺨을 찢었다. 주르르 피가 흘러내렸다. 마포 검계와 뚝섬 검계 장정들이 파고들어 부상당한 두령들을 갈라놓았다.

지금에서야 고백하자면, 내 칼날이 강치의 목이 아니라 뺨을 찢은 것은 그가 재빨리 피했기 때문이 아니다. 그때까지 나는 검으로 누군가의 숨통을 끊은 적이 없었다. 죽고 죽이는 싸움의 와중에서도 내 칼날은 상대의 급소를 비켜갔다. 아수라장에선 급소를 피해 찌르는 것이 급소를 베는 것보다 어렵다. 나는 내 검으로 누군가의 내일을 앗을 준비가 부족했다. 강치의 목덜미를 향하던 칼끝을 빰으로 옮긴 것이다.

괜찮으십니까?

악두는 대답 대신 나를 밀치고 아무렇지도 않은 듯 벌떡 일어섰다.

튀어!

강치가 먼저 삼십육계 줄행랑을 명령했다. 뚝섬 검계들이 일제히 후퇴하며 퇴로를 뚫고 달아났다. 마포 검계들은 부상당한 악두를 층층이 싸고 버티며 시간을 끌었다. 몰려드는 척검방 관원들 역시 검술과 무예의 고수들이었다. 점점 검계의 수가 줄어들었다. 명길도 철표도 눈앞의 적과 맞서느라 악두까지 살필 겨를이 없었다. 나는 급히 옷을 찢어 악두의 어깨를 압박하여 묶었다.

따르십시오. 제가 길을 내겠습니다.

돌아서서 검을 휘두르며 나아갔다. 악두의 손끝에서 피가 다시 떨어졌다. 지혈을 하기엔 상처가 너무 컸다. 검을 든 그의 팔이 부들부들 떨렸다. 나는 한편으론 달려드는 관원을 베고 또 한편으론 악두를 부축하며 포위망을 부수기 위해 안간힘을 썼다. 30보 이상 나아간 뒤에야 겨우 길을 벗어나서 숲으로 숨어들 수 있었다. 등 뒤에선 검이 허공을 가르는 소리와 치명상을 입고 쓰러지는 검계들의 비명이 들려왔다. 돌아서지도 고개 돌리지도 않고 앞만 보고 걸었다. 서른 명 검계가 몰살하여도 지금은 두령 악두를 구하는 것이 중요했다. 악두만 무사하면 그들의 죽음이 헛되지 않다. 악두마저 여기서 개죽음을 당하면 마포 검계는 회생할 기회가 없는 것이다.

등 뒤의 비명이 작아질수록 악두의 숨소리가 거칠고 커졌다. 연못을 돌아 숲의 가장자리에 다다랐을 때, 척검방 관원 네 명이 동시에 날아들었다. 우리가 검계의 도움을 받지 못할 정도로 고립될 때까지 조용히 뒤따른 것이다. 싸움이 무엇인지 아는 놈들이었다, 누가 이 습격을 준비하고 지휘하는지 만나 보고 싶을 만큼. 관원들은 작은 틈만 보이면 칼끝을 들이댔다. 사방에서 쏟아지는 공격을 힘겹게 막아 냈다. 마지막 관원을 제압했을 땐 내 오른팔에서도 피가 흘러내렸다. 어깨를 베인 것이다. 쥐고 있던 검을 놓쳤다. 다시 쥐려 했지만 팔이 뜻대로 움직이지 않고 흔들거렸다. 그때 말발굽 소리가 들려왔다. 나는 악두를 두고 서너 걸음 나섰다. 백마를 탄 사내가 곧장 달려왔다.

피해!

악두가 등 뒤에서 외쳤다. 나는 물러나는 대신 한 걸음 더 내디뎠다. 마상의 사내가 장검을 뽑아 들었다. 불리할 땐 시간을 끌면 안 된다. 남은 힘을 끌어모아 단판 승부를 지을 것. 상대의 예상을 뛰어넘어 선공할 것. 나는 땅을 박차고 뛰어올라 몸을 뒤틀며 양발로 말의 목을 걷어찼다. 그와 동시에 사내가 휘두른 검이 내 왼쪽 귀를 스쳤다. 백마가 둔탁하게 쓰러졌고 사내 또한 튕겨 나가 뒹굴었다. 공중제비를 돌아 겨우 바닥을 짚은 나는 재빨리 백마의 고삐를 잡고 올라탔다. 말머리를 돌려 악두를 잡아끌어 말에 태웠다. 사내가 비틀비틀 걸어 나와 막아섰다. 눈엔 핏발이 섰다. 상황은 역전되었고 사내에겐 기회가 없었다. 짓밟아 목숨을 앗을 것인가. 나는 허리를 낮추고 고삐를 감아쥐었다. 선택의 순간이었다. 백마가 단숨에 앞발을 높이 들어 사내를 훌쩍 뛰어넘었다. 그리고 내달렸다.

동피를 포함하여 열여섯 명이 죽고 열여섯 명이 살아 돌아왔다. 생존자 중에도 검계 생활이 어려운 중상자가 여섯이었다. 서른두 명이 나섰다가 겨우 열 명만 한양으로 돌아온 꼴이다. 악두가 두령을 맡은 후 입은 가장 심각한 피해였다. 사사건건 방해하며 시비를 걸고 빼앗으려 드는 강치의 뚝섬 검계는 그렇다 치더라도, 척검방까지 나선 것은 예상 밖이다. 척검방과 조정 중신들의 입을 막을 뒷돈을, 때론 은괴로 때론 밀무역으로 들여온 족자와 도자기로 바쳐 왔던 것이다. 악두는 중상자를 제외한 생존자들을 창고로 불러 모았다. 부두령 명길과 선봉장 철표도 다행히 살아남았다. 오른 어깨에 천을 두르고 부목을 댄 악두가 가장 늦게 창고로 들어섰다. 뒤따르는 나는 악두의 어깨에 자꾸 눈이 갔다. 더 빨리 더 강하게 안고 몸을 낮췄다면 어깨 부상을 면할 수도 있었다. 아쉬웠다. 나를 향한 명길과 철표 그리고 나머지 검계들의 시선이 곱지 않았다. 끝줄에 바들바들 떨며 서는 것도 영광인 신참이 두령의 바로 뒤 오른편에 자리를 잡은 것이다. 그 자리엔 두령이 가장 믿는 검계만이 설 수 있다. 명길과 철표가 번갈아 그 자리를 지킨 지 5년이 넘었다. 나도 끝줄로 가고 싶었으나 악두가 꼭 그 자리를 지키도록 명령했다. 명길이 선수를 쳤다.

호로 잡놈의 새끼들! 쌍방이 건드리지 않기로 약조한 게 엊그젠데……. 두령! 뚝섬 새끼들 다 어떡할까요? 지금 당장이라도…….

악두가 잘랐다.

생각이 있으니까 그냥 둬.

어떻게 하시려고요? 당한 만큼 갚아 줘야 다신 이따위 짓을 하지 않을 겁니다.

악두가 대답 대신 명길을 째렸다가 시선을 철표에게 돌렸다.

죽은 애들 식솔은 챙겼어?

쌀 한 섬씩하고 고기 몇 근 우선 실어 보냈습니다. 다친 애들 것도 따로 준비해 뒀고요.

앞으로도 쌀 떨어지는 일 없도록 신경을 써라. 그리고 용주!

예! 두령님!

오늘부터 그 자릴 맡아.

참석자 모두 악두의 명령에 놀랐다. 신참이 밀무역에 참가한 것도 특별한 일인데 이젠 두령 호위까지 맡은 것이다. 명길과 철표의 시선이 바삐 오갔다. 철표가 고개를 끄덕인 후 대열의 중간쯤에 선 사내에게 눈짓을 보냈다. '딱부리'로 통하는 말 많고 싸움을 곧잘 하는 사내였다. 딱부리가 손을 들어 나를 가리키며 불만을 털어놓았다.

두령! 세상 형편 모르는 송아지일수록 뒷걸음질 치다가 가끔 생쥐도 밟고 그럽니다. 행운을 실력이라고 인정한 건 아니시죠? 갓 들어온 어린놈을 어찌 믿고…….

악두가 대답 대신 내 손에 들린 장검을 뽑아 딱부리의 왼 손목을 잘랐다. 피가 튀면서 비명이 터졌다. 딱부리는 바닥을 뒹굴며 버둥거렸다. 철표가 딱부리를 업고 창고를 바삐 뛰어나갔다. 명길이 인상을 잔뜩 구겼다.

두령! 이건 좀 너무하지 않습니까? 딱부리는 우리와 10년을 함께 보낸 식구입니다.

악두가 명길을 비롯한 나머지 사내들을 향해 목소리 낮춰 위협했다.

그래서 왼손으로 끝낸 거야. 사지에서 제 목숨 먼저 챙기는 새끼는 검계도 뭣도 아니야. 딱부리처럼 너희도 다친 두령을 두고 제 살길만 찾을 거냐?

그땐 상황이 상황인지라…….

악두의 검이 명길의 변명을 가르고 입술에 닿았다.

뒈지고 싶지 않으면 주둥이 닥쳐! 상황이 상황인 데서 진짜 의리가 나오는 거야.

샤악샤악! 공기를 먹고 제 몸을 불사르는 호롱불 흔들리는 소리만 들렸다. 그 무시무시한 적막을 깨고 악두가 내게 칼을 건넸다.

꺼져, 이 새끼들아!

악두와 둘만 남으니 창고 천장이 더욱 높아 보였다. 악두는 부하들이 나가고 문이 닫히기를 기다렸다가 짧게 물었다.

왜 그 사내를 살려 주었느냐?

…….

이 질문을 스스로 백번도 더 했다. 당연히 백마로 척검방 사내를 들이받았어야 했는데 그러지 못했다. 악두의 목소리가 단단해졌다.

다음부턴 무조건 죽여야 한다. 검으로 맞선 자를 살려 주면 언젠가 그 검이 네 목을 겨눌 것이야. 생각 비슷한 건 하지도 마라. 죽이는 거다, 신속하게!

솔직히 털어놓았다.

……아직 사람을 죽여 본 적이 없습니다.

악두가 고개를 돌렸다. 창고 구석으로 뚜벅뚜벅 걸어갔다. 간단한 요깃거리가 준비되어 있었다. 검과 활을 그린 잔 두 개에 청주를 채워 그중 하나를 내게 내밀었다.

마시자! 어쨌든 네가 내 목숨을 구했다. 이 빚은 꼭 갚으마.

허리를 돌려 술을 마시려 했다. 악두의 목소리가 부드러워졌다.

형 앞에선 그냥 마시면 된다.

귀를 의심했다. 마포 검계 두령 악두가 스스로를 형이라고 칭한 것이다. 둘만 있을 때는 두령에 대한 예의를 갖출 필요도 없다고 했다.

예! 형님!

잔을 단숨에 비웠다. 악두 역시 술을 입에 털어 넣은 뒤 충고를 이었다.

하나 더 해 줄 말이 있다. 무릇 검계는 말이다. 누구에게도 진심을 털어놓으면 안 돼. 이 형이라도 말이야.

그 후로도 악두는 내게 이런저런 충고를 했다. 처음 듣는 이야기들 속엔 뒤통수를 후려치는 깨달음이 담겼다. 어찌 살아왔기에 저런 말을 할까 놀란 적도 여러 번이었다. 나는 한 단어도 놓치지 않으려고 귀를 기울였고, 세필(細筆)로 수첩에 적었으며, 소리 내어 여러 번 읽고 외웠다. 오늘 아침에 암송한 문장은 이것이다.

피를 나눈 형제라도 믿지 마라. 오직 돈을 나눈, 힘을 나눈 자들과 의논하라. 믿지는 말고 발걸음만 맞춰라.

검계는 왜 두령의 호위를 맡으려고 할까. 두령을 대신하여 목숨까지 내놓아야 하는 위험한 자리지만, 두령이 어디를 가고 누구를 만나서 무슨 이야기를 나누는가를 자연스럽게 아는 자리이기도 하다. 마포 검계가 무엇을 해 왔고 하고 있으며 할 것인가를 파악할 수 있다는 뜻이다. 명령에 따라 이리저리 움직이는 다른 검계들로선 전혀 알 길이 없는 은밀한 소식을 하루에도 몇 개씩 얻는 셈이다. 앎은 곧 권력이다.

내관들이 나라를 말아먹은 적이 여러 번이라고 들었다. 당연하다. 왕이 누구를 아껴 미소 짓고 누구를 미워하여 얼굴 찡그렸는지, 그 어심을 아는 이는 내관뿐이다. 그토록 가까이에서 왕을 모시기 때문에, 내관에겐 어심을 바꿀 기회도 많다. 왕에게 나랏일을 의논하기 전, 신하들이 내관에게 먼저 이것저것 따져 묻는 것도 이 때문이다. 내관이 몇 마디 말만 미리 얹어 두어도, 왕의 결정이 달라진다. 검계도 마찬가지다. 부두령 명길조차 두령 악두와 독대하기를 꺼린다. 검계들은 호위를 맡은 내게 와서 두령에 관해 묻는다. 심각한 물음 대신 요즈음 자주 품어 주는 기녀는 누구며, 벽에 걸어 둔 수십 자루의 장검 중에서 아끼는 장검을 한 자루만 꼽아 보라는 따위의 요구들이다. 그리고 소매 속으로 선물을 슬쩍 넣고는 두령의 귀에 흘러들어 가게 해 달라며 부탁을 해 왔다. 그때마다 나는 긴 혀를 쏙 내밀어 보이며 그들에게 물었다.

이게 잘리는 걸 보시렵니까?

딱부리의 손목이 채 아물기도 전에 악두가 향한 곳은 인왕산 자락 좌의정 조덕신(趙德信)의 별장이었다. 조덕신은 일흔 살을 넘긴 노회한 정객으로, 100년 이상 조정 실권을 장악한 갑론을 이끄는 영수였다. 나서서 상소를 올리거나 탑전에 주장하는 일은 적지만 조정의 대소사를 관장하고 중론을 움직이는 실력자 중 실력자였다. 악두는 조덕신이 이조판서에 오른 15년 전부터 한 달에 두 번씩 꼬박꼬박 상납을 해 왔다. 검계 두령에게 선뜻 독대를, 그것도 자신이 가장 아끼는 별장 서재로 오라 한 것도 이런 각별함 때문이다. 조덕신과 악두가 술상을 가운데 두고 마주 앉은 동안, 나는 문밖에 서서 대기했다. 여기서 내가 평생 밝히지 않은 재주를 하나 더 공개하겠다. 그것은 청력이다. 나는 500보 밖의 고양이 울음도 또렷이 듣는다. 태어날 때부터 청력이 뛰어났던 것은 아니다. 청력 역시 나의 첫 학교 사당패에서 광대로 자라며 기른 것이다. 판에 모인 구경꾼들의 시끌벅적한 잡담 속에서 악공들의 연주를 가려 듣고 손과 발과 머리와 몸을 고저장단에 맞춰 놀려야 하기 때문이다. 귀를 쫑긋 세우고 내가 원하는 소리만 골라 듣는 연습을 매일 했다. 저자거리에서 훈련된 귀인지라, 바람 솔솔 불고 계곡물 졸졸 흐르는 산속 별장의 두런거림을 문틈으로 훔쳐 듣는 것은 어렵지 않았다.

넉넉히 두 배를 챙겼습니다.

조덕신은 벽에 걸린 산수화 족자를 잠시 바라보며 침묵했다. 악두가 알은체를 했다.

좋아하실 것 같아 가져와 보았습니다. 문징명(文徵明)이라고 명나라에서 유명한…….

조덕신이 검은 눈동자를 돌리자 악두가 설명을 멈췄다. 주워들은 얕은 지식 따위로 맞설 위인이 아니다. 이윽고 조덕신이 말했다.

번번이 잊지 않고 마음 써 주니 고맙군.

약소합니다. 평생 아버지처럼 받들겠다 말씀드리지 않았습니까?

문징명은 산수도 좋지만 화조(花鳥)도 그에 못지않다고 들었네만. 나비가 금방이라도 날아들듯 꽃이 생생하고 새들의 울음 또한 귀에 들리는 듯하다더군. 그렇다고 부담 갖진 말게.

탐욕스러운 인간이다. 하나를 얻으면 둘을 더 내놓으라고 스스럼없이 말하는 늙은이. 이 그림을 구하느라 흘린 검계의 핏값 따윈 안중에도 없었다. 구역질이 났다.

아닙니다. 저도 문징명이 마음에 들어서 다른 그림도 몇 점 알아보라 이미 말해 두었습니다. 꽃과 새가 들어간 놈으로 곧 가져다드립지요.

노욕으로 얼룩진 얼굴에 웃음으로 화답하는 두령의 불편한 마음이 손에 잡히는 듯했다. 조덕신이 고개를 돌려 악두의 이마에서부터 뺨을 지나 귀밑머리 아래로 훑으며 물었다.

어깨는 좀 어떤가? 의주에서의 불상사는 들어서 알고 있으이.

악두의 두 눈이 빛났다. 조덕신이 끝까지 문징명의 그림이나 논하며 슬슬 외곽으로 돌면 어찌하나 걱정했었다. 먼저 의주의 일을 입에 올린 것은 그 역시 변명할 말이 있다는 뜻이다. 악두는 본론을 바로 꺼냈다.

척검방이 거기까지 올 줄은 몰랐습니다만…….

최만치(崔滿治)라고, 척검방 부장이라네. 내 일찍이 최 부장의 아버지인 전 병조판서 최병권(崔兵眷)과 동문수학한 사이라서 어려서부터 최 부장을 보아 왔어. 사람이 강직하다 못해 앞과 뒤가 꽉 막혔지. 어명을 받들어 맡은 바 소임에 충실할 뿐 다른 일엔 일체 관심을 두지 않는다네. 척검방 대장인 박치곤(朴治坤)에게 마포 검계를 특별히 대접하란 당부를 해 두었네만, 이번엔 박 대장 모르게 최 부장이 은밀히 관원들을 이끌고 밀무역을 단속한 모양이야. 나도 일이 다 끝나고 공문이 올라오고서야 알았다네.

최만치, 그 이름을 듣는 순간, 마상에서 나를 노려보던 사내의 날 선 눈초리가 떠올랐다.

그렇습니까? 대감 말씀도 따르지 않는 고집불통인가 보군요.

하하하, 그렇다네. 하지만 걱정 말게. 최 부장은 곧 척검방을 떠날 걸세. 전하께서 새로운 임무를 내리셨어.

그렇다면 한시름 놓았습니다. 어쨌든 저도 애들 단속을 더욱 잘하겠습니다. 그리고 이 어깬 척검방 때문에 입은 상처가 아닙니다…….

척검방이 아니다. 하면?

뚝섬 패들이 먼저 저희를 급습했습니다.

뚝섬? 간이 배 밖에 난 놈들이군. 내가 자네 뒤를 봐준다는 걸 알 텐데도 이딴 짓을 한단 말인가? 허 참.

조덕신이 혀를 차는 동안 악두가 말머리를 돌렸다.

파주에 뚝섬 강치패가 운영하는 술도가가 하나 있습니다. 척검방이라면 관심을 가질 법도 합니다만…….

알겠네. 마침 최 부장이 경상도 상주로 공무를 보러 내려갔으니, 다른 부장을 골라 이 일을 맡기도록 하겠네. 그건 그렇고…….

조덕신이 말꼬리를 흐렸다. 긴히 명령을 내릴 때면 이렇게 잠시 침묵하기를 즐겼다.

검을 잘 다루는 아이가 하나 필요하네.

곁에 두고 쓰시려고요?

아닐세. 나 말고 호암군(好巖君)의 사가(私家)에 보내려고.

호암군이라고 하셨습니까? 호암군이라면 을론이 줄을 대고 있는 후궁 소생 왕자가 아닙니까? 대감께선 아침저녁으로 세자 저하를 뵙고 가르침을 베푸신다고 들었습니다만…….

세자 교육은 세자시강원에서 맡아 하고 나야 몇 마디 덕담을 보탤 뿐이라네. 한 달 전 호암군이 사가로 나온 건 자네도 알지?

남촌 별궁 가까이에 자리를 잡았다 들었습니다.

어명에 따라 호위무사를 열 명 배치해야 한다네. 아홉 명은 이미 찼고 내 특별히 한 자리를 비워 두라고 했네. 우리 쪽 사람을 채워 넣어야 하니까.

알겠습니다. 적당한 아이가 마침 있습니다.

파당을 이룬 무리의 이름 따윈 중요하지 않다. 갑론이든 을론이든, 병론이든 정론이든 혹은 노론이든 소론이든, 권력을 탐하긴 마찬가지다.

'적당한 아이'가 바로 나란 걸 몰랐다. 악두를 호위한 지 달포도 지나지 않았으니 다른 임무를 맡으리란 예상을 못한 것이다. 다음 날 아침 악두가 나를 불렀다.

명길이를 따라갔다가 와. 나서진 말고 보기만 해.

한강을 따라 우리가 도착한 곳은 파주 심학산 자락이었다. 명길은 지도도 보지 않고 언덕마루에서 샛길로 빠졌다. 500보쯤 오르막을 탄 뒤 이번에는 길도 없는 돌무더기로 숨어들었다. 들짐승 날짐승만 드나드는 깊은 산중에 움집 세 채가 웅크리듯 나란했다. 명길은 집들이 한꺼번에 보이는 바위를 택했다. 스무 명의 검계가 숨죽이며 엎드렸다. 고요했다. 산새 소리는 또렷했고 바람이 불자 마른 나뭇가지부터 뚝뚝 부러졌다. 움집 밖으로 사내 둘이 나와선 담뱃대에 불을 나눠 붙였다. 입맛이 썼다.

천하를 얻은 듯 깝죽대지 마.

명길이 내 곁에 다가앉으며 입술을 움직이지 않고 말했다. 납득할 수 없는 일은 끝까지 받아들이지 않는 사내였다. 관례를 어기면 조직의 질서가 무너진다고 믿는 사내이기도 했다. 몸가짐을 조심한다고 했지만, 그의 눈엔 내가 무슨 짓을 해도 밉게 보일 것이다.

두령님 명령을 따를…….

명길이 말허리를 잘랐다.

개소리! 두령이 평생 널 예뻐할 것 같지? 딱부리도 7년 전 평양에서 올라온 건달패 우두머리를 꺼꾸러뜨렸을 땐 악두 두령이 손잡이에 봉황이 그려진 단검을 직접 선물했어. 하지만 네놈을 비난했다는 이유로 손목이 잘렸지. 악두 두령을 탓하는 게 아냐. 두령이란 자리가 그런 거야. 언제나 변심을 하지. 조직을 위한다는 명분으로. 부하들이 변심하면 징벌을 당하지만 두령이 변심하면 그뿐이야. 달라진 마음에 맞추지 못하는 부하들만 또 당해. 그러니 두령 핑계는 대지 마. 호위하는 자리가 탐이 났다고 솔직히 말하라고. 잘 들어. 네놈이 뒈질 때까지 똑똑히 지켜볼 거야.

사내들이 담뱃대를 그루터기에 탁탁 턴 뒤 움집으로 다시 들어갔다.

올 때가 지났는데…….

척검방 관원들이 도착했다. 탐문도 없이 곧장 움집을 포위했다. 무장한 관원이 족히 쉰 명은 넘었다. 그들은 술도가로 쏟아져 들어갔다. 명길을 비롯한 검계들의 얼굴엔 미소가 가득했다. 마포와 뚝섬은 상대가 없어지기를 바라며 끝까지 겨루는 앙숙이었다. 술도가에서 사내들이 차례차례 끌려 나왔다. 반항했던 서너 명은 팔과 다리에 부상을 입고 비틀거렸지만, 나머지 열 명은 순순히 척검방의 명령에 따라 열을 지어 섰다. 사내들은 키가 작고 말랐으며 허리가 구부정했다. 검을 부리는 풍모는 눈을 씻고 봐도 찾기 어려웠다. 뚝섬 검계가 아니라 술 빚는 장인들이었다. 관원들은 그들을 한 줄로 포박한 뒤 끌고 떠났다. 고요가 찾아들었다.

설거지는 해야겠지?

명길과 검계들은 주위를 살피며 움집으로 들어섰다. 급습당한 현장은 엉망이었다. 술 빚는 도구가 제멋대로 뒹굴었다. 움집들을 하나하나 살피던 명길이 마지막 방문을 걷어차고 들어갔다.

찾았다. 여기야! 이리들 와!

방 안 가득 나무로 짠 술통이 층층이 쌓여 있었다. 벽에는 잘 다듬은 지게가 가지런히 걸렸다. 달구지를 들여오기 어려운 지형에선 무거운 술통을 나르는 유일한 수단이 지게였다. 명길이 술통 입구를 동여맨 줄을 풀고 코를 댄 채 냄새를 맡았다. 통을 기울여 한 모금 들이켰다.

죽이는군!

스무 개의 지게에 마흔 개의 술통을 얹고 밖으로 나왔다. 마지막으로 움집을 벗어난 명길이 기름 바른 화살에 불을 붙인 뒤 움집을 향해 쐈다. 화살은 끝이 보이지 않을 만큼 지붕 깊숙이 박혔고 불꽃을 뿜어 댔다. 언덕을 내려와서 뒤돌아보니 검은 연기가 산바람을 타고 남쪽으로 흘렀다.

그 밤 마포 나루에서 때 아닌 술판이 벌어졌다. 악두는 마흔 통의 값비싼 술을 팔지 않고 검계들을 모아 마시도록 했다. 빠르게 잔을 비워 나갔다. 의주의 비보는 한동안 그들 모두를 답답하고 무겁게 만들었었다. 하지만 오늘은 파주에서의 무용담을 늘어놓으며 통쾌하게 웃었다. 몇몇은 술김에 주먹다짐을 하기도 했고 몇몇은 검무를 추다가 쓰러지기도 했다. 무엇보다도 뚝섬 검계의 술도가를 불지르고 가져온 술을 마시고 취한다는 사실이 기뻤다. 나도 꽤 많이 마셨다. 처음에는 외따로 떨어져 술잔을 기울였으나 곧 그들과 어울렸다. 의주까지 함께 다녀온 검계들이 나를 둘러싸곤 두령을 홀로 구한 이야기를 들려달라고 했다. 최만치를 마지막에 죽이지 못한 부분만 빼곤 사실대로 띄엄띄엄 털어놓았다. 철표가 갑자기 내 어깨를 감싸고 흔들어 댔다.

이야기 솜씨대로 살고 죽는다면 자넨 벌써 황천행이야. 그게 뭔가. 운이 좋아 포위망을 뚫었고 운이 좋아 솔숲을 지나는 동안 관원들과 만나지 않았고 운이 좋아 사방으로 달려든 관원들을 제압했고 운이 좋아 두령을 구했다? 정말 운이 좋았다고 해도 그따위 반복은 시시하지. 듣고 있는 우리들에 대한 예의가 아니다 이 말씀이야! 한껏 멋을 부려 봐. 포위망 뚫을 때 한 열 놈 죽이고 솔숲에서 한 스무 놈 죽이고 마지막 결투에서도 또 한 서른 놈 죽이고 척검방 부장 놈 모가지를 삭둑 잘라 버렸다는 식으로. 어때?

……하지만 사실은…….

착각 마. 이야기판에서 사실 따윈 전혀 중요하지 않아. 한 식구인 우릴 실망시키면서까지 지킬 사실이 대체 뭐야? 본 사람도 없잖아? 마포 검계가 이기기만 하면 나머진 어떻게 지어내도 그만이야. 명심해. 우리가 마지막 승자야. 악두 두령이 영웅 중의 영웅이라고. 두령만큼은 아니지만 우리도 멋진 영웅들인 게고. 다음에 또 오늘처럼 굴면, 저는 영웅이 아니에요 그저 운이 좋았을 뿐이죠, 이딴 헛소릴 하면 가만두지 않겠어. 검계인 우리가 우릴 높여야지. 누가 우릴 높여 주나?

……그래도, 그래도 말입니다…….

내가 머뭇거리자, 다른 검계들이 끼어들어 이야기를 엉뚱한 방향으로 틀어 버렸다.

식구 소리 하니까 엄니 생각나네. 식은 밥이라도 한술 뜨고 주무시는가 모르겠어.

넌 그래도 어머니가 고향에 살아 계시기라도 하지. 내 어머니는 살았는지 죽었는지, 한 달 굶고 집 나간 뒤론 연락이 없어.

효자 났네 효자 났어. 난 아침저녁으로 마누라 엉덩짝밖에 그리운 게 없어. 애새끼들 얼굴도 가물가물하고.

그래서 형님은 매일 저 벌렁코 엉덩짝 만지고 주무시는 게요?

오늘부턴 제 엉덩짝도 빌려 드립죠. 여기 있소.

치워라. 어디다가 뒷간을 들이대는 거야!

솔숲에서 내 진짜 움직임을 목격한 단 한 사람, 악두는 술통이 거의 바닥을 드러낼 즈음 술판에 나타났다. 검계들은 모두 일어나서 환호성을 지르며 두령을 맞이했다. 악두는 술잔을 그득 채워 높이 들었다. 그리고 「사나이로 태어나 이 세상을」이라는 검계의 노래를 선창했다.

벽을 무너뜨리는 바람
강줄기를 끊는 바위
천하를 움직이는 한 자루 검을
바로 우리가 쥐었네
너는 나 나는 너
우리는 형제보다 더 가까워
죽음보다 더 깊어
사나이로 태어나 이 세상을
사나이로 태어나 이 세상을

지금도 가끔 이 노래를 부를 때면 '사나이로 태어나 이 세상을' 다음이 궁금하다. 노래가 딱 거기서 끝난 것이 다행이다. '한 바탕 휘젓자'라거나 '멋지게 누비자' 따위로 마무리를 지었다면, 한심하고 유치해서 이 노래를 또 부를 생각이 나지 않을 것이다. 뭔가 부족한 듯 '사나이로 태어나 이 세상을'을 반복하다 보면, 아직 할 일이 많이 남았다는 기분이 든다. 병들고 늙은 노인이라 해도 내일을 기대하게 만드는 근사한 노래다. 시시한 사랑가보다 열 배 아니 백배쯤 낫다. 그 밤 마포 창고에서도 그랬다. 사당패를 떠나 광대짓을 그만둘 땐 하늘이 무너지는 심정이었으나 검계 사이에 섞여 힘차게 노래를 부르니 어쩌면 이 삶이 더 나을지도 모른다는 생각까지 들었다. 광대는 아무리 잘해도 광대다. 슬퍼도 광대 아파도 광대! 그러나 검계는 다르지 않을까. 적어도 검계는 광대가 아니라 사나이다.

따로 술 다섯 통을 더 가져와 마신 뒤에야 술판이 끝났다. 검계들은 창고 여기저기에 쓰러져 잠이 들었다. 밖은 혹한이었지만 화로를 피운 창고는 훈훈한 기운이 돌아 견딜 만했다. 악두는 곁방으로 나를 따로 불러냈다. 명길이 내 날갯죽지에 말발굽을 새긴 바로 그 방이다. 악두의 입에서도 술 냄새가 풍겼지만 자세는 흐트러짐이 없었다. 검계들이 권하는 술을 거절하지 않고 전부 받아 마시고도 멀쩡한 것이다. 놀라운 주량이었다.

좀 마셨느냐?

네. 두령!

형이라고 하래도.

아직 입에 붙질 않아서…….

용주야!

네…… 형님!

날 위해 해 줄 일이 하나 있다.

명령만 내리십시오.

명령이 아니라 형으로서 부탁하는 거다.

말씀하십시오.

모레 아침 창덕궁으로 가거라.

궁으로 말입니까?

정문에 너를 기다리는 무예별감이 있을 게다. 그에게서 별감이 할 일을 익히도록 해라. 마포 검계였단 얘긴 누구에게도 발설해선 안 된다.

갑자기 무예별감은 왜……?

혼란스러웠다. 사당패에서 검계가 된 지 얼마나 지났다고 다시 별감으로 옮기라는 것인가. 그러나 별감이 끝이 아니었다.

별감을 잠시 한 후엔 호암군 사가의 호위무사로 갈 거다.

호암군이라 하시면……?

왕의 서자이자 다음 왕위를 이을 세자의 이복동생이지. 기질이 만만치 않은 모양이다. 영특할 뿐 아니라 을론의 지원까지 받고 있어. 세자를 지지하는 갑론의 눈엔 뽑아 버려야 할 가시지.

악두를 따라 인왕산에서 만났던 갑론의 영수 조덕신의 얼굴이 떠올랐다. 갑론의 가시를 뽑으러 가는 것이 아니라 호위하러 간다? 머릿속이 복잡했다.

…….

너는 내 눈과 귀 노릇을 해야 한다. 사가를 나고 드는 자는 물론이고 개새끼 한 마리, 밥상에 오르는 푸성귀 이름까지 모조리 살피고 보고하거라.

결국 간자 노릇을 하란 이야기다. 악두가 당황스러운 내 마음을 엿본 듯 물었다.

할 말이라도 있느냐?

용기를 냈다.

그 일…… 제가 꼭 해야 합니까? 저는 형님을 가까이에서 더 모시고 싶습니다. 아직 배울 것이 너무 많습니다. 철표 형님이나 명길 형님이 그 일을 더 잘할…….

사람을 부릴 때 가장 중요한 게 뭔지 아느냐? 말로 쓸 놈 따로 있고 대가리 잡을 놈 따로 있는 거야.

그는 나를 그 대가리로 본 것이다. 악두의 설명이 이어졌다.

거금을 주고 전주에서 네 목숨을 구한 건 다 이유가 있다. 내가 어떻게 이 자리까지 올라온 줄 아느냐? 사람을 잘 썼기 때문이야. 용주야! 한 가지만 가르쳐 주마. 마포 검계 모두가 인정하는 공을 세워야 네 앞길이 보장된다. 지금은 내가 뒷배를 봐주고 있지만 사람 앞날은 모르는 거니까. 마포 검계를 위한 일이란 것만 알아다오.

부담이 커졌다.

……그렇게 중요한 일이면 더더욱 제가 아닌 다른 검계가 가야 하지 않을까요?

악두가 말머리를 돌렸다.

꿈이 무엇이냐?

없습니다, 그딴 거.

나는 있다. 세상에서 가장 힘센 자가 될 거다.

악두가 회의 때마다 앉는, 박달나무로 만든 크고 딱딱한 의자를 가리키며 이야기를 이었다.

저 자리가 탐나지 않느냐?

제가 어찌 감히.

난 저 자리보다 더 높이 올라갈 거다. 그때 넌 저 자릴 가질 수도 있겠지. 용주야! 지금은 검계 두령이 대단해 보이겠지만, 저 자리도 거쳐 갈 역참에 지나지 않아. 세상 누구도 건드릴 수 없는 자리까지 올라가는 거다. 나랑 함께, 내가 없으면 너 혼자서라도. 어떠냐?

고마웠다. 지금까지 내게 이런 인생의 충고를 해 준 이는 없었다.

알겠습니다. 형님! 그리하지요.

악두가 나가고 명길이 들어왔다. 폭음이 난무하는 밤에도 술 한 잔으로 마음을 다스린 그였다. 나는 다시 윗옷을 벗고 누웠다. 이번에도 재갈을 물지 않았다. 명길은 인두를 들어 말발굽 문양을 지졌다. 살이 타는 냄새가 올라왔다. 그리고 하루를 꼬박 약을 바른 채 숙취로 고생하며 쉬었다. 악두가 정한 날이 단숨에 다가왔다.

검계의 눈과 귀는 강나루나 저자거리에만 깔린 것이 아니다. 조정이나 왕실 깊숙한 곳까지 낮말과 밤말을 줍는 이들이 숨어들었다. 매수당한 자들이 대부분이지만 검계의 일원으로 신분을 바꾸고 잠입한 자도 있었다. 나 역시 그들 중 하나로 뽑힌 것이다. 한 달 남짓 신분 세탁을 위해 별감 노릇을 했다. 호암군의 호위무사로 옮겨 가기 위한 징검다리였다. 별감의 나날을 장황하게 설명하긴 어렵다. 적어도 10년은 그 직분에 충실해야 가치와 한계를 따질 수 있다. 별감으로 사는 특별한 맛을 느끼긴 했다. 숨겨 왔던 검술 실력을 마음껏 뽐낼 기회가 많아서 좋았다. 점심을 먹고 나선 판돈까지 걸고 목검으로 겨루기를 했다. 잇달아 열 명을 제압한 것은 지금까지도 별감들에겐 전설로 통한다.

겨루기보다 멋진 일은 공무가 끝나고 시작된다. 붉은 옷의 별감들은 삼삼오오 어울려 노을처럼 저자거리를 싸돌아다녔다. 난폭한 검계도 별감만은 함부로 대하지 않았다. 궁궐이든 조정이든 권력의 중심부와 연결된 이들이 바로 별감이다. 선배 별감을 따라 거의 매일 대취하여 활보했다. 이틀에 한 번 도박판에 끼었고 사흘에 한 번 기생의 춤과 노래를 즐겼다. 별감의 벌이로는 넘치는 사치였다. 그러나 별감들은 놀고먹는 데 거리낌이 없었다. 헐값에 최고급 여흥을 즐겼고, 그마저 값을 치르지 않는 날이 대부분이었다.

'홍청'에는 딱 한 번 갔다. 음주 가무를 즐기는 별감들도 이곳만큼은 오가기가 쉽지 않았던 것이다. 조정 당상관들이 중요한 회동을 갖는 곳이기도 했고, 음식값 또한 별감이라고 깎아 주는 법이 없었다. 그곳에서 홍랑의 검무라도 한 자락 구경하려면, 음식값의 곱절은 춤값으로 내놓아야 했다. 별감 생활을 한 지 딱 한 달 되던 저녁이었다. 그 아침, 호암군의 사가를 호위하는 무사들이 다녀갔다. 드디어 악두가 말한 호랑이 굴로 들어갈 날이 가까워진 것이다. 호위 부대장 윤강록(尹康綠)이라고 자신을 소개한 사내는 눈썹과 수염이 유난히 흰빛을 띠었다. 서른 살 이쪽저쪽의 나이에 벌써 세월의 서리가 내린 것이다.

내일 묘시(새벽 5시)까지 남촌으로 오게.

퇴근을 준비하던 내게 다른 별감들이 몰려왔다. 송별식이라도 갖자는 것이다. 마침 한 달 치 녹봉이 지급되었고, 나는 새로운 내일을 위하여 그걸 전부 하룻밤 여흥비로 쓰겠다고 선언했다. 내일로 넘어가지 말고 오늘에만 집중하고픈 날도 있는 법이다. 그래서 도착한 곳이 '홍청'이었다.

'홍청'에서의 저녁은 기대만큼 좋진 않았다. 술도 음식도 최고급이었지만 수발을 드는 기생들은 마지못해 술을 따르고 노래를 부르고 춤을 췄다. 초저녁 첫 손님으로 별감 열 명이 몰려든 것부터 흔치 않은 일이었다. '홍청'의 기생들을 관리하는 퇴기 초월(初月)은 긴 담뱃대를 끄지도 않고 싫은 내색을 했다.

이조에서도 몇 분 오시고, 한성부에서도 몇 분 오실 건데, 괜찮으시겠어요? 불편하시면 제가 아주 좋은 곳을 소개해 드릴게요.

별감들은 멈칫했지만 내가 고집을 부렸다.

그리 좋은 곳이면 아껴 뒀다가 다음에 꼭 감세. 오늘은 여기서 즐겨야겠네.

내일이면 별감 노릇도 끝이니 이조의 당상관이든 한성부의 당하관이든 내 알 바 아니었다. 출입이 드문 구석방으로 안내되었다. 병풍도 족자의 글씨와 그림도 모서리에 놓인 달 항아리도 모두 최고급이었다. 맞은편 벽에는 각종 탈들이 횡으로 걸려 있었다. 기생들이 탈춤을 놀 까닭은 없고, '홍청'의 누군가가 취미 삼아 모은 듯했다. 한양의 모든 기생과 합궁했다고 자랑하던 별감들이지만 주눅이 든 듯 마음껏 놀지 못했다. 내가 술을 계속 권하지 않았다면 주안상이 들어오기도 전에 슬그머니 자리에서 일어났으리라. 기생들은 햇병아리처럼 구는 손님을 본능적으로 알아차렸다. 정성을 다하여 술을 치고 노래와 춤을 선보이는 대신, 별감들을 슬슬 놀려 먹으면서 편한 게 편하다는 식으로 나갔다. 어려운 노랜 아예 부르지도 않고 춤도 어깨만 살짝 흔들고 가야금도 기러기발을 맞춰 오지 않아 탁음이 쏟아졌다.

집어 쳐!

술이 오른 나는 화를 참지 못하고 일어섰다. 가야금 소리가 그쳤고 춤추던 기생이 양팔을 들고 선 채 나를 째렸다.

그건 춤을 모독하는 거야. 잘 봐. 춤이란 건 말이다…….

비틀거리며 앞으로 나서다가 정강이에 상다리가 걸렸다. 호리병이 넘어져 술이 흘렀다. 기생들은 고운 옷에 술이 튈까 걱정하며 물러앉았다.

나 별감! 이리 돌아와.

내버려 둬 봐. 어디서 춤추는 건 봤나 보네.

제대로 못 추면 벌주 열 잔일세.

나는 스무 잔.

서른 잔으로 하지.

별감들 놀림을 무시하고 가야금을 뜯던 악기(樂妓)에게 말했다.

소고(小鼓) 장단만 맞춰 줘.

그미가 고개를 끄덕이며 가야금을 내려놓고 북을 당겨 세운 뒤

북채를 쥐었다. 나는 벽에 걸린 할미탈을 집어 썼다. 그리고 허리를 숙인 채 흐느적흐느적 몸을 흔들기 시작했다. 꼬부랑 할머니가 따로 없었다. 별감과 기생들이 다시 큰 소리로 웃었다. 북이 내 발놀림을 따라왔다. 나는 가볍게 북장단에 올라타곤 허리를 돌리며 여든 살은 훌쩍 넘겨 저승이 내일모레인 할미의 춤을 이어 갔다. 오른팔을 들어 시간의 장막을 걷어 내듯 허공을 휘이이 젓자 좌중의 웃음이 사라졌다. 사당패 광대들은 마당쇠나 장군 혹은 양반의 탈놀음을 즐겼다. 세도가의 당당함을 탈춤에서나마 누리고 싶은 것이다. 나는 이상하게도 할미탈이 끌렸다. 살아 버린 시절에 대한 회한, 죽음 앞에서 감출 것도 더할 것도 없는 자세에서 묘한 자유를 발견했다. 이승에서 두 발을 동시에 떼는 느낌이랄까. 저승 문턱을 스치듯 넘는 기분이랄까.

광대였던 것, 검계였던 것, 별감이었던 것. 모두 한판 탈놀음이다. 나는 이 셋의 차이를 극명하게 춤사위에 담지만, 취한 세상은 그 셋을 구별 못한다. 나눌 의지도 없다. 이것도 탈춤이고 저것도 탈춤이고 그것도 탈춤이다. 얼쑤 얼쑤 얼씨구 좋다. 다음도 그러할까. 왕자의 호위무사라고 다를 까닭이 없다. 탈놀음의 소재만 하나 더 느는 셈이다. 한데 변신의 횟수가 더할수록 쓸쓸함은 왜 점점 깊어질까. 마음의 구멍은 왜 더 자주 크게 뚫릴까. 황소바람이 불까.

두둥! 춤이 끝났다. 별감들도 기생들도 잠시 반응이 없다가 참았던 숨을 몰아쉬었다. 외줄도 아닌 평지에서 마음껏 휘저은 춤사위가 그들을 흔들었으리라. 나는 천천히 탈을 벗었다. 소고 옆에 앉은 기생 하나가 나를 올려다보았다. 입귀가 조금 올라가서 미소를 머금었다. 그미였다. 홍랑!

그 밤에 나눈 홍랑과의 대화는 평생 잊히지 않는다.

탈춤의 흥취를 아는 분을 오랜만에 만났네요.

그대도 안다는 뜻이오? 아무나 알기 힘드오. 특히 기생은…….

그미가 웃었다.

하필 탈춤의 흥취를 알게 된 연유를 물어도 되겠소?

맨얼굴로 살기 힘든 세상 아닌지요? 화장을 짙게 해도 표정을 감추기 어렵답니다. 탈을 쓴다면, 다른 시간 다른 공간에서 다른 사람으로 한판 놀 수 있지 않을까요?

어떤 사람으로 탈바꿈하고 싶소?

말하는 꽃, 기생은 아니겠지요.

싫은가?

지겨워요.

남촌 호암군의 사가를 찾기는 어렵지 않았다. 어둑새벽인데도 서재에서 불빛이 새어 나왔다. 사가로 통하는 골목을 지키던 호위무사가 나를 알아보았다. 윤강록이었다. 대문 앞까지 데리고 가서 호위대장에게 보고했다.

무예별감 나용주가 왔습니다.

공문을 검토하던 대장이 고개를 들었다. 눈이 마주쳤다. 나는 놀란 가슴을 겨우 눌렀다. 죽음의 문턱에서 싸웠던 자, 척검방 부장을 지낸 최만치였다. 나를 세워 두고 빙빙 두 바퀴를 돌았다.

눈빛이 낯설지 않구나. 만난 적이 있는가?

존함은 익히 들었으나 오늘 처음 뵙습니다.

검술 수련은 계속하고 있고?

빼놓지 않고 하루 두 번 수련하지요.

말해 보거라.

예?

수련 시간과 수련 방법을.

인시(새벽 3시~5시)부터 묘시(아침 5시~7시)까지 목검으로…….

최만치가 갑자기 정강이를 걷어찼다. 나는 비명을 참으며, 왼 무릎을 꿇고 앉았다가 급히 일어서서 자세를 바로 잡았다. 그 짧은 순간에 수많은 생각이 뇌리를 스쳤다. 그도 나를 첫눈에 알아봤다면? 그렇다면 나는 죽은 목숨이다. 검으로 맞선 자를 살려 주면 언젠가 그 검이 네 목을 겨눌 것이야. 악두 두령의 충고가 떠올랐다. 지금이라도 이 자와 맞서 싸워야 하는가. 이미 늦어도 한참을 늦었다. 찰나의 그 순간을 최만치의 굵은 목소리가 다시 파고들었다.

내가 척검방 부장이었던 건 들었는가?

압니다.

한데 첫날부터 술추렴이야? 단칼에 베이고 싶어?

다행이었다. 그는 내게서 피비린내 대신 술 냄새만 맡은 것이다. 어제 축시(밤 1시~3시)까지 술판을 이어 간 것이 문제였다. 인시에 숙소에 도착하여 겨울 추위에도 냉수로 목욕을 했지만 술 냄새를 완전히 지우진 못했다. 악두에게서 받은 진검을 챙겨 나올 때도 냄새가 나는가 싶어 겨드랑이와 가슴을 킁킁거렸다. 척검방 부장의 코가 풍산개보다 민감하단 소문은 사실이었다.

죽을죄를 지었습니다.

솔직히 잘못을 인정했다. 윤강록이 곁에서 거들었다.

별감들 난하게 노는 거야 소문이 자자하지요. 이별의 잔이 과했나 봅니다. 그래도 무예별감 중 검술이 가장 뛰어나다 하니 가까이 두고 보시지요.

최만치가 헛기침을 한 후 장검을 들고 벽을 따라 걸었다. 윤강록이 내 어깨를 감싸며 위로의 말을 건넸다.

곧 익숙해질 거야. 최 대장의 지적이 아니더라도 호위무사는 술을 멀리해야 하네. 한 잔이라도 입에 대고 왔다간 치도곤을 당할 걸세. 따르게.

앞서 가는 최만치의 넓은 등을 보며 한 번 더 악두 두령의 충고를 떠올렸다. 언젠가 이자가 내 목을 겨눌까. 과연 그럴까.

호암군의 사가는 기와집 네 채가 중심이었다. 후원까지 넉넉하여 대문과 뒷문이 남북으로 섰고 동서로 협문이 각각 마련되었다. 문과 문을 잇는 담은 장정 두 길을 넘길 만큼 높고 두터웠다. 각 문을 두 명씩 지키고 골목에 한 명이 서는 것이 기본 구성이었다. 잠은 낮에 번갈아 자고 밤엔 한순간의 휴식도 허락되지 않았다. 별감을 지내며 익힌 여흥과도 영영 이별이었다. 호위무사들은 약속된 시간마다 위치를 바꿔 경계를 이어 갔다. 최만치는 동에 번쩍 서에 번쩍 나타났다가 사라졌다. 그는 밤은 물론 낮에도 방바닥에 등을 대고 잠드는 법이 없었다. 어떤 일에 목숨을 건다는 것이 무엇인지, 그때 처음 알았다.

호암군과의 첫 만남을 어찌 설명할까. 나는 무예별감으로 한 달을 허비한 후에야 겨우 그의 앞에 당도했다. 그에겐 이미 아홉 명의 호위무사가 있었다. 그는 나까지 포함하여 열 명의 호위무사를 세워 두고 약조했다.

변변치 못한 사람 하나 때문에 고생들이 많구나. 난 한 번 맺은 인연을 쉽게 자르는 사람이 아니다. 부디 몸조심들 하고 앞으로도 잘 부탁한다.

첫인상이 나쁘진 않았던 것일까. 호암군은 내 나이를 묻곤 자신과 동갑내기라며 좋아했다. 무예별감에서 옮겨 왔단 설명엔 나중에 따로 검술 솜씨를 보자며 또 좋아했다. 외로움이 많은 사내였다. 지난 한 달 동안 궁궐을 지키며 주워들은, 그에 관한 이야기만도 적지 않았다. 무수리 출신으로 숙빈 반열에 오른 어머니 한씨의 미모에 관한 이야기만도 밤을 새울 정도였다. 서책을 가까이하고 공부가 깊어 갈수록 많은 모함을 받았으며 한 숙빈이 병으로 죽고 세자가 옹립되자 쫓기듯 사가로 나온 이야기는 덤이었다. 별감들이 쉬쉬하며 내린 결론은 더 어두웠다. 세자가 용상에 오르고 나면 호암군은 절해고도로 귀양을 갈 것이며 열에 아홉은 사약을 받을 것이라고 했다. 죽을죄를 지어서가 아니라 죽을죄를 타고난 것이었다. 죄는 짓기도 하지만 타고나기도 하는 것이라는 사실을 그때 알았다.

그것이 그의 운명이었다. 호위무사들도 종종 모여 암담한 장래를 예측하는데 호암군 자신만 모를 리 없었다. 열 명의 무사 역시 호위의 목적도 있지만 감시의 수단이기도 했다. 호암군의 입장에선 그 누구도 믿을 사람이 없었다. 숨이 막힐 정도로 답답한 나날이었다.

속절없이 흐르는 것이 강물과 시간이라고 했던가. 겨울이 가고 초봄이 올 때까지, 최만치가 정한 규칙에 따라 사가의 네 문을 돌아가면서 지켰다. 가끔 호암군의 시선을 느끼기도 했다. 후원을 거닐다가 문득, 서재에서 책을 넘기다가 문득, 아침 식사를 하다가 문득, 그는 잡무를 보러 사가 안으로 들어온 나와 눈이 마주치곤 했다.

꽃이 피었느냐?

진달래가 지천입니다.

주린 아이들은 진달래를 따 먹는다 들었다.

저도 그랬습니다.

맛이 어떠하냐?

꽃잎 맛이 거기서 거기지요.

쓰더냐?

씁니다.

달더냐?

답니다.

쓰기도 하고 달기도 하다?

닷새쯤 주리면 맛을 따지지 않게 됩니다. 배를 채우는 것만으로도 행복하지요.

언제 한 번 데려가 주련?

꺾어 올릴까요?

아니다. 내게도 진달래 지천인 산에 오를 기회가 오면, 동행해 주겠느냐?

모시겠습니다.

진달래 먹는 법도 일러 다오.

그냥 드시면 됩니다.

그냥?

꽃잎을 따서 하나씩.

그렇구나 하나씩.

그는 늘 혼자였다. 한 숙빈을 모셨던 내관 정문식(鄭文識)이 가끔 찾아와선 궁궐 소식을 전하는 것이 전부였다.

마포 검계가 궁금했다. 별감 시절엔 내놓고 아는 척은 못하더라도 저자거리에서 가끔 마주치기도 했고, 별감들을 통해 검계의 반목과 혈투도 전해 들었다. 호암군의 호위무사로 옮긴 후론 내가 검계인 적이 있었던가 싶을 정도로 멀게만 느껴졌다. 낮밤을 거꾸로 두고 매일 숙소와 남촌 사가만을 오가는 삶이기에 따로 짬을 내어 광통교로 나갈 엄두를 내지 못했다. 밀린 잠을 몰아 보충하기에도 빠듯한 나날이었다. 호위대장 최만치는 침묵을 즐겼고 잡담을 경멸했다. 이야기를 나눌 시간이 있으면 검이라도 한 번 더 닦고 사가의 벽과 나뭇가지라도 한 번 더 만져 보라고 했다.

경계를 서며, 한양에 터를 잡은 검계들이 조직을 꾸려 가는 방법을 심심풀이 삼아 따져 보았다. 눈이 오고 강풍이 몰아쳐도 달라지지 않는, 너무나도 익숙한 문과 담벼락을 졸지 않고 지키기 위해선, 머리를 굴리며 시간을 때울 무엇인가가 필요했다. 사당패 시절의 추억은 신나긴 해도 어깨와 손발이 들썩거려 오히려 더 큰 어려움을 선사했다. 복잡하더라도 머리만 쓰는 문제를 찾았고 '검계는 무엇으로 사는가'라는 제법 거창한 질문까지 만들었다. 의리나 우정 따위 애매한 소린 저만치 밀어 두었다. 뭐니 뭐니 해도 밀주 제조와 유통이 검계 최대의 수입이었다. 밀무역과 도박판 영업도 곁들였지만 밀주에는 크게 못 미쳤다. 이 모두가 불법이긴 해도, 술을 사고 팔고 마시고 취하는 것은 좌우 포도청에서도 웬만해선 단속하지 않았다. 그런데 술도가를 털린 뚝섬 검계가 당하고만 있을까. 의주까지 와서 마포 검계를 급습할 만큼 대담한 놈들이다. 술도가를 덮친 조직은 척검방이지만 술도가 위치를 제보한 이가 마포 검계란 걸 지금쯤은 알아차리지 않았을까.

역시 복수는 복수를 낳고 피는 피를 불렀다. 강치의 보복은 잔인하고 대담했다. 마포 창고로 살수(殺手)들을 보낸 것이다. 창고 안에서 술통을 지키던 마포 검계 열 명이 도륙되는 동안 나루에선 아무런 기미도 알아차리지 못했다. 뒤늦게 명길과 철표가 창고 문을 열었을 땐 시체가 즐비했다. 술통 마개를 따라 이어진 대롱을 목구멍에 쑤셔 박고 술을 들이부어 배가 복어처럼 부푼 시체들이었다. 마포 검계와 뚝섬 검계는 피의 복수를 맹세했다. 화해는 없었다.

윤강록과의 대화는 빡빡한 생활의 숨통이었다. 열 명의 호위무사 중 대장 최만치는 당상관의 적자였고, 부대장 윤강록은 비록 서자지만 무과를 급제한 양반이었다. 최만치가 과묵하고 원칙주의자인 엄한 아버지라면 윤강록은 부하를 챙기며 모나지 않게 업무를 처리하는 자애로운 어머니를 닮았다. 윤강록에겐 고칠 수 없는 습관이 하나 있었다. 최만치가 자리를 비우기만 하면 네 개의 문을 오가며 이야기꽃을 피웠다. 윤강록의 단골 이야깃감은 담벼락 안쪽에 기거하는 호암군이었다. 열흘에 한 번 정도, 호암군은 어명을 받들어 입궐했는데, 최만치와 윤강록이 따라서 동궁으로 들어갔다가 오곤 했다. 세자시강원에서 마련한 시험을 세자 이호(李浩)와 호암군 이근(李根)이 함께 보는 경우가 많았으며, 그 자리엔 왕도 대부분 참석하여 두 아들의 실력과 됨됨이를 지켜본다는 것이다.

실력 차이가 나도 너무 나는 거지. 필답은 내가 답안을 못 봐서 뭐라고 할 말이 없지만, 문답에선 호암군 나리가 9할을 답한다면 세자께서는 1할이 될까 말까라네. 그것도 세자의 답이 잘못되어 호암군이 수정하는 경우가 대부분이고. 세자는 추측이나 느낌을 이야기하는 데 반하여, 호암군은 적어도 100여 권의 서책을 외워 그 안에서 적절한 문장을 뽑아 답을 내고 있어. 유교 경전은 물론이고 천문, 지리, 역법에 병법까지 통달했다니까. 나도 무과를 보기 위해 손자, 오자 등 병법서들을 꽤 보았지만, 진법이나 병기에 대한 지식이 나보다 훨씬 깊더라고. 전하께서는 세자를 탓하진 않으셨지만, 호암군에 대한 칭찬을 아끼지 않으셨어.

탁월한 재기에 독서를 더하니 실력이 일취월장한 것이다. 호위무사들은 턱을 치켜들고 가슴을 내밀며 웃어 댔다. 자신들이 호위하는 왕자가 세자보다 학문이 뛰어나다고 하니, 힘든 격무를 감내하는 보람을 느낀 듯했다. 나 또한 그런 호암군이 자랑스러웠다. 내 안에 그가 들어와 있다는 생각을 하자 가슴 한쪽이 서늘해졌다. 윤강록이 함께 웃으며 이야기를 이었다.

갑론의 영수 조덕신 대감과 을론의 영수 김인혁(金仁赫) 대감이 번갈아 가며 세자시강원 관원들이 올린 문제를 추려 세자와 호암군께 내고 있지. 시험이 끝나면 조덕신 대감은 벌레 먹은 얼굴이고, 김인혁 대감은 천하를 얻은 듯 기쁨에 가득 찬다네. 당연하지. 세자의 옹립을 적극 추진한 쪽이 조덕신 대감이라면, 한 숙빈이 무수리에서 성은을 입도록 배려하고 또 그 왕자를 지금까지 보살핀 쪽이 김인혁 대감이니까. 조덕신 대감이 세자에게 문제를 몰래 흘린다는 풍문도 있어. 그래 봤자 호암군의 적수가 되긴 어렵지.

호위무사들이 한층 더 즐거워했다.

아무렴. 사흘에 하루는 꼭 밤을 새워 책을 읽으시잖아? 책벌레가 있음을 여기 와서 알았다니까.

격차가 점점 벌어질 거야. 뜀박질도 그렇잖아? 처음엔 예닐곱 걸음 차이가 나지만, 일천 걸음쯤 달린 후엔 두 사람의 거리가 까마득해진다고. 앞서 뛰는 이가 속도를 유지하면 뒤따르는 이는 작아지는 등을 보며 먼저 지치고 말거든.

나는 이런 상황이 꼭 좋지만은 않다고 여겼다. 영특한 후궁 소생 왕자는 세자가 보위에 오르는 길에 걸림돌이지 않은가. 실력을 숨기고 허리를 숙이고 필요하다면 무릎까지 꿇어야 목숨을 연명할 수 있다. 학문을 뽐내는 것은 그 순간엔 기쁨일지 모르나 젊은이의 어리석음이다. 내관 정문식이 다녀갔다. 방문을 닫아걸고 호암군과 밀담을 나누었다. 호암군의 어머니 숙빈 한씨를 모신 인연이 깊다 해도, 궁중 내관이 이렇듯 자주 사가로 나오는 것도 흔한 일은 아니었다.

그리고 또 이런 일화가 인기를 끌었다. 호암군이 경연에서 크게 칭찬을 받고 김인혁과 함께 퇴궐하다가 조덕신과 마주쳤을 때의 일이다. 조덕신이 먼저 아는 체를 하며 물었다.

이제 퇴궐하시옵니까?

호암군이 답했다.

그렇소만.

사가에서 궁궐까지 왕래하시느라 번거롭진 않으십니까? 원하신다면 제가 전하께 주청을 드려 서연(書筵)에 참석하시지 않도록 해 보겠습니다.

김인혁이 끼어들었다.

좌상 대감! 그 무슨 말씀입니까? 전하께서 호암군의 영특함을 얼마나 좋아하시는지 오늘 직접 보고도 그런 말씀을 하십니까? 두 눈이 침침해지기라도 하신 겁니까?

조덕신이 받아쳤다.

말대답 몇 번 그럴듯하게 했다고 어심이 바뀌진 않습니다. 그 어미가 무수리 출신이라 그런지 경쟁하여 이기려고만 든다고 못마땅해하신 것이 작년 봄입니다.

호암군은 분노를 감추기 위해 시선을 내렸다. 김인혁이 대신 화를 냈다.

이보시오, 좌상!

호암군이 먼저 받았다.

그만들 하시지요! 내 아직 어리고 미천하여 아바마마의 기대에 부응하지 못한 것 같소이다. 좌상 대감!

예!

경의 충고 내 잘 기억해 두겠소.

호암군이 걸음을 옮겨 조덕신의 팔꿈치를 스치고 지나갔다. 김인혁이 뒤따랐다. 호암군이 쓴웃음을 지으며 하늘을 올려다보았다. 먹장구름이 선봉대처럼 빠르게 밀려들었다.

봄날 아지랑이가 산천을 뒤덮을 즈음, 입궐하고 돌아온 윤강록이 큰 웃음을 지어 보였다. 최만치가 척검방에 자문할 일이 있어 자리를 비우자마자, 해가 뉘엿뉘엿 지기 시작했는데도, 윤강록은 대문에 호위무사 하나만 둔 채 뒷문으로 나머지를 불러 모았다.

세자께서 병이 깊다는 소문이 거짓이 아닌 것 같아. 오늘도 필답과 문답 시험을 치를 예정이었는데, 갑자기 후원에서 활쏘기를 즐기겠으니 자리를 옮기라는 어명이 내렸어. 세자와 호암군의 궁술 대결이 벌어진 거지. 세자는 자신의 활을 썼고 호암군은 급히 구하느라 무예별감의 활을 빌렸어. 자네들도 활을 쏴 봐서 알듯이, 자기 몸에 길든 활과 남의 활은 천양지차지. 남의 활로는 정조준을 해도 과녁을 맞히지 못하는 경우가 많아. 악조건 속에서 대결이 시작되었어. 스무 발을 쏴서 과녁에 화살이 많이 든 쪽이 이기는 것으로 정했지.

결과가 궁금하지? 호암군께서는 무려 열다섯 발을 맞히셨다네. 무과에 급제한 장수도 열다섯 발을 꽂는 이가 드물어. 세자께선 겨우 두 발에 그치셨지. 열여섯 발까지 쏘곤 그 자리에 털썩 주저앉으시더니 그대로 혼절하셨어. 급히 업혀 나가 어의의 치료를 받고 깨어나시긴 했지만 말이야. 바깥출입이 어려울 만큼 위중하시다네.

그 순간 하늘에서 번개가 번쩍였고 뒤이어 천둥이 쳤다. 내리친 벼락이 공교롭게도 후원에 우뚝 솟은 향나무를 때렸다. 향나무가 절반으로 갈라져 쓰러졌다. 우리는 급히 뒷문을 열고 후원으로 들어섰다. 호암군 역시 굉음에 놀라 후원으로 나왔다. 까맣게 타 버린 향나무가 흉물로 누워 있었다. 불길했다.

세자의 혼절에 관해 무시무시한 흉문이 돌았다. 세자가 사용한 활과 화살에 독약이 묻어 있었다는 것이다. 아무리 세자가 활쏘기를 싫어하고 게으른 성품이라도, 열여섯 발을 쏘고 쓰러질 약골은 아니라는 설명이 뒤따랐다. 누가 감히 세자의 활과 화살에 독약을 묻힌단 말인가. 범인의 이름까진 지목되지 않았다. 그러나 세자가 급사하면 가장 많은 이득을 보는 호암군을 위하여 누군가가 저지른 범행이라는 추측이 퍼져 나갔다. 호암군의 어머니인 한 숙빈을 가까이에서 모신 내관이나 궁녀들이 입방아에 오르내렸다. 그러나 거기까지였다. 대부분의 흉문은 맹렬하게 타오르다가 검은 재로 흩날리는 불꽃을 닮았다. 누구를 잡아들이네 마네 이야기가 떠돌았지만 이 때문에 심문을 당하거나 하옥된 이는 없었다.

열흘 내내 비가 쏟아졌다. 열흘마다 입궐하던 호암군이지만, 이번엔 어명이 내려오지 않았다. 세자시강원의 문제를 풀지 못할 정도로 세자의 병환이 심상치 않다는 뜻이다. 최만치도 사가에 머물렀기 때문에, 호위무사들은 침묵을 지키며 정해진 순서대로 네 개의 문과 골목을 돌며 경계를 섰다. 나 혼자 골목을 지키게 되었을 때 비가 조금씩 잦아들었다. 대낮인데도 오가는 이가 드물었다. 참나무 아래에서 비를 피하며 서 있었다. 열 살쯤 되었을까. 머리를 총총 묶은 소년이 눈밭의 하룻강아지처럼 뛰어오더니 쪽지를 건네고 사라졌다. 서둘러 쪽지를 펴 읽곤 씹어 삼켰다. 쪽지에는 밤나무 한 그루가 그려져 있었다. 악두로부터의 전갈이었다. 누설될 것을 염려하여 검계끼리만 통하는 그림을 그렸다. 악두는 글자를 모르는 문맹이었다. '밤'은 오늘 밤 찾아가겠다는 뜻이고, '나무'는 어떤 행동도 하지 말고 나무처럼 서 있으라는 명령이다. 그리고 나뭇가지들이 오른쪽으로 뻗은 것은 동문을 이용하겠다는 표시였다. 마포 검계가 호암군의 사가로 밤에 온다? 느닷없는 침입의 목적은 짐작하고도 남음이 있었다. 세자의 병환으로 인해 다급해진 쪽은 갑론이다. 갑론이 악두를 시켜 호암군을 베라는 지시를 내렸을 것이다. 물증 없는 소문에 현실의 칼로 맞서는 꼴이었다.

오래 준비했다가 결행하는 일도 있고 갑자기 몰아쳐 해결하는 일도 있다. 밀무역을 할 때 검계들은 모여 의논하고 미리 만나 살피고 또 그 경로를 답사한다. 한 번 실수로 큰돈을 잃을 수 있기 때문이다. 장사를 제외한 일들을 맡을 땐 태도가 돌변한다. 일진광풍(一陣

狂風)을 즐긴다. 한두 명 죽고 서너 명 다치는 것은 감내한다. 호암군의 사가를 덮치는 일은 철저하게 준비하고 빈틈없이 움직여야 한다. 일진광풍으로 들이치다가 실패하면 돌아올 손해가 너무나도 크다. 악두는 이런 날을 대비하여 진작부터 나를 사가에 몰래 심었다. 그런데 나와 아무런 의논도 없이 급습할 날을 잡은 것이다. 이 결정을 받아들이기 어려웠다.

처음엔 놀랐고 다음엔 불쾌했다. 호암군을 없애는 것은 내 임무다. 한 달이나 무예별감 노릇을 한 것도 이 임무를 완수하기 위해서다. 지금까지 호암군의 모든 언행을 고해바쳤다. 그의 일거수일투족이 내 입을 통해 악두에게 들어갔고 조덕신에게까지 전달되었음은 명백한 일이다. 그런데 나무처럼 서 있으라고? 서서 구경만 하다간 공로를 인정받기 어렵다. 구경이나 하려고 호암군의 사가로 들어온 것이 아니다. 호암군을 없애야 한다면, 바로 내가 들고 있는 이 장검에 그의 피를 묻혀야 한다. 오늘 밤이라니 시간이 너무 촉박하다. 만나서 확인하고 따질 겨를도 없다. 악두가 내 이런 불만을 덮고 가려고 일부러 날짜를 앞당겼는지도 모른다.

밤이 오고 술시(밤 7시~9시)에 북문에서부터 경계를 시작했다. 해시(9시~11시)에는 서문을, 자시(11시~1시)에는 대문을 지켰다. 그리고 축시(1시~3시)엔 홀로 골목으로 나갔다가, 인시(3시~5시)에 이르자 드디어 동문에 닿았다. 나와 함께 동문을 지킬 호위무사는 얼굴이 넓어 넙치라는 별명으로 통하는 고수덕(高水德)이다. 동문에 도착한 수덕과 나는 문을 등지고 섰다. 보슬비가 또 흩날리기 시작했다. 수덕이 소매에서 감자떡 한 덩이를 떼어 내밀었다.

색시가 해 준 거야. 출출할 테니 먹음세.

장가든 지 석 달밖에 안 된 새신랑이었다. 나는 떡을 먹지 않고 수덕에게 고맙다는 인사부터 했다.

잘해 주고 있나?

그럼.

넙치!

왜?

새색시 보고 싶지?

말이라고.

그럼 가. 오늘은 나 혼자 지킬게.

수덕은 내 얼굴을 잠시 쳐다보더니 고개를 저었다.

아니야. 할 일은 해야지.

괜찮대도.

내가 안 괜찮네. 장가도 못 간 놈을 세워 두고 나 혼자 색시한테 가면 벌 받지. 싫어.

후회할지도 몰라.

후회 안 해.

그냥 내 말 한 번만 듣지?

싫다니까.

짜증을 냈다. 더 이상 도울 방법이 없었다. 수덕이 선 북쪽 벽에서 살기가 뿜어 나왔다. 한 입 떡을 베어 무는 순간, 복면 사내가 수덕에게 달려들어 오른손으로 입을 막고 왼손 쇠고리로 목을 찍었다. 딱부리였다.

별일 없지?

딱부리가 단검을 꺼내 실실 웃으며 내 팔뚝을 천천히 그었다. 피가 흘렀다.

이 정돈 다쳐야 너도 의심받지 않을 거야.

뒤따라 모습을 드러낸 사내가 복면을 입술 아래로 슬쩍 내렸다. 철표였다. 검계 다섯 명이 협문을 통해 들어섰다. 나는 협문을 닫고 아무 일 없듯이 경계를 섰다. 검계 숫자가 50명이 아니고 고작 다섯인 것은 재빨리 호암군을 암살하고 사라지겠다는 뜻이다. 협문을 지키고 나무처럼 섰지만 귀는 온통 벽 너머로 집중되었다. 홀로 후원을 거닐고 책을 읽고 밥을 먹다가 문득 내게 보내던 호암군의 미소가 떠올랐다. 그는 오늘이 인생의 마지막 밤이란 걸 모르리라. 죽음은 이렇듯 갑자기 찾아들기도 하는 법이다. 가여웠지만 거기까지였다. 나는 검계다. 어명이 내려오더라도 악두 두령의 명령부터 목숨 걸고 따라야 하는 검계 나용주!

시간이 길어졌다. 곧장 안채로 가서 호암군을 벤 후 되돌아오고도 남을 시간이 지났다. 시간을 끄는 것은 불길하다. 따라 들어갔어야 하는가. 나무처럼 서서 관망하란 명령을 지켜야만 했다. 다섯 명의 검계가 죽든 살든 끼어들지 말고 서 있는 나무!

웬 놈이냐?

호암군의 불호령이 터져 나왔다. 조용히 죽이긴 틀린 것이다. 더 이상 경계만 설 순 없었기에 문을 열고 들어갔다. 호암군이 위태로우면 곧바로 모두 뛰어들라! 이것은 최만치가 정한 규칙이었다. 마루에 검계 하나가 쓰러져 절명했다. 딱부리는 쇠고리로 안방 바닥을 긁은 채 문지방에 등을 대고 숨을 거뒀다. 딱부리의 시체를 건너뛰어 방으로 들어서는 순간, 최만치의 장검이 허공을 갈랐다. 그의 검술을 제대로 본 것은 그때가 처음이었다. 단순하고 강했다. 한 치의 망설임도, 헛된 몸짓도 없다. 한 번 베니 검계의 목이 날아갔고 또 한 번 그어 올리니 다른 검계가 피를 토하고 넘어갔다. 이제 남은 검계는 하나다. 철표. 최만치는 구석으로 쥐새끼 몰듯 들어서며 명령했다.

생포하라!

네 명의 호위무사가 순식간에 철표를 둘러쌌다. 검을 놓친 검계는 이미 죽은 목숨이다. 철표가 암살의 전모를 털어놓기라도 하면, 나는 물론이고 마포 검계 전체가 위험하다. 생포되기 전에 손을 써야 했다. 철표가 나를 보며 눈으로 웃었다. 이대로 죽진 않겠다는 의지가 그 웃음에 서렸다. 팔을 내리자 소매에서 표창이 번뜩였다. 나는 철표를 막아서며 장검으로 명치를 깊숙이 찔렀다. 철표와 시선이 마주쳤다. 우리는 눈으로 마지막 대화를 나눴다.

왜 막는 게냐? 호암군을 죽일 기회였어.

늦었소. 이미 발각되었고 최만치 대장까지 이 방에 있으니 목적을 이루기 어렵소. 차라리 후일을 기약하는 편이…….

네가 나를 찌를 줄 몰랐다.

의심받지 않고 입막음하려면 이 방법밖에 없소.

처음부터 이럴 작정이었던 건 아니고?

검계답게 안녕히 잘 가시오.

철표의 턱이 내 어깨에 닿았다. 싸늘한 죽음의 기운이 순식간에 옮겨 왔다. 놀란 나는 슬쩍 몸을 뺐고 철표는 코를 바닥에 찧으며 고꾸라졌다.

생포하라 하지 않았느냐?

최만치가 내 목에 칼을 들이댔다. 철표의 손에서 표창 하나가 떨어졌고 동시에 내 팔에서도 피가 흘렀다. 또 다른 표창이 내 팔뚝에 박혀 있었다. 호암군이 놀라며 물었다.

다쳤느냐?

놈이 암수(暗數)를 썼습니다. 급한 마음에 제가 막았습니다. 생포할 여유가 없었습니다.

다쳤느냐고 물었느니라.

살짝 긁혔습니다. 괜찮습니다.

최만치가 철표의 윗옷을 찢어 어깻죽지를 확인했다. 말발굽 문양이 선명했다.

검계입니다.

검계? 그놈들이 왜 내 집을 급습한 것이냐?

내일 더 철저하게 조사하여 배후를 밝혀내겠습니다.

다섯 검계의 시신을 치우고 집 안팎을 정리하니 날이 밝았다. 나는 고약을 붙이고 흰 천을 둘러 팔뚝의 상처를 치료했다. 호암군이 따로 나를 서재로 불렀다. 연잎차를 앞에 놓고 마주 앉았다.

상처는?

깊지 않사옵니다. 그보다 다치신 데는 없으신지요?

괜찮다. 한데 안색이 좋지 않구나. 며칠 번을 쉬도록 하거라.

아닙니다.

호암군이 내 마음의 떨림을 예민하게 짚었다.

다른 이유라도 있는 게냐?

처음 사람을 죽였다는 이야기는 차마 못했다.

……검을 생각하고 있었습니다.

검이라. 새삼스럽게 왜?

활인검(活人劍)도 한순간에 살인검(殺人劍)이 되니, 검을 든 자의 마음이 얼마나 중요한가를 생각하였습니다.

어디서 배웠느냐? 무예별감 최고의 솜씨라고 들었느니라. 과연 눈이 정확하고 몸이 빠르더구나.

또 잠시 머뭇거렸다. 별감은 중인들이 많았지만, 검술 솜씨가 빼어나면 천민도 특채 형식으로 채용되곤 했다.

사당패를 따라다녔사옵니다.

남사당 말이더냐? 하면 무예별감엔 어떻게 들어가게 되었어?

핵심을 찌르는 물음이었다. 호시절을 회상하는 늙은이처럼 흐리게 답했다.

어찌어찌 흐르다 보니 무예별감도 되고 또 호위무사도 되었습니다.

호암군이 내 얼굴을 빤히 쳐다보았다. 마음속 저 밑바닥까지 캐낼 눈빛이었다.

따져 묻지 말라?

황공하옵니다.

허허, 누구나 가슴속에 비밀 하나쯤은 있기 마련이지.

다행히 호암군은 더 파고들지 않고 생각에 잠겼다. 제 가슴속 비밀을 헤아리는 듯했다. 목숨을 앗으려는 자객들의 습격을 당한 날이 아닌가. 충격이 클 만도 했다. 이윽고 호암군이 말했다.

내 처지와 다르지 않구나. 나도 흘러 흘러 여기까지 왔느니라. 차 한 잔 더 들겠느냐?

호암군이 직접 잔을 채웠다. 나는 잔을 들고 한 모금 삼켰다. 연잎 냄새가 코끝으로 밀려들었다.

지금처럼 언제까지나 나를 보필할 수 있겠느냐?

자세를 바르게 하고 엎드려 아뢰었다.

미천한 이 목숨, 바치겠습니다.

몇 번 연습까지 한 이 맹세는 진심이 아니다. 호암군이 나를 믿으면 그를 죽이긴 훨씬 쉽다.

너는 이제부터 내 호위무사가 아니다.

…….

맥락을 몰라 즉답을 피했다.

나의 벗이다.

예상 밖의 호의에 놀라긴 했다. 쌀이나 비단 정도의 상이면 족하다고 여겼다. 호암군은 내 짐작보다 훨씬 많이 내게 마음을 주었던 것이다. 그와 나의 공통점이 하나 있긴 했다. 주변을 단정히 하고 타인과 거리를 두며 의심하고 살피는 데 익숙하다는 것. 살아남기 위해 터득한 삶의 기술! 하지만 왕자와 검계가 어찌 벗이 될 수 있으리. 호암군이 만약 내가 검계인 줄 안다면, 당장 베라고 엄명을 내릴 것이다. 그는 지금 내가 쓴 탈에 속고 있다. 나는 이마를 바닥에 대고 감읍한 것처럼 말했다.

전하! 어찌 소인 같은 놈을 벗으로…….

벗을 사귀는 데 노소와 귀천이 있을 수 없지.

황공하옵니다. 황공하옵니다.

외로워서였을까. 그때부터 호암군은 나를 벗이라 불렀다. 나이 스물이 될 때까지 나를 벗으로 받아들인 이는 호암군이 처음이었다. 또래라서 어울리는 사이가 아니라, 평생을 함께 우정을 나눌 벗으로 인정한 것이다. 지금 생각해 봐도, 지나가는 개가 웃을 일이다. 호암군이 내게 한 걸음 다가설수록 그가 지닌 장점이 또렷했다. 서책을 쉼 없이 읽을 뿐만 아니라 세상에 대한 관심도 많았다. 번을 쉬는 날이면 나를 불러 옆에 앉히고는 가난하고 병든 백성의 일상을 꼬치꼬치 캐물었다. 어떤 날은 풍속을 담은 그림을 한 아름 꺼내 놓고 직업별로 묻기도 하고 어떤 날은 지도를 펼쳐 놓고 지방별로 따지기도 했다. 아는 것만 대충 답했는데도 그는 놀라워했다.

팔도를 훤히 꿰고 있구나. 어찌 그러하냐?

사당패란 게 원래 그러합니다. 정처 없이 이 고을 저 고을 떠돌다 보니…….

그렇다고 해도 각 고을의 풍속과 민심, 심지어 산물(産物)까지도 알기는 쉽지 않을 터.

고을마다 냄새가 다릅니다.

냄새라 하였느냐?

예. 굶는 자가 많은 고을은 썩은 내가 나고 아픈 자가 많은 고을은 노린내가 납니다. 가난해도 맑은 내가 나는 고을이 있는 반면 풍족해도 악취가 나는 고을도 있습니다. 모든 것이 사람에게서 나는 냄새입니다.

사람 냄새라……. 내 너를 벗이라 하였으나 이제 보니 스승이구나. 앞으로 팔도를 돌며 네가 본 것, 들은 것, 맛본 것, 만져 본 것들을 소상히 알려 다오.

호암군은 답을 하는 내 눈을 오랫동안 들여다보며 함께 찡그리고 함께 웃고 또 함께 한숨을 쉬었다. 이런 사람이 왕이 된다면 세상이 조금은 달라질까? 라는 물음이 내 안에서 종종 나올 정도였다. 그렇다고 호암군 앞에서 탈을 벗진 않았다. 얼쑤! 손으로 허공을 휘저으며 마음을 바로잡았다. 사사로운 교감에 내 처지를 잊어선 아니 된다. 임무에만 집중하자. 나는 악두의 명령에 따라 내 할 일만 하면 된다. 호암군의 앞날까지 염려할 까닭이 없다. 어쨌든 호암군은 아까운 재목이었다. 내가 그를 위해 무엇을 하겠다는 것이 아니라, 그냥 그렇단 얘기다.

악두가 철표를 비롯한 다섯 검계를 호암군의 사가로 서둘러 보낸 이유는 그로부터 사흘 후 밝혀졌다. 궁술 시합에서 혼절했다던 세자 이호가 회복하지 못하고 세상을 떠난 것이다. 세자 외에는 정비 소생이 없으니 다음 후계자는 후궁 소생에서 뽑아야 했다. 후궁 소생 왕자들이 여럿이었으나 나이로 보나 실력으로 보나 호암군이 으뜸이었다. 세자시강원에서 제출한 문제를 왕 앞에서 직접 풀어낸 왕자가 호암군뿐이기도 했다. 세자가 세상을 뜨기 전 호암군부터 죽여 후계 구도를 다르게 가져가려는 것이 조덕신을 비롯한 갑론의 계획이었으리라. 암살은 실패했고 호암군은 살아남았다. 정국은 새로운 소용돌이로 들어가고 있었다.

조덕신은 인왕산 별장으로 악두를 불렀다. 악두가 절을 하고 앉으려 할 때 조덕신이 먼저 일어섰다. 악두는 엉거주춤 멈췄다. 조덕신이 다짜고짜 악두의 뺨을 한 대 두 대 세 대 때리기 시작했다. 악두를 호위하여 왔던 검계들이 마당에서 열린 창으로 뛰어들려 했다. 두령의 몸에 손을 대는 자는 그 누구든 베도록 훈련받았다. 악두가 고개를 돌려 째렸다.

가만있어.

두령님!

돌아서! 움직이는 놈은 베겠다.

검계들이 분노에 가득 찬 얼굴로 돌아섰다. 조덕신이 다시 악두의 뺨을 후려쳤다.

개가 개 노릇을 못하면 맞아야지.

……호암군을 죽이겠습니다. 한 번 더 기회를 주십시오.

사냥감을 놓친 개는 또 실수를 하는 법이지.

좌상 대감! 이놈 목을 걸겠습니다.

네놈들은 툭하면 목숨을 담보로 던지지. 그깟 개새끼 목숨값이 얼마나 한다고. 따로 기별을 할 때까지 숨도 쉬지 말고 처박혀 있어.

조덕신이 악두를 세워 두고 밖으로 나왔다. 악두의 코에서 피가 흘러내렸다. 악두는 피 묻은 주먹으로 제 가슴을 둥둥 북처럼 쳐댔다. 느리게 시작한 주먹질이 점점 더 빨라졌다.

악두가 왜 처음부터 내게 호암군 암살을 맡기지 않았는지는 지금도 의문이다. 휘하 검계들을 우선 활용한 다음 최후의 방편으로 나를 쓸 계획이었을까. 너무 아끼다가 기회를 놓친다는 속언도 있다. 세상이 바뀌는데 나만 제자리에 서 있는 기분이었다. 호암군의 시대가 열리기 직전이었다. 평생 응달이던 북창(北窓)에 햇볕이 내리쬔 셈이다. 어떻게 할 것인가.

한 달하고도 보름이 흘러갔다. 태풍 전야와 같은 전운이 감돌았다. 당장 새로운 세자가 책봉될 듯하였으나 차일피일 미뤄졌다. 왕이 세자의 때 이른 죽음을 슬퍼한다는 풍문이 돌았다. 저승길에 아들을 앞세운 아비의 심정이 오죽하랴. 그러나 언제까지나 동궁을 비워 둘 수는 없다. 갑론과 을론끼리 치열한 밀고 당기기가 진행 중이었다. 김인혁의 을론은 호암군 외엔 대안이 없다며 준비된 대세론으로 밀어붙였고, 조덕신의 갑론은 호암군이 천한 무수리의 소생임을 강조하면서 이제 겨우 열 살인 호천군(好川君) 이정(李靜)의 총명함이 남다르다는 주장을 폈다. 갑론도 을론도 상대를 단숨에 제압할 힘은 없었다. 왕이 결정할 때까지 무너지지 않고 버티며 기다리는 꼴이었다.

봄볕 따사로운 어느 날, 호암군 사가를 호위하는 무사들이 다섯 배로 늘었다. 낯익은 무예별감들이 어명에 따라 사가를 지키기 위해 이동한 것이다. '홍청'에 함께 갔던 이들도 끼어 있었다. 반갑게 인사를 나누었다. 별감들은 언제 또 한 번 '홍청'으로 가자며, 사가를 지키는 일도 곧 끝날 것이라고 했다.

뻔한 일이지. 세자로 모시고 갈 게 아니라면 호위무사를 늘릴 까닭이 있겠어?

이 핑계 저 핑계로 시일을 끌더니 결국 호암군으로 기울었나 봐.

어제 동궁전 상궁들을 잠시 봤는데, 동궁전을 청소하고 새 이불을 마련하느라 바쁘더라고.

그런데 자넨 호암군과 말이라도 섞어 보았는가? 우리가 오기 전엔 호위무사가 겨우 열이었다며? 장차 이 나라 보위를 이어받을 분이니, 자네들 열 명을 각별히 챙기시지 않겠어? 부러우이.

말을 섞는 정도가 아니라 '벗'으로 지내자고 하셨지만, 그 다짐까지 알리진 않았다. 평생 곁에 두겠다고 하셨으니 동궁으로 가시는 날 나 역시 동행하리란 예상을 했다. 닷새 후 별감들의 예측은 현실이 되었다. 도승지 조천주(曺泉柱)가 왕의 교지를 받들어 사가에 도착한 것이다. 호암군은 앞마당에 엎드렸고 조천주는 낭랑한 음성으로 교지를 읽어 나갔다.

이 나라의 종묘사직과 천년 대업을 잇기 위하여 호암군을 세자로 책봉하니 준비를 갖추어 내일 아침 입궁하도록 하라.

내가 악두라면 오늘 밤을 놓치지 않을 것이다. 호암군이 동궁에 들어가고 나면 호위 병력이 백배는 는다. 오죽하면 구중궁궐이라고 할까. 장검의 날을 새로 갈았다. 그리고 기다렸다. 연락이 없다. 무슨 꿍꿍이란 말인가.

호위무사가 쉰 명으로 늘었기 때문에 낮에는 돌아가며 열 명씩 휴식을 취했다. 답답함을 참지 못하고, 체증을 치료하기 위해 숭례문 밖 의원에 다녀온다며 길을 나섰다. 마포 나루 옆 빈 창고에서 악두를 만났다.

웬일이냐?

드릴 말씀이 있어서 급히 왔습니다.

우선 앉자.

별감으로 자리를 옮긴 후 처음 만나는 자리였다.

더 늠름해졌구나.

나무로 서 있지 않고 움직인 이유부터 설명했다.

죽일 수밖에 없었습니다. 철표…….

악두가 말허리를 잘랐다.

죽이지 못하면 살아 돌아오기 힘든 법. 선봉장을 자처하던 철표답게 자원해서 간 거다. 네가 처결하지 않았더라면 혹독한 고문을 당한 후 결국 죽었겠지. 검계 목숨이란 다 그런 거다. 미안해하지 마라.

형님…….

눈두덩이 뜨거워졌다. 예상 밖의 위로다. 벌을 내리면 달게 받을 생각이었건만.

방금 도승지가 호암군의 사가로 와선 세자 책봉 교지를 전했습니다.

뭐라고?

나도 악두만큼 놀랐다.

모르고 계셨습니까? 갑론 쪽에서 연락이 오지 않았습니까?

악두가 즉답을 하지 않고 눈을 감은 채 어깨가 흔들릴 만큼 떨었다. 분노가 차오르고 있었다.

호암군은 저를 데리고 입궁하겠다고 합니다.

악두가 눈을 뜨고 물었다.

용주야! 호암군이 왕이 되면 최만치는 무슨 벼슬을 받을 것 같으냐?

최소한 좌포도대장쯤은 오르겠지요. 아니면 척검방 대장으로 승진할 수도 있습니다. 어느 쪽이든 수사가 가능한 벼슬아치가 되면 곧바로 호암군 암살 미수 사건을 파헤칠 겁니다. 그리되면 배후가 드러나겠지요. 최만치는 마포 검계 전체를 없애려 들 겁니다.

맞는 말이다. 최만치라면 그 정도는 하려고 들 거다.

기회는 오늘 밤뿐입니다. 호암군이 동궁에 들지 못하도록 막아야 합니다. 지금 그 일을 할 사람은 저뿐입니다.

호암군의 얼굴이 떠올랐다. 너는 호위무사가 아니라 오늘부터 벗이라고 말하던 그 순간.

제가 호암군을 베겠습니다.

용주야!

악두가 목소리 낮추어 이름을 불렀다.

예. 형님.

갑론은 이미 우릴 찍어 냈다.

조덕신이 죽으라면 죽는 시늉까지 하던 악두였다. 천년만년 함께 영화를 누릴 것처럼 보였건만.

무슨 말씀이십니까?

오늘 밤 자객들이 분명히 호암군을 죽이러 갈 거야. 그 일을 마포 검계가 아니라 다른 놈들에게 맡긴 게 분명하다.

다른 놈들이라면?

조덕신의 눈에 들려고 발버둥치는 놈이 어디 한둘이더냐. 용주야! 갑론이 우릴 버렸으니 우리도 갑론에게 되갚아 줘야겠지? 갑론이 호암군을 죽이길 원하니 우린 호암군을 살리자꾸나.

악두는 조덕신과 맞서기로 결심한 것이다. 위험한 선택이었다.

형님!

내가 전에 말했었지. 마포 검계 두령은 지나가는 역참과 같다고. 오늘 밤 호암군이 죽으면 이 나라는 조덕신의 수중에 떨어지는 거다. 그 늙은 살쾡이에게 은괴며 그림이며 도자기를 얼마나 많이 갖다 바쳤는지 모른다. 오래전부터 이런 각오를 했지. 내가 두령 노릇 그만두기 전에 딱 한 번은 조덕신을 자근자근 밟을 거라고. 갑론이란 벽을 건어 내고 이 나라 군왕과 직접 만나 더 큰일을 도모하고 싶다고. 달라진 건 없다. 기회가 빨리 온 것뿐이다.

형님! 그 말씀은……?

그래, 호암군이 절체절명의 위기에 빠졌을 때, 네가 그를 구해 내도록 해.

놀라운 명령이었다. 다시 확인하여 묻지 않을 수 없었다.

진심이십니까? 호암군을 죽이기 위해 무예별감으로 호위무사로 지금까지 세월을 흘려보낸 것 아닙니까? 갑론의 변심에 불쾌한 심정은 저도 마찬가지지만, 좌상에게 사람을 보내 기회를 다시 얻는 게…….

호암군을 구하면 우린 장차 이 나라 주인이 될 세자를 구한 생명의 은인이 되는 거다. 해 볼 만한 도박 아니겠어? 넌 호암군을 구한 뒤, 내 명령을 따라 행동했다고만 밝히고 잠시 피신하도록 해라. 1년만 숨어 지내면 이 소란이 지나갈 테니, 그때 다시 너를 부르도록 하마.

저만 숨는다고 될까요? 갑론의 개들이 형님을 가만두지 않을 겁니다.

마포 검계 악두가 갑론 따위에게 호락호락 당하진 않아. 그동안 놈들에게 뇌물로 먹인 것들을 단 하나도 빼놓지 않고 기록해 두었지. 조덕신의 목에 들이댈 칼날인 게야. 용주야! 사실 누가 왕이 되건 우리하곤 아무 상관도 없다. 그건 정치하는 놈들 일이고 우린 그저 우리 살길만 찾으면 돼. 저 새끼들이나 우리나 다 똑같다. 살려고 이리 줄 대고 저리 발버둥치고……. 이번 일만 무사히 끝나면 우리에게 새로운 길이 열리는 게다. 다신 널 다른 곳에 보내지 않으마. 함께 살면서 편히 지내도록 하자꾸나.

남촌엔 호위무사들이 가득합니다. 자객들을 어떻게 침투시킬까요?

악두가 누런 이를 드러내며 웃어 보였다.

가서 기다리거라. 오늘 밤 반드시 호암군을 베러 조덕신이 보낸 하루살이들이 몰려들 테니까.

서둘러 숭례문을 지났다. 복잡한 마음 탓인지 번화한 거리가 눈에 들어오지 않았다. 내 앞날은 비바람에 흔들리는 꽃잎 같았다. 어제 아니 조금 전까지도 나는, 마음만 먹으면 언제라도 호암군의 심장에 칼을 박아 넣을 수 있는 최측근의 암살자였다. 그런데 호암군을 살리라는 밀명을 받았다. 검계란 이런 것인가. 아니면 내 운명이 이런 것인가. 피리 소리가 들려왔다. 나비 떼가 흐드러진 꽃밭을 누비듯 한들한들 오르고 또 내리는 소리가 고왔다. 낯익은 선율이다. 고개를 들고 소리가 들려온 쪽을 살폈다. 탈을 쓴 세 광대가 빙글빙글 돌며 놀고 있었다. 피리를 문 광대가 나를 발견하곤 쪼르르 달려왔다. 광대들이 잃어버린 오빠와 상봉한 듯 품에 안기며 반겼다. 그미들이 탈을 벗었다. 들창코와 여드름과 주근깨였다.

진짜 용주 오빠예요?

한양에 올라올 때부터 혹시나 만날까 했지요.

서대문, 남대문, 동대문 돌아다녀도 안 보이기에 포기했었는데, 반갑수.

서대문 밖에서 판을 벌이고 있다고 했다. 구경꾼을 끌어모으기 위해 놀음이 없는 시간에 근방을 돌아다니는 것은 어린 광대들의 몫이다.

대인께선 무탈하셔?

들창코가 말을 더듬었다.

그, 그게 큰 문제는 없지만…….

솔직히 말해. 무슨 일이야?

주근깨가 답했다.

오빠가 사당패를 떠난 후에 그 양반 놈들이 몰려왔어요. 꺽두쇠 대인 혼자 봉변을 당하시는 바람에 오른발을 다치셨어요. 지팡이에 의지하여 겨우 다니신답니다.

그랬는가. 내가 악두를 따라 상경하는 것으로 일이 마무리된 것이 아니었는가. 대인이 나 대신 몰매를 맞고 절름발이가 되었는가. 천하제일 검술 실력을 지녔으면서도 양반들의 매질을 묵묵히 당하고만 있었는가. 사당패를 지키기 위하여, 그리하였는가. 양반이란 것들을 믿은 내가, 대인이, 우리가 어리석었다. 지은 죄보다 타고난 죄 때문이다. 양반으로 태어나지 못한 죄, 그중에서도 가장 천한 광대로 산 죄. 나의 죄가 조금 전 받은 밀명과 함께 가슴 한구석을 묵직하게 달구었다. 뜨거운 기운이 목까지 차올랐다. 악두 형님 말대로 세상을 휘젓고 싶었다. 꼭 한 번 다시 전주로 내려가서 양반들을 응징하고 싶었다. 여드름이 웃으며 말머리를 돌렸다.

셋이서 탈놀음을 벌인답니다. 탈을 적어도 열 개 정도는 바꿔 쓸 수 있어요. 오빠처럼 외줄을 타면서 탈바꿈을 하진 못하지만, 그래도 박수를 꽤 많이 받는답니다.

기특했다. 그미들을 따라 서대문 밖으로 가서 대인을 만나고 싶었다. 오늘은 아니었다.

지금은 급한 용무가 있어서 가야겠다. 근일 대인을 뵙도록 할게. 그땐 너희들 탈놀음도 구경하자꾸나.

정말이죠?

당장 가면 더 좋겠지만 할 수 없죠.

외줄을 타며 탈바꿈하는 재주를 가르쳐 주실 수 있수?

차례차례 눈을 맞춘 후 답했다.

그럼. 꼭 가르쳐 주마. 기다리고 있으렴.

그미들은 다시 탈을 쓰곤 춤을 추며 거리를 갈지자로 휘휘 걷기 시작했다. 남촌으로 방향을 꺾었다. 그미들이 사라진 뒤에도 피리 소리가 계속 따라오며 내 등을 밀어 댔다.

복귀 시점은 유시(저녁 5시~7시)였지만 신시(낮 3시~5시) 즈음 남촌으로 돌아왔다. 북문은 열려 있었고 후원 정자에 앉아 조용히 책을 읽는 호암군이 보였다. 독서에 몰두하는 그를 오랫동안 지켜보았다. 이제 저 왕자를 살려야 한다. 또다시 죽음의 문턱에 선 그를 무사히 구할 수 있을까. 호암군의 넓은 이마로부터 정자 양 기둥에 우뚝 솟은 느티나무로 시선이 옮겨 갔다. 이곳이 남촌이 아니라 전주나 나주라면, 내 직분이 호위무사가 아니라 사당패 광대라면, 외줄을 느티나무에 단단히 묶고 탈들을 허리춤에 차곤 껑충 올라섰으리라. 외줄에서의 탈놀음은 흉측한 도적탈로부터 시작하곤 했다. 착하고 평범한 탈보다는 기괴하고 심술 사나운 탈이 구경꾼의 집중과 호응을 이끌어 냈던 것이다. 두 발을 한일자로 두고 발끝에 힘을 싣는데, 멀리서 꼭두쇠 대인의 목소리가 들려왔다.

줄타기나 인생이나 마찬가지야. 까딱 잘못해서 중심을 잃으면 한순간에 천 길 낭떠러지로 떨어져 죽는 거지. 그러니 아무런 생각 하들 말고 앞만 보고 가. 그래야 네가 살아.

몸을 빙글 돌리자 도적의 탈은 사라지고 왕의 탈이 내 얼굴을 가렸다. 발바닥을 아래로 밀었다가 공중으로 몸을 튕겨 올렸다. 오른손을 등 뒤로 뻗어 장검 하나를 뽑아 들고 공중제비를 돌며 다시 줄로 무사히 내려섰다. 반으로 잘린 왕의 탈이 저기 땅바닥에 떨어졌다. 툭, 소리를 낸 것은 왕의 탈이 아니라 호암군이 보던 서책이었다. 서책을 서안에 내려놓곤 손을 들어 보였다. 나는 공손히 후원으로 들어가서 정자 앞에 섰다.

저녁엔 너도 같이 가야 한다.

즉답을 못하고 고개만 들었다.

몇 번 거절했는데도 이판이 자릴 마련하겠다는구나. 특별히 호위무사 열 명과 함께 가겠다고 했다. 최 대장 이하 너희들 고생이 참으로 크지 않았느냐. 그리고 내일 아침 나와 함께 입궁할 채비를 갖춰라. 네게 어울리는 직책을 주마.

이조판서 김인혁이 축하연을 마련한 것이다. 불길했다.

꼭 이 자리에 가셔야 하는지요?

걱정이 많은 듯하구나.

언제라도 급습을 다시 받을 수 있습니다.

네가 있지 않느냐?

…….

나는 너와 최 대장을 믿는다. 축하연에 가든 사가에 머물든 내 목숨을 앗고 싶은 놈들이 있다면 오겠지. 나는 더 이상 물러나고 숨고 피하지 않으려 한다. 위험은 물론 감수해야겠지만, 그건 너와 최 대장이 막아 다오. 그리해 줄 수 있겠느냐?

곁을 지키겠습니다.

그러면 됐다.

축하연은 '홍청'에 마련되었다. 김인혁 역시 단골손님 중 하나였다. 김인혁과 을론 신하들이 상석에 앉은 호암군의 좌우를 차지했고, 최만치와 호위무사들은 윗목 문가로 밀렸다. 여덟 명만 앉고 두 명은 문밖에서 경계를 섰다. 최만치의 치밀함이다. 디귿 자 형태의 방 중앙은 가무를 위해 비워 두었다. 축하연이 벌어지기 전에 호암군이 인사말을 했다.

여러분의 도움으로 오늘 이 자리까지 오게 되었습니다. 세자께서 돌아가신 뒤 아직 상중이기에 축하연은 거절해야 마땅하지만, 이판 대감이 거듭 청하여 조촐하게 모임을 갖기로 한 것이오. 동궁으로 들어간 뒤에도 계속 나를 도와주셨으면 합니다. 언제든 상의할 일이 있거든 오세요.

김인혁이 이어받았다.

그래도 한잔의 축하주는 있어야 하지 않겠습니까? 자자, 오늘은 대취하진 맙시다. 호암군께서 세자에 책봉되신 것만으로도 기쁨의 취기가 흘러넘치지 않습니까?

웃음소리가 방을 가득 메웠다. 김인혁이 축배를 권하였고 참석한 이들이 모두 술이 가득 든 잔을 단숨에 비웠다. 김인혁이 다시 축하 인사를 올렸다.

세자마마, 감축드리옵니다!

고맙습니다. 어렸을 때부터 보살펴 준 여러분의 공을 잊지 않겠습니다.

돌아가신 숙빈마마께서 이 모습을 하늘에서 내려다보시고 계실 것이옵니다. 부디 성군이 되어 주시오소서.

신하들이 합창하듯 호암군의 앞날을 축복했다.

천세, 천세, 천천세!

좌중을 훑어보던 호암군의 시선이 문간에 앉은 내게까지 미쳤다. 눈웃음을 주고받았다.

고맙습니다. 내 그대들을 잊지 않겠습니다.

자, 이제 한양 제일 '홍랑'의 검무를 보시지요.

문이 열렸다. 쌍검을 든 푸른 옷의 홍랑이 사뿐사뿐 방 한가운데로 들어섰다. 원래는 두 사람이 마주 보며 쌍검무(雙劍舞)를 추었지만, 자리가 협소하여 오늘은 홍랑의 독무(獨舞)로 바뀌었다. 뒤이어 악공 넷이 들어와서 자리를 잡고 앉았다. 홍랑이 고개를 들어 악공들을 쳐다보았다. 둥글고 짙은 검은 눈동자가 나를 향해 반짝이는 듯했다. 춤사위가 시작되었다. 두 검이 오랜 세월을 지나 처음 만나는 벗처럼 천천히 운율을 타면서 흘렀다. 왼 검이 다가오면 오른 검이 물러나고 오른 검이 친한 척 말을 걸면 왼 검이 고개를 돌려 토라지는 꼴이었다. 그러다가 두 검이 홍랑의 단전 위에서 마주치자 곡조가 해일이 밀려들듯 빨라졌다. 홍랑의 두 발이 껑충 뛰어오르자 칼끝이 높은 천장에 닿았다. 그리고 성큼 전진하여 검을 뻗었다. 칼끝이 호암군과 겨우 반걸음 차이밖에 나지 않았다. 곁에 앉은 김인혁은 놀라서 등을 젖혔으나 호암군은 꿈쩍도 않고 칼끝을 지나 홍랑과 눈을 맞췄다. 여덟 무사도 놀라긴 마찬가지였다. 검무를 처음부터 반대했던 최만치가 급히 일어섰다. 밖에서 문을 지키던 호위무사들의 고함이 터진 것은 바로 그 순간이었다.

자객이닷!

문이 부서지면서 복면한 괴한들이 몰려들었다. 연주가 멎었고 비명이 빈자리를 채웠다. 최만치가 앞장선 두 명의 가슴을 베어 넘어뜨렸지만, 그 뒤 사내가 호암군을 향해 곧장 달려드는 것까지 막진 못했다. 자객의 검이 호암군의 목을 노리고 날아 내렸다. 몸을 피하기엔 이미 늦었다. 그때 홍랑이 쌍검을 열십자로 어긋나게 붙여 자객의 검을 막았다. 검무용 검은 곧 두 동강이 났고 홍랑은 쓰러져 나뒹굴었다. 그 틈에 최만치와 윤강록이 호암군을 구하여 복도로 밀고 나갔다. 기회를 놓친 자객은 분풀이라도 하듯 홍랑을 향해 검을 휘둘렀다. 홍랑이 어깨를 베이기 전, 내가 먼저 자객의 목을 찔러 넘어뜨렸다. 피가 온통 홍랑의 얼굴로 튀었다. 부축해서 일으켜 세운 뒤 다급하게 말했다.

피하시오. 어서!

북쪽 벽이에요. 거기로 나가세요.

나는 호암군이 사라진 복도를 향해 미친 듯이 달렸다. 불행하게도 막다른 복도였다. 호암군, 김인혁을 비롯한 을론들 앞에 최만치와 윤강록이 검을 휘두르며 자객들과 맞섰다. 김인혁이 분을 참지 못하고 나서서 꾸짖었다.

이놈들! 감히 세자마마를 암살하려 들어? 뭣하는 놈들이기에…….

자객 하나가 입에 피리를 물더니 훗 하고 내뿜었다. 작은 화살이 날아들어 김인혁의 뺨을 스치고 귓불을 뚫어 버렸다. 피리를 다시 호암군 쪽으로 겨눴다. 내가 달려들어 피리를 반 토막 내지 않았다면 독을 바른 작은 화살이 호암군의 인중이나 목덜미에 박혔을 것이다. 껑충 뛰어 최만치 옆에 붙었다. 그리고 북쪽 벽을 발로 힘껏 걷어찼다. 홍랑이 알려 준 비밀 복도가 열렸다.

어서 마마를 모시고 가십시오. 여긴 제가 막겠습니다.

최만치가 그 역할을 윤강록과 내게 넘겼다.

자네 둘이 먼저 가. 난 저놈들과 할 일이 남았어.

놈들은 벌써 스무 명이 넘었다.

혼자선 역부족입니다.

최만치와 내가 아주 잠깐 눈싸움을 벌이는 동안, 윤강록이 호암군과 함께 북쪽 비밀 통로로 뛰어 들어갔다. 다시 자객들이 달려들었고 나는 공중제비를 돌아 그들을 벴다. 그리고 비밀 통로로 내달렸다.

내가 뒤쫓는 동안 윤강록과 호암군이 나눈 대화를 훗날 들을 기회가 있었다. 둘은 어둡고 좁은 통로를 허리를 숙인 채 달렸다. 서쪽 그리고 북쪽 다시 동쪽으로 방향을 세 번 꺾은 뒤에 빛이 새어 들어오는 작은 문 앞에 닿았다. 그 문을 밀고 나가면 곧 저자거리로 통하는 골목이었다. 문고리를 당기려는 호암군의 팔목을 윤강록이 꽉 틀어잡고 물었다.

살고 싶습니까?

무슨 소리냐?

마마께서 입궁하는 순간, 궁궐엔 피바람이 불 겁니다. 진작 욕심을 버리셨다면 이 고생을 하지 않아도 되었겠지요.

네 이놈!

호암군은 팔을 빼지 못했다. 궁술 솜씨가 뛰어나다고 해도, 무과에 급제한 호위무사를 뿌리치긴 어려웠다.

이놈! 어서 손목을 놓지 못하겠느냐?

여러 목숨 살린다 생각하시고 이제 그만 이승을 떠나십시오. 단칼에 고통없이 보내 드리겠습니다.

무엄하구나.

윤강록이 검을 쥔 오른 손등으로 호암군의 뺨을 후려쳤다.

세자 놀인 그만해. 우리 같은 서출이 출세할 길이 이딴 거밖에 없음을, 네가 더 잘 알잖아?

서출 운운하는 대목은 뒤따라온 내게도 들렸다.

멈춰.

윤강록은 등을 보이는 것이 불리하다고 판단한 듯, 호암군과 함께 문을 열고 나갔다. 골목엔 행인이 없었고 비가 다시 내리기 시작했다. 돌아선 윤강록은 호암군의 등 뒤에서 장검으로 목을 겨눴다. 칼날이 살갗을 파고들어 피가 났다. 힘을 살짝만 더 실으면 그것으로 호암군은 끝이었다.

칼을 버려!

나는 천천히 장검을 바닥에 내려놓았다. 후회스럽고 나 자신이 너무너무 한심했다. 등잔 밑이 어두웠다. 조덕신이 윤강록에게 출세를 보장하며 비밀 명령을 따로 내린 것이다. 천천히 턱을 들며 일어섰다. 빗방울이 이마와 뺨을 사정없이 후려쳤다.

윤강록이 젖은 땅에 놓인 장검을 쳐다보며 비로소 참았던 숨을 내쉬었다. 그가 마음을 놓지 않았다면, 호암군을 구할 기회가 내게 오지 않았을 것이다. 검을 든 윤강록의 오른팔에 힘이 들어갔다. 단숨에 호암군의 목을 자를 기세였다. 나는 주저하지 않고 왼팔을 들어 올리며 소맷자락에 감추어 둔 단검을 날렸다. 단검은 비와 어둠을 뚫고 날아가서 윤강록의 목에 정확히 박혔다. 고목이 쓰러지듯 윤강록이 넘어졌고 호암군은 그 자리에 주저앉았다. 나는 급히 나아가서 부축하며 물었다.

괜찮으십니까?

호암군이 윤강록의 시신을 먼저 확인했다. 그리고 떨리는 목소리로 내게 말했다.

용주야! 네가 나를 또 한 번 구했구나.

그 눈망울을 지금도 잊지 못한다. 나를 진정 벗이라 믿는 눈망울, 나 때문에 목숨을 구했다는 고마움으로 가득한 눈망울, 나와 함께 동궁으로 가서 새로운 미래를 꾸려 나가리라 결심하는 눈망울, 내게 부족한 병법서들을 읽혀 장차 무과에 급제시키려고 하는 눈망울, 나와 함께 높은 산 맑은 내를 돌아다닐 눈망울, 함께 밤을 새워 몸과 마음속 서로의 내밀한 상처를 내보이며 위로할 눈망울, 내가 곧 너라는 눈망울. 그 모든 바람들이 가득 담긴 눈망울.

그 눈망울을 보며, 헛된 꿈을 잠시 꾸었다. 찰나지만 내 인생 전부를 바꾸는 꿈이었다. 나는 이 눈망울을 지닌 사내의 진정한 벗이 되고 싶어졌다. 벗이란, 탈을 벗고 맨얼굴로 서로를 봐야 한다. 나는 지금부터 내가 벌일 짓의 결말을 가늠해 보았다. 벗이 되자마자, 그러니까 내가 누구인지를 밝히자마자, 그는 나를 벗으로 인정하지 않고 내칠 것이다. 함께 우정을 나눌 시간은 허락되지 않는다는 뜻이다. 그러나 벗인 체하며 그의 곁에 머물고 싶지 않았다. 다 그 눈망울 때문이었다.

나는 땅에 내려놓았던 장검을 집어 양손에 받쳐 들었다.

죽여 주십시오.

무슨 소리냐?

저는 검계의 일원입니다.

용주, 네가 검계라고?

호암군이 장검을 받아 쥐곤 거듭 물었다.

왜 나를 살렸느냐?

구하라는 밀명을 받았습니다.

밀명? 그자가 누구냐?

마포 검계 두령 표악두입니다.

호암군이 내 칼을 맞고 쓰러진 괴한들을 가리켰다.

하면 저놈들은?

처음 보는 자들입니다. 검술도 검계의 것과 다릅니다.

호암군이 장검을 뚫어져라 쳐다보다가 말머리를 돌렸다.

나는 너를 벗으로 대했다. 그런데 너는 악두의 명령만 듣는 것이더냐? 지금까지 내 일상을 악두에게 보고했던 것이냐? 그게 벗에게 할 짓이더냐?

황공하옵니다.

악두가 내 목을 베어 오라 했다면, 베었을 것이냐?

……옥체를 보존하십시오.

잠시 침묵이 흘렀다. 최만치와 호위무사들이 달려오는 발소리가 들렸다. 호암군이 돌아서며 명했다.

가라!

마마!

다시 내 눈에 띄면 그땐 너를 반드시 죽일 것이다.

마마…….

가래도, 어서!

나는 일어서서 장대비 쏟아지는 광통교 거리를 달렸다. 수십 번 오간 길이지만 처음 도착한 고을처럼 낯설었다. 외로움이 엄습했다. 어디로 갈 것인가. 걸음을 디뎌도 닿을 곳이 없었다. 목적지를 잃고 돛대마저 부러진 작은 배 신세였다. 악두는 호암군을 구한 뒤 당분간 은신하며 기다리라고 했다. 갑자기 불어난 시간을 어찌 채워 나갈지 막막했다.

인생에서 영원히 지워 버리고 싶은 하루가 있다. 세상의 모든 불행과 슬픔이 나에게로만 밀려들었다고나 할까. 지금 이 모양 이 꼴로 살아가는 것도 그 하루 때문이다. 그 하루를 통째로 누군가에게 이야기해 준 적이 없다. 혀끝에 올리는 것만으로도 그날의 깊은 수렁에 내 몸이 빠져드는 것 같다. 대신 누군가가 마음에 들면, 당신의 인생에서 지워 버리고 싶은 하루가 있소? 라고 묻곤 했다. 있다고 답하면 그날을 들려달라고 했고, 내가 겪은 그날과 남몰래 비교하였다. 놀랍게도 열에 아홉은 그들에게도 영영 망각하고 싶은 날이 있었다. 기억에서 완전히 덜어 내 버리고 싶은, 그날이 없었다면 삶이 지금보다 아주 많이 나아졌으리라 상상되는 바로 그런 날!

꽃다리 옆 지전 창고에서 잠시 눈을 붙였다. 도둑고양이처럼 담을 넘었고, 종이 뭉치 사이에 몸을 뉘곤 천장을 때리는 빗소리를 들었다. 장검을 든 호암군의 눈동자를 떠올리며 한참을 뒤척이다가 새벽녘에야 겨우 잠이 들었다. 긴 잠을 잇진 못했다. 엷은 빛이 창으로 스며들자마자 벌떡 일어나 앉았다. 창고에 놓인 낡은 삿갓을 쓰곤 나왔다.

나는 광대인가 검계인가 별감인가 호위무사인가. 벗이 되고자 탈을 벗은 자였다. 그리고 더 이상 탈바꿈할 역할을 잃었다. 내가 몰랐던 것은 바로 이 맨얼굴의 삶이었다. 나용주는 나용주로 살 수 있을까. 이름 앞에 어떤 탈도 쓰지 않은, 나를 나로만 품어 주는 사람이 있긴 있는 걸까.

호암군은 새벽에 김인혁과 최만치를 남촌 사가로 불러들였다. 김인혁이 흰 천으로 뺨과 귀를 둘러 상처를 감쌌다. 최만치가 분을 참지 못하고 아뢰었다.

'홍청'에 난입한 자들은 개천(開川, 청계천)의 거지패들이옵니다. 갑론의 사주를 받아서 침탈한 것이 분명하옵니다.

김인혁이 맞장구를 쳤다.

그냥 둬선 아니 되옵니다. 마마는 이제 국본(國本)이시온데, 어찌 저들이 이와 같은 만행을 저지른단 말입니까?

호암군이 차갑게 두 사람을 보며 물었다.

물증이 있소?

최만치가 머뭇대다가 답했다.

……아직 없사옵니다. 호위무사 중 나용주가 종적을 감췄으니 배후와 분명 연관이 있을 것이옵니다. 그를 잡아 문초하면 사건의 전모를 밝힐 수 있사옵니다.

김인혁이 답했다.

물증이 무슨 필요가 있사옵니까? 지금 마마가 동궁의 주인이 되는 것을 꺼려하는 자들은 갑론밖에 없사옵니다. 거지패를 잡아들여 문초하면 조덕신을 비롯한 갑론들의 이름이 나올 것이옵니다. 최 대장과 제게 맡겨 주시오소서.

조덕신과 당상관 한둘 잡아들인다고, 이 나라를 100년 넘게 쥐락펴락한 갑론이 없어지겠소? 대답해 보시오.

…….

아직은 때가 아니니 물러나 기다리시오. 지난밤 '홍청'의 변고는 당분간 새어 나가지 않도록 입단속들 철저히 하오. 입궁을 앞두고 을론의 여러 신하들과 술자리를 가진 사실이 드러나면 낭패가 아니겠소? 갑론을 모조리 잡아들일 기회가 곧 올 것이오.

남촌에서 창덕궁까지 무예별감들과 좌우 포도청 관원들이 도열하여 섰다. 대광통교 근처에 모인 구경꾼 속으로 섞여 들어갔다. 삿갓을 들어 올리다가 급히 내렸다. 장검을 든 최만치가 광통교를 건너오는 중이었다. 잠시 후 호위무사들을 앞세우고 평교자에 앉은 호암군이 나타났다. 낯익은 무사들이 호암군의 좌우와 뒤까지 3보 간격으로 벌려 섰다. 나도 저 자리에 설 수 있었다. 호암군과 함께 남촌에서 동궁까지 영광의 길을 걷기로 약조했었다. 그러나 하루아침에 모든 것이 달라졌다. 호암군은 세자에 오르기 위해 입궁하고 나는 영원히 그의 곁을 떠나야 하는 것이다. 보는 눈이 많아서 큰절을 할 순 없지만 마음으로 빌었다.

부디 성군이 되십시오.

호암군이 광통교를 건널 즈음 등 뒤에서 불편한 시선을 느꼈다. 미행이 붙은 것이다. 구경꾼들과 함께 운종가 쪽으로 걸어가는 척하면서 골목으로 빠져나왔다. 동대문을 향해 걷기 시작했다. 운종가 대로로 곧장 가지 않고 골목에서 골목으로 길을 잡았다. 적어도 두 놈 혹은 그 이상이 나를 찾아 동쪽으로 걸음을 옮기고 있었다.

동대문을 통해 도성 밖으로 나가는 것은 포기했다. 내 얼굴을 그린 방이 대문에 떡하니 붙어 있었다. 최만치가 발 빠르게 움직인 결과였다. 부대장 윤강록이 죽었고, 끝까지 호암군을 따라갔던 호위무사 나용주가 모습을 감췄다. '홍청' 근방을 뒤져도 시신은 나오지 않았다. 호암군은 나용주가 검계란 사실을 알리지 않았지만, 최만치로서는 나를 잡아 따질 구석이 많았다. 수배하는 방을 사대문과 사소문을 비롯하여 도성 곳곳에 붙인 것이다. 방향을 돌려 인적이 드문 골목으로만 삿갓을 깊이 눌러쓰고 움직였다. 독 안에 든 쥐가 되지 않으려면 도성을 벗어나는 일이 급했다. 수표교 근처를 지날 때 덩실덩실 어깨춤을 추며 노는 아이들을 보곤 문득 어제 숭례문 안에서 만났던 여광대들을 떠올렸다. 사당패에 숨자! 사당패란 탈을 쓰고 줄을 놀며 전국을 떠돌다가 보면, 시절도 조용해질 테고 악두 형님의 부름도 받게 될 것이다. 다행히 대인의 사당패가 서대문 밖에 머무른다고 하지 않는가. 마음이 급했다. 포목을 가득 실은 소달구지에 몸을 숨기고 대문을 통과했다. 등을 굽히고 사지를 붙여 작은 공처럼 만든 뒤 좁은 공간에 숨는 재주 역시 사당패에서 익혔다.

서대문을 나온 후 다시 삿갓을 쓰고 사당패의 거처를 찾아갔다. 인왕산 초입에 자리 잡은 흉가에 머무른다고 했다. 호랑이가 가끔 출몰하는 바람에 사람들 발길이 뜸했지만, 대인은 호랑이보다 사람이 무섭다며 그런 집만 택해 자리를 잡곤 했다. 행인도 뜸하니 판을 연습하고 준비하는 데 최적의 장소였다. 멀리서 깃대 하나가 흔들렸다. 대인은 그 깃대에 늘 흰 호랑이 깃발을 매어 두곤 했다. 그런데 오늘은 빈 깃대다. 걸음이 빨라졌다. 몰살이었다. 문을 열고 들어가자마자 광대들이 마당에 쓰러져 있었다. 등과 목에는 칼자국이 선명했다. 들창코는 부엌에서 주근깨는 헛간 땔감 나무 밑에서 여드름은 건넌방에서 목숨을 잃었다. 시신들의 몸이 아직 따듯하고 피가 완전히 굳지 않았다. 저승사자들이 다녀간 지 얼마 되지 않은 것이다. 대인은? 집을 구석구석 찾았으나 대인은 없었다. 급히 집을 나와서 인왕산 자락을 오르기 시작했다. 쉰 걸음도 채 딛지 않아서 대지팡이 하나를 발견했다. 전주에서 양반들에게 몰매를 맞은 뒤론 지팡이에 의지한다고 했다. 쉰 걸음을 더 올라가니 절구통처럼 생긴 바위 옆에 대인이 쓰러져 있었다. 급히 부축해서 안았다. 옆구리에서 피가 철철 흘러나왔다.

대인! 접니다. 용주가 왔습니다. 대인!

눈두덩이 파르르 떨렸다. 그리고 겨우 실눈을 떴다. 대인은 이 세상에 마지막 말을 남기기 위해 천천히 입술을 열었다. 문장을 만들진 못하고 몇몇 단어들이 불씨처럼 떨어졌다가 재로 바뀌었다.

표악두가…… 살아라…… 꼭…… 복수를.

눈물을 쏟으며 대인의 몸을 흔들었지만 끝내 다시 눈을 뜨지도 못했다. 허망한 최후였다.

표악두. 분명 대인의 입에서 마포 검계 두령의 이름이 나왔다. 치가 떨리고 가슴이 울렸다. 머리가 터질 듯 복잡했다. 대인과 악두는 같은 스승 밑에서 검술을 배웠다. 그 후의 행보는 달랐지만 사형과 사제로 예의를 갖추는 풍광을 전주에서 내 눈으로 똑똑히 봤다. 그런데 왜 악두가 이끄는 마포 검계가 대인의 사당패를 몰살시킨단 말인가. 대인을 발견하기 전까진 최만치를 의심했었다. 그러나 아무리 검계를 잔혹하게 다룬다고 해도 사당패를 몰살시킬 위인은 아니다. 악두가 시키는 대로 호암군을 구했다. 그렇다면 악두가 왜, 명령을 충실히 따른 나를 왜 노린단 말인가. 뒤통수를 도끼로 맞은 듯이 참혹한 죽음을 설명할 길이 보였다. 이유는 하나밖에 없다. 악두는 나까지 죽여 없앤 뒤, 호암군을 구한 공을 혼자 독차지하려는 속셈이다. 이렇게까지 할 필요가 있을까. 대인을 비롯한 광대들은 도성에서 벌어지는 일들과 무관하다. 그들은 검계와 조정 신하들이 어떻게 붙어먹고 사는지, 호암군이 세자에 오르면 갑론과 을론 중 어느 쪽이 유리한지, 또 그에 따라 어느 검계가 떡고물을 더 먹게 되는지 관심조차 없다. 그런데 나용주가 숨어들지도 모른다는 이유 하나만으로 사당패를 모조리 죽여 없앴다. 이토록 냉혹한 집단이 검계인 것이다. 잔악무도하여 평범한 이는 근접조차 두려워하는 사람 짐승. 사당패 광대들을 도륙하는 일은 요깃거리로 취급하는 야차. 아! 내가 도대체 이 광대들에게 무슨 짓을 한 것인가. 내가 검계에 들어가지 않았다면 이들이 급사할 까닭이 없다. 광대들은 나 때문에 죽은 것이다. 검계에 들어가고, 검계들과 신나게 검계의 노래를 부르고, 검계의 이익을 위해 별감으로 신분을 바꾼 뒤 호암군의 호위무사로 옮겨 갔다. 이 모든 짓들이 결국 나를 거둬 주고 많은 재주를 가르쳐 준 사당패를 몰살시키는 결과를 낳았다. 모르고 한 짓들이란 말이 변명이 될 리 없다. 내 변명을 들어줄 광대가 단 한 사람도 없지 않은가. 이것은 또한 경고다. 나용주와 조금이라도 관련된 사람은 남녀노소를 막론하고 목숨을 앗겠다는 위협. 슬픔과 분노에 이어 두려움이 먹구름처럼 나를 짓눌렀다. 둘 중 하나였다. 스스로 삶을 접든가 아니면 복수하든가. 멀리서 호랑이 울음이 들려왔다. 나는 무릎을 펴고 벌떡 일어섰다. 그리고 산을 달려 내려가기 시작했다. 가만히 앉아 고민할 여유가 없었다. 결론을 내기 위해서라도 달려야 했다.

최만치와 악두가 동시에 내 목숨을 노리고 있었다. 최만치에게도 쫓기고 악두에게도 쫓겼다. 내 진심을 알아주는 이는 세상에 단 한 사람도 없었다.

서강 나루를 택했다. 악두는 검계를 도성 곳곳에 풀어 나를 찾고 있으리라. 마포에서 가장 가까운 서강까지 접근하리라곤 예상하지 못할 것이다. 서강으로 숨어들며 대인의 유언을 곱씹었다. 꼭을 중심에 두고 '복수를'과 '살아라'가 놓였다. '복수를 꼭 하라'란 뜻일 수도 있고 '꼭 살아라'란 부탁으로도 읽힌다. 혹은 '복수는 하지 말고 꼭 살아라'일 수도……. 나는 내 식대로 정리했다. 꼭 살아남아 복수하라. 지금은 상황이 좋지 않았다. 최만치와 악두의 협공 속에서 복수를 도모하기란 역부족이다. 잠시 전라도나 경상도로 내려가서 은거하다가 기회를 노려 상경하리라.

뉘엿뉘엿 해 질 무렵 도착한 서강 나루에서 200보쯤 상류로 올라갔다. 조각배 한 척이 있었다. 배를 묶어 두고 소변을 보던 뱃사공의 급소를 때려 기절시켰다. 승선하여 노를 저으니 배가 쑥쑥 잘도 나갔다. 순풍이었다. 노을의 붉은 기운이 얼굴부터 발등까지 따사롭게 쬐었다. 배가 어느새 강 가운데에 다다랐다. 건너편 강 언덕에 배를 대고 사라지면 더 이상 추격을 받지 않아도 된다. 꿩 한 마리가 피안에서 차안으로 날아왔다. 그 새를 따라 떠나온 강 언덕으로 천천히 시선이 돌아갔다. 그 순간 화살이 날아와서 팔꿈치에 꽂혔다. 노를 놓쳤다. 강을 따라 둥둥 떠내려갔다. 배가 오도 가도 못하고 맴을 돌았다. 나는 겨우 중심을 잡고 화살이 날아온 강 언덕을 노렸다. 화살 한 발을 활에 거는 명길이 보였다. 그 뒤로 10여 명 검계들의 호위를 받으며 악두가 무표정하게 서서 나를 노렸다. 평생 함께 먹고 자고 즐기며 살아가자고 말한 사내였다. 시선을 되쏘아 주었다. 고작 이것입니까, 검계의 의리가? 명길이 다시 시위를 당겼다. 날아온 화살이 왼 가슴에 정통으로 꽂혔다. 충격을 이기지 못하고 강에 빠졌다. 강물이 코와 귀로 밀려들어 왔다.

여기서 이야기를 끝낸 적도 많았다. 대두령 나용주가 바로 나란 사실만 숨기면, 왕자의 벗이 되려다가 숨진 멍청이 검계의 한심한 일생도 나쁘지 않은 이야깃거리다. 말년이 행복한 검계가 몇이나 될까. 대부분 한순간의 실수나 착각으로 삶을 망친다. 죽거나 다치거나 발바닥을 잘리고 옥에 갇힌 뒤론 다시 검계로 돌아오지 못한다. 하지만 첫머리에서 내가 바로 불포적 나용주임을 밝혔으니, 이야긴 계속되어야 한다. 어쩌면 이제 이야기를 시작하는 것인지도 모른다. 누군가에겐 후일담이지만 누군가에겐 첫 마음이다.

그 지독한 날, 작은 행운이 연이어 네 가지나 나를 기다리고 있었다. 행운 하나, 과녁을 벗어난 화살. 명길의 화살이 갈비뼈를 두 대나 부러뜨렸지만 심장을 살짝 비껴간 것이다. 덕분에 숨이 끊어지진 않았다. 행운 둘, 뱃놀이 나온 소선(小船). 한강에는 큰 나루가 여덟이며 그 외에도 작은 나루들이 적지 않았다. 소선이 닻을 올리고 강으로 나온 곳은 서강과 마포를 지나 굽이굽이 2000걸음 아래 나루였다. 배에는 사공 둘과 악공 넷, 시절을 모르고 풍류를 즐기는 장사꾼 일곱과 '홍청' 기생 일곱이 짝을 맞춰 탔다. 기생 중 맏이가 바로 홍랑이었다.

소선이 호줄을 풀기도 전, 풍악에 맞춰 기생들의 춤이 시작되었다. 장사꾼들도 뒤질세라 어깨춤으로 어울렸다. 홍랑은 뱃전에 앉아 검붉은 강을 내려다보았다. 어젯밤, '홍청'의 변고가 마음을 어지럽혔다. 호암군의 심장을 향하던 칼날을 막은 쌍검과 홍랑을 구한 호위무사 나용주의 얼굴이 겹쳤다. 별감 시절엔 혼을 쏙 빼놓는 탈춤으로 그미를 깜짝 놀라게 한 사내였다. 그가 없었다면 홍랑은 이미 죽은 목숨이다. 무사들이 자객들을 제압한 후, 홍랑은 혹시나 싶어 '홍청' 곳곳을 돌아다녔지만 용주는 없었다. 죽은 자 사이에도 없었고 산 자 사이에도 보이지 않았다. 그리고 오늘 대광통교 옆 담벼락에 붙은 방을 보았다. 숭례문에도 붙어 있었다. 흉악범 나용주를 수배하는 방이었다. 어젯밤 자신을 구한 호위무사가 어떻게 하루아침에 흉악범으로 둔갑했을까. 뱃놀이 값을 한 달 전에 미리 받지 않았더라면 오늘은 '홍청'에도 나가지 않고 생명의 은인을 찾아 한양 거리를 돌아다녔으리라. 돈을 돌려주고 쉬겠다고도 해 보았다. 퇴기 초월은 이 뱃놀이가 얼마나 중요한 자리인 줄 아느냐며 등을 떠밀었다. 선상에서 검무의 맛만 보여 주고 오라는 것이다.

언니, 검무를 보고 싶다는데요.

벌써?

성미도 급했다. 이제 막 나루를 벗어났는데 검무부터 구경하자는 것이다. 홍랑의 안색이 유난히 어두웠던 까닭에, 검무 구경을 못할까 싶어 말부터 넣은 것이다. 춤을 추기 싫을 땐 천금을 내놓아도 손끝 하나 움직이지 않기로 유명했다. 홍랑은 천천히 보자기를 열어 챙겨 온 쌍검을 꺼내 가지런히 늘어놓았다. 다시 어젯밤 일이 떠올랐다. 쌍검을 들고 막 일어서던 홍랑이 노 젓는 사공에게 물었다.

저기, 저것이 무엇이오?

뭘 말이우?

사람, 아닌가요?

사공이 노를 뻗어 흘러 내려오는 물체를 배 가까이 끌어당겼다. 정말 사람이었다. 선미에 닿은 사내의 얼굴을 본 홍랑이 깜짝 놀랐다. 어제 그미의 목숨을 구한 바로 그 호위무사 나용주였다. 사공이 강물에 떠내려온 사내를 선상으로 끌어 올렸다. 장사꾼들과 기생들이 놀라며 물러섰다. 왼 가슴에 화살이 박혀 있었다. 홍랑이 화살 옆에 귀를 갖다 댔다. 장사꾼들과 기생들이 조심조심 다가섰다.

어때요?

막내 기생이 물었다. 홍랑이 고개를 저으며 답했다.

이미 죽었어. 늦었어.

이 자리를 주최한 양화 거상 변팔복(邊八福)이 혀를 끌끌 차 댔다.

놀이판에 시체가 있으면 재수 없는 법. 당장 던져 버려.

사공 둘이 나용주의 발을 하나씩 끌어당겼다.

잠깐만 멈추세요.

홍랑이 변팔복을 똑바로 쳐다보며 따져 물었다.

변사체가 발견되었으니 관아에 알리고 넘겨야 합니다. 누가 관아에 다녀오시겠습니까?

선뜻 나서는 장사꾼이 없었다. 관아엔 되도록 가고 싶지 않은 것이 장사꾼의 습성이다. 더구나 시신을 넘기고 자초지종을 설명하는 것은 내키지 않았다. 홍랑이 나섰다.

제가 하지요. 배를 나루에 대어 주세요.

검무는?

변팔복이 지불한 뱃놀이 값엔 홍랑의 검무 보는 값이 절반 이상이었다. 그미는 실망한 장사꾼들과 차례차례 눈을 맞춘 후 답했다.

근일 홍청으로 와 주십시오. 검무뿐만 아니라 따로 미주(美酒)도 한 동이씩 올리지요. 어떻습니까?

그리함세. 약속은 꼭 지켜야 하네.

쌍검을 두고 맹세하지요.

방금 떠났던 나루로 배가 되돌아갔다. 사공들이 시신을 내렸고 홍랑도 따라 내렸다. 배가 다시 강의 한가운데로 나갈 때까지 서서 손을 흔들어 주었다. 풍악 소리가 아스라이 멀어졌다. 홍랑은 기생들을 보호하기 위해 대기시켜 놓은 '홍청'의 하인을 급히 불렀다. 하인은 화살이 등을 찌르지 않도록 조심하며 나용주를 업었다. 홍랑이 노래를 토하듯 명령했다.

발쇠야! 서둘러라. 목숨이 경각에 달렸음이야. 이분이 잘못되면 너도 제 명에 죽진 못할 게다.

어디로 갑니까요?

행주.

행운 셋, 하인의 빠른 발. 발쇠는 한양에서 달리기라면 첫손에 꼽히는, 전생에 천리마였다는 농담까지도 통하는 걸물이었다. 그 발이 내 목숨을 구했다. 그리고 마지막 행운이 발쇠가 도착한 행주 술도가에서 나를 기다리고 있었다. 어떤 행운인가는 술 한 잔 마신 뒤 설명하기로 하고, 내 인생의 지우고 싶은 긴 하루에 대한 이야기는 여기까지다.

춤도 춤 나름이듯이 술도 술 나름이다. 임진년 왜란 때 기기묘묘한 배를 만든 나대용 장군을 기억한다면, 못하는 도박이 없는 타짜였으며 상상품 술을 만들기로 도성에서 이름 높은 술도가 장인 취몽을 이해하기 쉽다. 빼빼 마르고 배만 톡 튀어나온 늙은이는 오감을 동원하여 술을 빚는 것으로 유명했다. 빛깔을 보고 냄새를 맡고 재료가 되는 누룩을 손으로 만지고 술이 떨어지는 소리를 듣는 데도 탁월했지만, 무엇보다도 그의 혀는 계절에 따라 변하는 술맛을 정확히 구별해 냈다. 취몽의 술이 인정받는 결정적인 이유다. 술 빚는 기술은 어느 정도 따라간다고 해도 혀만은 도저히 흉내 낼 수 없었다. 취몽의 술은 구중궁궐까지 들어갔다. 술통을 나르는 일은 오랫동안 마포 검계가 맡아 왔다. 취몽의 술도가에서 생산된 술은 배와 수레를 이용하여 도성을 통과하고 광통교 즈음에서 둘로 나뉘었다. 한 패는 '홍청'을 비롯한 주점으로 향했고 다른 한 패는 창덕궁 후원 협문에 가 닿았다. 대기하던 내관들이 술통을 신속하게 옮겼다. 탑전에 오르기 전 대전 상궁이 먼저 독의 유무를 살피기 위해 맛을 보았다. 개국 이래 나라법으로 술을 금하였으나 왕은 공을 세운 신하들을 위해 종종 술을 내렸고, 또 늦은 밤 홀로 한가로울 때 한두 잔 마시곤 했던 것이다. 취몽의 장기로는 술 만드는 솜씨 외에 이야기 솜씨가 덧붙었다. 취기가 살짝 오르면 콧잔등부터 발갛게 부어오르기 시작했고, 그때부터 세상사 희로애락이 담긴 이야기들이 흘러나왔다. 한 번 이야기를 시작하면 그날 준비한 술통이 거덜 날 때까지 멈추는 법이 없었다. 잔잔하게 깔리는 목소리가 신기하게도 사람들 귀를 끌어당겼다. 농담에서 농담으로 이어져도 설명하기 힘든 애절함이 녹아 흘렀다.

취몽이 약방기생과 사랑에 빠져 홍랑을 외동딸로 얻은 것도 이 재주 덕분이었다. 정인(情人)의 이름은 이야기를 할 때마다 바뀌었지만 사건은 하나였다. 어찌어찌하다가 약방에 둘만 남았을 때, 취몽은 호리병을 열어 지금까지 자신이 빚은 술 중에서 특상품을 건넸다. 그미가 호리병에 입을 대고 마시는 동안, 취몽은 손을 꼭 잡고 앞으로 펼쳐질 둘만의 행복한 미래를 이야기했다. 호리병이 빌 때까지 이야기를 이은 취몽에게 그미는 술맛이 좋다거나 이야기가 멋지다고 하지 않고 다만 웃었다. 그리고 둘은 약방에서 사랑을 나눴고 그 결과 홍랑이 태어났다는 것이다. 술도가 장인이 약방엔 왜 갔느냐고, 흥을 깨는 것도 모르고 물어 오면, 취몽은 화를 내지 않고 넉넉하게 받아넘겼다.

술이 곧 약인 것도 몰랐는감? 마셔도 약, 발라도 약이지. 암 약이고말고.

나는 취몽이 만든 약주 덕분에 죽음의 문턱에서 돌아왔다. 화살을 뽑고 나서 상처 부위를 매일 약주로 닦아 냈을 뿐만 아니라 하루에 세 번 비몽사몽간에 약주를 마셨던 것이다. 이 술만 마시면 신기하게도 같은 꿈을 꿨다. 꿈속에서 나는 돼지였는데, 거기서도 하루 세 번 약주로 끼니를 때웠다. 다른 돼지의 약주까지 넘보다가 싸리비로 등짝을 얻어맞기도 했다. 통증이 찾아들면, 꿈속 돼지가 싸리비를 맞고 아픈 것인지, 현실의 나용주가 화살 맞은 상처 때문에 아픈 것인지 헷갈렸다. 취하고 잠들거나 잠들고 취하는 나날이기에 어느 쪽이든 상관이 없기도 했다. 어느 정도 상처가 아물고 내가 정신을 차린 후부터, 취몽은 약주 한 잔에 이야기 한 자락을 풀어 놓았다. 꼼짝달싹하지 않고 꼬박 반년을 누워 지냈다. 약주를 곁들인 취몽의 이야기라도 없었으면 무료함을 어찌 달랬을까. 악두와 마포 검계를 향한 복수심을 어찌 잠재웠을까.

취몽의 우스갯소리 중 몇 문장은 가슴속 연못에 고였다. 인생을 사는 쉬운 방법도 그중 하나다.

술에 취할 것, 노름에 취할 것, 그림에 취할 것. 그 셋으로도 부족하면 여자에 취할 것. 그렇지만 그 여자를 데리고 살지는 말 것.

내가 자리보전을 하고 누운 동안, 악두와 갑론은 결별의 수순을 밟았다. 악두가 석 달이나 연이어 상납을 하지 않자, 조덕신은 의금부 도사 둘을 마포로 보내 추궁했다. 악두는 밀린 상납금을 주는 대신 그들의 갓과 도포를 벗겨 내쫓았다. 참지 못한 조덕신이 직접 마포로 달려왔다. 빈 창고에 둘만 남았을 때 악두가 먼저 말했다.

요즘 개들은 믿음을 주지 않는 주인을 떠나기도 합지요.

내 뒤통수를 치고도 무사할 줄 아느냐? 불쌍히 여겨 뒷배를 봐줬건만. 내 말 한마디면 너희 모두를 한강에 처넣을 수 있어.

악두는 시큰둥하게 받았다.

뜻대로 하십시오. 오랜만에 한강에서 헤엄 좀 치게 생겼네요. 좌상 어른! 이 표악두, 너무 우습게 보지 마십시오. 검계들이 목숨을 던지며 저를 따르는 덴 그만한 이유가 있지 않겠습니까? 그리고 똥강아지가 무슨 죄가 있습니까, 시킨 주인 새끼가 잘못이지.

조덕신이 날카롭게 받아쳤다.

새 주인을 구했나 보지?

악두는 건성건성 끝까지 툴툴거렸다.

지랄병 걸린 들개로 한번 살아 볼랍니다. 덤비는 인간 망종들 족족 물어뜯으면서.

결별은 결합을 낳는다. 조덕신과 악두가 손을 잡고 움직이는 동안, 다른 이들은 그 둘을 제외한 채 흥정을 하고 담판을 짓고 이익을 나눴다. 그 둘이 결별하자, 새로운 가능성을 찾아 다양한 제안들이 조덕신과 악두에게 각각 닿았다. 조덕신과 악두는 새로운 상대에게 마음을 주고 힘을 키울 것이다. 그리고 조덕신은 악두를, 악두는 조덕신을 가장 처음 제거할 이름으로 올릴 것이다. 오랜 역사에서 지루하더라도 반복되는 이야기라면, 인간의 속성이 그 속에 담기지 않았을까 탐구해 봄 직하다.

취몽의 이야기는 인간에게 술이 필요한 장광설로부터 시작했다.

술이 무슨 잘못이 있어? 술 마시고 못된 짓 하는 인간이 문제인 게지. 술이란 게 왜 오묘하냐 하면 말씀이야, 술 안 마신 놈이 술 마신 놈을 보고 취했다 손가락질하듯, 술 마신 놈이 술 안 마신 놈을 보아도 취한 것 같다 이 말씀이야. 이 세상에 인간들이 그어 놓은 금들이 얼마나 많냐? 법이니 도덕이니 신분이니 노소니 귀천이니 남녀니 나아가 이승과 저승, 이 모든 금들을 한순간에 지우고 금 이쪽저쪽 인간들을 한자리에 불러 앉히는 묘기를 바로 이 술이란 놈이 선보인다고. 하지만 술이 또 고약한 심술을 부리기도 해. 엉터리로 빚은 술은 한 잔만 마셔도 오장육보가 뒤틀리지. 그래서 시비가 붙고 주먹이 오가다가 사고가 생기기도 하고 시름시름 앓다가 중병이 들어 황천길을 서두르기도 해. 하지만 내가 만든 술은 심술을 부리지 않지. 잊을 건 더 말끔하게 잊도록 하고 기억할 건 더 선명하게 기억하도록 돕지. 이래 봬도 내가 기억력 하난 끝내준다는 소릴 들으며 이날 이때까지 살았어. 술 한잔 걸치고 판에 끼면, 누가 어떤 패를 쥐고 끙끙 앓는지 훤히 보인다고. 다 술 덕분이지.

취몽이 들려준 이야기를 서책으로 묶는다면, 100권 아니 1000권이라도 모자랄 것이다. 대부분은 약주에 취해 한숨 자고 나면 곧 잊었지만, 그중 몇몇은 골수에 박혀 지금까지도 생생하다. 더욱 놀라운 것은 이야기에 등장하는 이들을 훗날 만나 확인해 본 결과 약간의 과장은 있되 대부분 사실이라는 점이다. 취몽은 적어도 이 나라에서 일어나는 흥미로운 이야기를 모두 수집할 능력을 지녔다.

작은 방에 우두커니 앉아 천 리 밖을 구경하는 사내. 구중궁궐도 그에게는 예외가 아니었다.

쉽게 확인이 가능했던 이야기부터 하나 하겠다. 처음 내가 술도가에 닿았을 때, 취몽은 응급처치로 나를 살려 놓긴 했지만 장기간 치료는 내켜하지 않았다. 술도가는 술을 만드는 곳이지 환자를 치료하는 곳이 아니라는 이유에서였다. 도성에 누룩을 구하러 갔던 취몽은 거래도 하지 않고 곧장 술도가로 돌아왔다. 홍랑이 약주를 깨끗한 천에 적셔 내 가슴에 난 상처를 닦아 내고 있었다. 취몽이 멀찍이 앉아 담뱃대부터 찾아 물었다.

심장을 비껴 맞아 즉사는 면했지만 피를 많이 흘려 살아날지는 모르겠다.

홍랑이 약주를 다시 천에 부으며 이리저리 되물었다.

아버지가 만든 약주는 죽은 자도 살린다면서요? 약발을 증명하는 이가 바로 아버지라면서요? 그토록 몸을 함부로 굴리고도 지금까지 멀쩡한 게 다 술 덕분이라 하지 않으셨어요? 거짓말이셨어요?

거짓말이라니, 아니다. 정말이지. 암 정말이고말고. 한데 이놈이 아무래도 흉악한 죄를 짓고 도망 다니는가 보다.

홍랑이 고개를 돌렸다.

도성 곳곳에 이놈 얼굴을 그린 방이 쫙 깔렸어. 극형에 처할 죄인을 수배하는 것이 아니면 그렇게까지 하진 않지.

…….

이쯤에서 손을 떼자. 숨겨 준 우리까지 잡혀가서 치도곤을 당할 거야.

홍랑이 창백한 내 얼굴을 내려다보며 말했다.

그리는 못해요. 이 사람, 은인이거든요.

은인?

제 목숨을 구했다고요.

바로 그때 내가 눈을 번쩍 떴다고 한다. 홍랑의 치맛자락에 얼굴을 묻고 토했다는 것이다. 취몽은 혀를 끌끌 차며 돌아앉았다. 홍랑은 얼굴빛을 전혀 바꾸지 않고 오히려 내 등을 가만히 쓸어 주었다. 기억에는 없지만 그렇게 하고도 남을 여자였다.

취몽은 떠벌렸지만 홍랑은 침묵했다. 노래도 이야기도 하다못해 헛기침도 하지 않았다. 소리가 없으니, 다른 감각에 더 민감해졌다. 가령 내 가슴을 닦아 내는 열 손가락의 움직임, 누르는 손바닥 힘의 차이를 매일매일 느끼고 따졌다. 그리고 목덜미와 겨드랑이와 젖가슴에서 풍겨 나오는 냄새를 즐겼다. 그 몸에서 묻어나는 냄새들을 꽃에 견주고 풀에 비겼다. 끝까지 숨을 들이쉰 후, 그 공기가 내 몸 구석구석까지 번지는 상상을 했다. 향취만 즐긴 것이 아니다. 어쩌다가 밀려오는 땀 냄새도 좋았고 술 냄새도 좋았다. 누군가를 촉각과 미각으로 알아 나간 것은 홍랑이 처음이었다.

하루도 고민을 쉰 날은 없었다. 세상에서 가장 힘센 자. 악두는 그 자리에 오르기 위해 갑론의 개 노릇을 자처했고, 한 번 더 도약하기 위해 내게 호암군을 구하라는 명을 내렸으며, 그 공을 독차지하기 위해 나를 죽이려 했다. 악두가 나를 아낀 것은 사실이다. 내게 자신의 마지막 소망까지 들려주었으니까. 그러나 거기까지다. 최고의 자리에 오르는 데 걸림돌이 된다면 나와의 인연 정도는 가볍게 끊을 수 있다. 아랫사람의 마음을 얻고 위험한 일을 시킨 후 제거해 왔기 때문에 두령 자리까지 올랐던 것이다. 악두는 두령답게 하던 대로 했고 나는 많은 신참이 당하듯 당한 것인지도 모른다. 검계 조직에서 비일비재하게 일어나는 일이었더라도 나는 악두에게 갈 것이다. 단순히 악두를 죽이기 위함은 아니다. 나 역시 악두만큼 큰 꿈을 꿀 것이다. 기왕 들어선 길 끝을 보기로 마음먹었다. 마포 검계 두령 표악두의 부하가 아니라 나용주로, 이 길 위에서 살아남을 것이다. 세상에서 가장 힘센 자가 되리라. 그것만이 누군가의 개가 되지 않는 길이며, 이용만 당하다가 개죽음을 당하지 않는 길이다. 악두도 알고 나도 알지만, 검계 중에서 아무도 끝까지 가지 못한 그 길.

춤판은 이미 시작되었다. 홍랑의 눈썹이 흔들릴 때, 입귀가 올라갈 때, 손끝이 허공에서 무엇인가를 쥘 때, 쥔 것을 흩어 놓을 때, 한 걸음 다가설 때, 반걸음 더 다가설 때, 물러날 수 있는 곳까지 물러가선 자신이 디딘 발걸음들을 훑을 때, 숨을 고르며 다소곳이 잔에 어리는 꽃잎을 주우려 들 때, 그러다가 철없는 소녀처럼 미소 지을 때, 이미 시작된 춤판은 끝이 났다. 악기가 없어도 세상의 모든 소리에 맞춰 춤사위를 만들고, 관객이 없어도 제 가슴이 뛰는 기미를 따라 한세상 즐거이 노는 나날. 내가 검술을 설명하자 홍랑은 놀라지도 고개 끄덕이지도 않았다. 춤도 알고 검도 아는 이를 만나기란 하늘에 별 따기다. 더구나 여자라니.

반년, 180일은 길다면 길고 짧다면 짧은 나날이다. 별일 없이 스쳐 갈 수도 있고 별별 일이 다 일어날 수도 있다. 내가 술도가의 곁방에 자리보전을 하고 누운 동안, 앞으로 내 삶에 영향을 끼칠 중요한 일이 벌어졌다. 호암군이 반 년 만에 세자에서 용상의 주인으로 등극한 것이다. 나와 호암군의 인연을 홍랑으로부터 들은 취몽이 종종 세자가 된 호암군의 근황을 들려주었다. 빨간 코를 앞세우고 읊조리듯 주변 풍광을 묘사한 뒤 곧바로 등장인물의 대화를 흉내 내는 식이다. 지금에서야 솔직히 밝히자면, 취몽의 이야기에 등장하는 호암군이나 최만치의 목소리는 현실의 그들과 전혀 닮지 않았다. 그러나 이 나라 백성 중에서 세자나 그가 아끼는 호위대장의 목소리를 들은 이가 몇이나 될까. 나는 그들과의 악연을 내세워 일부러 아는 척하진 않았다.

호암군이 밤 산책을 위해 자주 고른 장소는 비익당(飛翼堂)이었다. 비익당은 호암군의 어머니인 숙빈 한씨의 옛 거처였다. 그미가 병사하고 호암군까지 사가로 나간 후 비익당을 찾는 이는 아무도 없었다. 호암군만 홀로 가서, 숙빈 한씨가 아끼던 거울을 꺼내 그 속을 들여다보며 밤을 보내고 새벽에 동궁으로 돌아오곤 했다.

딱 하루 불청객이 있었다. 호암군이 동궁의 주인이 되었다며, 상궁과 나인들이 비익당을 깨끗이 청소하고 앞마당에 꽃나무까지 새로 심기 직전이었다. 가구엔 먼지가 자욱했고 천장 모서리엔 거미줄이 가득했다.

세자마마께서 이토록 누추한 후궁의 별당에 오시다니요.

좌의정 조덕신이 등 뒤에 서 있었다. 호암군이 발끈했다.

지금 내 어머니를 능멸함인가?

그럴 리가 있사옵니까? 다만 존귀하신 세자마마께 누가 될까 저어하여 드리는 말씀이옵니다.

호암군이 말꼬리를 잡아챘다.

어머니를 위하는 것이 어찌 누가 된단 말인가?

마마께서 보위에 오르신다면, 그것은 돌아가신 어머니의 공이 아니라 바로 마마 앞에 있는 저 조덕신을 비롯한 신하들의 공임을 잊지 마시옵소서. 무수리의 자식이란 꼬리표가 따라다녀 좋을 것이 없사옵니다. 동궁을 거쳐 간 왕자들 중에는 보위에 오르지 못한 비운의 세자들도 또한 적지 않사옵니다.

지금, 나를 능멸하는 건가?

능멸하는 것이 아니라 비익당을 출입하는 마마의 앞날이 염려되어 드리는 충언이옵니다. 저는 이미 나이도 먹을 만큼 먹어서 마마의 심경을 헤아리고도 남음이 있으나, 젊은 언관들은 마마의 이런 언행을 어찌 받아들일까 걱정이옵니다. 작은 꼬투리라도 만들지 마시오소서. 비익당에 다신 출입하지 마시오소서.

조덕신이 읍을 한 후 방을 나갔다. 홀로 남은 호암군이 두 주먹을 힘껏 쥐었다.

앞마당 꽃나무 옆에서 대기하던 최만치가 조덕신에게 두 걸음 나아가 읍했다.

자네 선친이 이 모습을 본다면 참으로 자랑스러워했을 걸세.

과찬이십니다. 좌상 대감의 각별한 보살핌이 없었다면 소장은 이 자리에 없었을 겁니다.

한데 척검방으로 돌아가기를 원한다고? 거긴 일만 많고 빛이 나지 않는 곳이야. 좌포도대장이 적격이지.

호위대장으로 옮기기 전 맡았던 일을 마무리하고 싶습니다. 아직 이 나라에선 밀무역과 밀주와 도박으로 배를 불리는 자들이 차고 넘칩니다. 검계의 무리지요. 그들을 일망타진하기 위해선 제가 척검방을 맡아야…….

과유불급이라고 했네. 검계 소탕에 대한 집착을 버리게. 자네를 필요로 하는 나랏일이 얼마나 많은 줄 아는가.

집착이 아닙니다.

그렇듯 고집을 부리는 게 사사로운 집착이야. 곧 좌포청을 책임지란 명이 내릴 걸세. 자네 선친과의 인연을 아껴 이리 배려하는 것이야. 괜한 고집 부리지 말게. 그건 그렇고 수일 내에 한잔하는 게 어떻겠는가. 내 자리를 마련함세.

송구합니다만, 세자마마께서 동궁으로 옮기신 지 며칠 되지 않았습니다. 한시라도 자리를 비우기 어렵습니다.

그렇겠군. 자리를 갖는 건 그럼 천천히 하세. 힘든 일 있으면 언제든 찾아오게나. 죽마고우의 하나뿐인 아들이니 곧 내 아들과 다를 바 없어. 자네만 믿겠네.

반쯤 열린 비익당 창문으로, 호암군이 두 사내를 쳐다보았다.

조덕신의 경고는 곧 현실로 드러났다. 세자를 동궁에서 끌어내리기로 이미 작정을 하고, 그 밤에 미리 불행한 앞날을 들려준 것인지도 몰랐다. 갑론에 속한 사헌부와 사간원의 젊은 언관과 육조의 당상관 당하관이 몰려와서 인정전 마당에 엎드렸다. 목청 높여 아뢰었다.

전하! 천출의 소생이 어찌 이 나라의 세자가 될 수 있사옵니까? 역사에 씻을 수 없는 수치이옵니다. 거두어 주시오소서.

전하! 세자는 종묘사직의 대업을 이을 국본이옵니다. 국본을 바로 세워야 이 나라가 부국강병을 이룰 수 있사옵니다.

제일 앞에 자리를 잡은 신하는 조덕신이었다. 말없이 고개를 들고 인정전을 노려보았다. 그리고 기다렸다.

갑론의 도발에 놀란 을론 신하들이 뒤늦게 궁으로 몰려들었다. 조덕신으로부터 명령을 받은 무예별감들이 그들을 제지했다. 곳곳에서 언쟁과 몸싸움이 벌어졌다.

네 이놈! 썩 비켜서지 못할까.

아무도 궁에 들이지 말라는 엄명을 받았습니다.

그것이 누구의 명이더냐? 내가 매일 이 길로 입궐하는 줄 알지 않느냐? 썩 비키거라.

무예별감들은 요지부동이었다. 을론 신하들은 대문 앞에 털썩 주저앉아 소리치기 시작했다.

전하! 지켜 주시오소서. 지켜 주시오소서.

대궐 안팎에서 상반되는 주장이 저마다의 이익을 위해 울려 퍼졌다.

왕이 조덕신을 불러들인 것은 저물 무렵이었다. 해가 쨍쨍 내리쬐는 인정전 마당과 또 대문 앞에서 갑론과 을론은 각기 상반된 주장을 펴며 목청을 높였다. 내관들이 바삐 뜰과 대문을 살피곤 편전으로 들어가서 상황을 보고했다. 왕은 알았다고만 하고 다른 하명이 없었다. 왕은 점심 식사도 건너뛰고 침묵했다. 그리고 노을이 구중궁궐을 덮기 시작할 때 조덕신만 찾은 것이다. 갑론 신하들의 목소리가 편전 안까지 들려왔다. 왕과 조덕신은 그 소리를 들으며 잠시 침묵했다. 왕은 조덕신이 올린 연명 상소의 첫머리를 읽지 않고 마지막에 적힌 이름들만 확인했다.

이 많은 사람들이 세자를 내치라고 한단 말이오?

저들의 우국충정을 헤아려 주시오소서. 천출의 소생을 동궁에 두면 두고두고 분란이 생길 것이옵니다. 아직 늦지 않았사옵니다. 폐세자의 명을 내리시오소서.

왕의 얼굴이 두려움으로 가득 찼다. 지난 100년 동안 갑론과 정면으로 대결하여 이긴 왕은 없었다. 연명 상소에 이름을 올린 이들은 갑론으로 벼슬을 얻은 신하 전부였다. 이에 대한 거부는 곧 갑론 전체와 싸우는 꼴이다. 하루하루 싸움을 감내하기엔 왕은 늙고 지쳤다.

해 질 무렵, 세자는 비익당에 있었다. 다신 출입하지 말라는 조덕신의 경고를 들은 후부터 더더욱 자주 이곳으로 왔다. 아무리 갑론의 영수라고 해도, 그는 신하다. 세자인 내가, 힘 있는 신하라는 이유로 무작정 그 말을 따를 순 없다. 창문이 반쯤 열려 있었다. 등을 보이며 선 최만치가 보였다. 호위 없이 비익당에 들겠다고 누누이 일렀지만, 최만치는 곁을 떠나지 않았다. 세자가 뜰로 나섰다. 최만치의 눈동자에 당황하는 빛이 어렸지만 곧 사라졌다.

왜 여기에 있느냐? 호위는 필요 없다고 하지 않았느냐?

저하를 지키는 것이 저의 임무이옵니다.

네 할아비와 아비 그리고 너 또한 갑론이 아니냐. 네가 있을 곳은 여기가 아니라 나를 내치라는 주청을 드리고자 모인 인정전 마당이다. 가거라.

저는 갑론도 을론도 아니옵니다. 저하를 지키라는 명을 받들 뿐이옵니다.

세자가 최만치를 노리며 물었다.

그 명이 바뀌면 어찌하겠느냐?

즉답을 못했다.

내 목을 가져오라는 어명이 내리면, 그때 너는 어찌하겠느냐?

세자는 상황을 비관적으로 내다봤다. 어심이 바뀌면 최만치에게 호위 대신 참살의 명이 내려올 수도 있었다. 어명에 따르는 것은 벼슬길에 나아간 무신의 철칙이었다. 정답을 올렸음에도 불구하고 세자는 다시 물었다. 세자는 누구나 아는 정답이 아니라 자신이 듣고 싶은 답을 최만치에게 요구한 것이다. 내 사람이 되겠느냐? 이 물음을 던진 이는 세자가 처음이 아니다. 과거에 급제한 후 갑론의 영수 조덕신과 마주 앉았을 때, 그 역시 겉으론 덕담을 보태면서도 속으론 똑같이 물었다. 내 사람이 되겠느냐? 최만치는 갑론의 장수가 아니라 이 나라의 장수가 되겠노라며 조덕신의 권유를 뿌리쳤다. 같은 기준을 둔다면, 세자의 요구도 거절하는 것이 옳다. 그런데 최만치는 즉답을 못한 채 마지막으로 머뭇거렸다. 머뭇거린단 것은 세상이 아는 정답 외에 다른 고민을 품어 왔단 뜻이다. 양 갈래 길이었다. 한쪽 끝엔 천년 묵은 이무기 같은 권신이 있었고 다른 쪽 끝엔 바람 앞의 등불 같은 세자가 있었다. 주린 배를 채우기 위해 날카로운 이를 드러내고 침을 흘리는 승냥이들. 그 앞에 외롭고 고단한 새끼 호랑이 한 마리가 앉아 있었다. 삶과 죽음의 갈림길이었다. 한쪽으로 들어서는 순간 다른 쪽과 평생 맞서야 한다. 이제 그 고민의 결과를 보일 때가 온 것이다. 최만치가 세자를 향해 장검을 뽑아 들었다. 세자는 물러서지 않았다. 최만치가 칼날을 잡고 펴런 칼끝을 자신의 목에 갖다 댔다. 그리고 칼자루를 세자에게 돌렸다. 칼날을 쥔 최만치의 손에서 피가 뚝뚝 떨어졌다.

이 칼자루는 영원히 저하의 것이옵니다. 저하가 쥐시오소서.

칼날을 타고 흘러내린 피가 칼자루에 닿았다. 세자가 명령했다.

따르라.

최만치를 지나쳐서 편전으로 향했다. 최만치는 장검을 칼집에 넣고 급히 세자를 뒤따랐다.

세자와 조덕신이 편전 앞에서 마주쳤다. 조덕신은 왕을 만나고 나오는 길이었고 세자는 왕을 만나러 가는 길이었다. 세자를 보고 조덕신이 허리 숙여 예의를 갖췄다. 세자가 도끼눈으로 물었다.

이런 더러운 짓을 벌이고도 목숨을 부지하길 바라시오?

조덕신이 차분하게 답했다.

더러운 짓을 하고 있는 사람은 제가 아니라 나리입니다. 송충이는 솔잎을 먹어야지요.

세자가 받아쳤다.

하나만 묻겠소. 그대와 같은 구더기들이 먹는 건 그럼 무엇이오?

아직도 겨루고 있단 착각을 하십니까? 판은 끝났습니다. 사람은 이곳에 머물고, 송충인지 구더긴지 모르는 벌레는 도성 밖으로 버려지겠지요. 누가 사람인지 저는 알겠는데, 나리는 아직도 모르시겠습니까?

용서치 않을 것이야.

모르시겠거든, 전하께 여쭤 보십시오. 사사롭게는 부자지간이 아닙니까.

아버지와 아들, 왕과 세자가 등잔을 밝히고 마주 앉았다. 세자는 조덕신의 거만한 태도를 통해 왕과 갑론 영수 사이에 오간 밀담을 예측했다. 왕은 최악을 피하기 위해 세자를 희생시키는 쪽으로 마음을 굳힌 것이다.

원망하느냐?

세자는 할 말을 다 쏟으리라 결심했다.

이 나라가 누구의 나라이옵니까?

이 나라가 왕의 나라라고 생각하느냐?

뜻밖의 되물음이다. 세자는 물러나지 않았다.

지금 이 나라는 간신들의 사리사욕으로 썩어 들어가고 있사옵니다. 저들의 폭정이 하늘을 가리고 저들의 더러운 욕심이 백성의 피를 더럽히고 있사옵니다. 한데 어찌 아바마마께선 방관하시옵니까?

왕이 쓸쓸한 웃음을 흐리며 답했다.

머리를 조아리는 신하들 중에서 목숨을 바칠 이가 한 사람이라도 있는 줄 아느냐. 왕만이 왕을 위하고 신하들은 자신의 붕당을 위할 뿐이다. 힘도 없이 제 주장을 펴는 왕이 등극하면, 어리석다 미쳤다 삼강오륜을 어겼다 모함하여 폐위시켜 온 자들이다.

그래서 저들의 청을 받아들이실 것이옵니까?

짧은 침묵이 지나갔다. 잔인한 시간이다. 왕은 이미 패배했다. 그러나 아들인 세자에게까지 비굴한 모습을 보이긴 싫은 것이다.

너는 꼭 이 자리에 앉아야만 하겠느냐?

세자가 물었다.

폐세자된 후 목숨을 온전히 보전한 왕자를 보신 적이 있사옵니까? 소자가 동궁을 나서는 순간, 사약을 내리라는 상소가 줄을 이을 것이옵니다. 그때 아바마마께선 어찌하시겠사옵니까?

네 목숨만은 반드시 지킬 것이니라.

세자가 꿇어 엎드려 이마로 바닥을 두드리며 간청했다.

아바마마! 차라리 아바마마의 손으로 저를 죽이시옵소서. 아바마마가 죽으라 하시면 기꺼이 이 목숨 바치겠사옵니다. 하지만 갑론이든 을론이든, 저 신하들이 목숨을 내놓으라 하면 소자는 끝까지 싸우겠사옵니다. 소자와 함께 싸우시면 아니 되옵니까?

왕이 이글거리는 세자의 시선을 피하며 답했다.

동궁을 비울 준비를 하거라.

꼬리를 내린 강아지는 짖지 않는 법이다.

대부분 여유롭게 시간을 보내는 취몽이지만 때때로 밤을 새우기도 했다. 궁중에서 연락이 오면 나랏님 드실 술이라며 지극정성을 다했다. 용상의 주인이 바뀌던 그 밤 마지막 술상에도 취몽이 만든 소주가 놓였다. 훗날 나는 그 밤의 갑작스런 변고를 전해 듣긴 했다. 취몽이었다면 자신이 만든 술의 100가지 맛 자랑부터 시작할 테지만, 모든 이가 취몽처럼 능수능란한 이야기꾼은 아니다. 검을 잘 다루는 것도 재주고 줄을 즐겨 타는 것도 재주이듯이 이미 지나간 과거의 어느 순간을 눈앞에 펼쳐 보이듯 늘어놓는 것도 큰 재주인 것이다.

왕은 조덕신을 비롯하여 갑론에 속한 판서 세 사람을 불러들였다. 각자의 앞에 술상이 하나씩 놓였다. 왕이 먼저 입을 열었다.

그대들의 충언을 받아들이겠소. 내일 날이 밝는 대로 폐세자 교지를 내리도록 하리다.

성은이 망극하옵니다.

조건이 하나 있소.

하교하시오소서.

내일 동궁을 떠날 호암군에 대해선 앞으로 왈가왈부하지 않겠다고 약조를 하시오. 대신 경들이 추천하는 왕자를 동궁의 새 주인으로 맞도록 하리다.

판서들이 답을 못하고 조덕신에게 고개를 돌렸다. 조덕신이 입가에 미소를 띠우며 답했다.

그리하겠사옵니다. 호암군이 도성을 벗어나 하삼도의 산 좋고 물 맑은 곳에 은거하여 산림처사를 자처한다면, 신들이 그를 다시 거론할 일은 없을 것이옵니다.

한양에서도 완전히 내보내라는 뜻이다. 왕이 그 정도에서 마무리를 지었다.

고맙소. 오늘 그대들과 대취하고 싶소이다. 자, 다들 드십시다. 최고의 술로 특별히 준비하라 하였다오. 오늘은 어떤 무례를 범해도 용서하겠소.

성은이 망극하옵니다.

왕과 신하들이 술잔을 비워 나가기 시작했다. 방문 밖에 대기하던 악공들이 음악을 연주했다. 비감함이라고는 없는, 개선장군을 맞아들일 때나 쓰는 흥겨운 곡조였다.

상에 놓인 호리병의 술이 금방 사라졌다. 대전 내관 정문식이 종종걸음으로 새 호리병에 술을 채워 왔다. 왕이 그 병을 집어 잔에 따르지도 않고 벌컥벌컥 마셔 댔다. 그리고 벌떡 일어서서 방문 옆에 두 손을 공손히 모으고 선 대전 상궁의 팔을 잡아끌었다.

이리 오너라! 춤을 추자, 춤을!

왕이 비틀거리며 덩실덩실 어깨춤을 시작했다. 대전 상궁이 당황스러운 얼굴로 말했다.

저, 전하! 황공하옵니다.

무엇이 그리 황공하다는 것이냐. 용상의 주인 앞이라 황공하냐 아니면 좌상 앞이라 황공하냐.

전하!

조덕신이 대전 상궁에게 말했다.

최 상궁! 어서 어명을 받들어 춤을 추시오.

왕이 웃음을 터뜨리며 조덕신을 칭찬했다.

하하하! 역시 좌상 그대가 충신이오.

황공하옵니다.

조덕신도 따라 웃으며 일어섰다. 판서들도 뒤따랐다. 왕과 신하들이 한데 엉켜 춤을 추었다. 태평성대를 기리는 춤도 아니었고, 왕의 무병장수를 축원하는 춤도 아니었고, 돌림병을 막는 춤도 아니었고, 비와 눈이 알맞게 내리기를 바라는 춤도 아니었다. 술에 취한 왕의 춤은 허공으로 부서졌지만, 신하들의 춤은 승리의 웃음으로 모였다. 동궁을 비우고 떠날 호암군을 향한 비아냥의 춤이었고 왕의 얼굴에 침을 뱉는 모욕의 춤이었다.

윽!

왕이 갑자기 가슴을 부여잡더니 양손으로 목을 감싸쥔 채 술상으로 쓰러졌다.

전하!

최 상궁이 급히 꿇어앉아 부축하였다. 왕은 부들부들 사지를 떨다가 정신을 잃었다. 그리고는 두 번 다시 눈을 뜨지 못했다.

상황이 돌변했다. 왕의 갑작스러운 죽음에 관해 여러 가지 흉문이 돌았다. 활을 쏘던 세자가 혼절했을 때보다 열 배는 더 많은 이야기가 도성을 뒤덮었다. 호암군을 폐세자 시켜야만 하는 아비의 안타까움이나 대취한 후 갑자기 몸을 놀려 춤사위를 이어 가다가 미끄러지는 풍광도 거론되었지만, 급사의 결정적 이유는 아니었다. 가장 많이 세인의 입에 오르내린 이야기가 바로 독살설이다. 왕이 마신 술에 독을 탔으리라는 것이다. 궁중에서 연이어 일어난 죽음의 최대 수혜자는 호암군이었다. 세자 이호의 혼절과 사망으로 호암군은 동궁의 새 주인이 되었고, 폐세자로 결정되어 동궁에서 쫓겨나기 전날 밤 왕이 죽어 용상을 이어받았다. 훗날 갑론 중에는 호암군이 두 건의 독살을 직접 계획하고 집행하였다는 주장을 펴기도 했다. 증거는 없었다. 그러나 용상을 차지하기 위해 형제도 죽이고 아비도 죽인 악독한 왕! 그것이 갑론의 눈에 비친 호암군이었다.

내 인생에서 지우고 싶은 끔찍한 하루와 거기서부터 비롯된 반년 동안의 변화를 설명했다. 그 반년이 꼭 내게 불행한 시기만은 아니다. 좁고 깊은 우물에 빠져, 이보다 더 불행할 순 없으리라고 느낄 때, 갑자기 별 하나를 우러러 발견한 기분이 들었다. 옅은 입김 한 번에도 나는 동아줄에 매달린 소년처럼 행복해졌다.

홍랑 때문이었다. 그미는 매일 내 왼쪽 가슴에 난 상처를 취몽의 약주로 닦아 주었다. 그럴 때면 나는 상반신을 탈의한 채 천장을 보고 똑바로 누워 있어야만 했다. 홍랑은 내 벗은 가슴을 호호

입김으로 불며 약주를 적신 천을 둥글게 움직였다. 처음에는 그 천이 닿기만 해도 온몸이 경직되었으나 열흘이 가고 보름이 지날 즈음엔 꿈 없이 깊은 잠에 빠져들기도 했다. 그러다가 서늘한 기운에 깨면 홍랑이 내 얼굴을 가만히 내려다보고 있었다. 깬 걸 알면 무안해할까 싶어 눈을 감고 잠든 체했다. 그렇게 한 달이 지나자 숨소리는 한결 부드러워졌고 부축을 받아 일어나 앉을 수도 있었다. 시큼한 약주 냄새에 이어 다시 홍랑이 상처를 닦기 시작했고 나는 낮잠에 빠졌다가 깨어났다. 이마와 뺨과 턱을 어루만지는 손길을 느꼈다. 석 달째부터는 걷는 연습을 했다. 가슴에 충격을 주지 않기 위해 한 걸음 걷고 열 번 숨 쉬고 또 한 걸음 걷는 지루한 과정이었다. 홍랑은 내내 곁에서 나를 격려하고 손을 잡아 주었다. '홍청'의 일도 바쁠 텐데 따로 시간을 내어 매일 오지 말라고도 했다. 낮엔 간병하느라 곁에 머물고 밤엔 '홍청'에서 검무를 추고 노래를 부르고 술을 마시는 나날이 이어졌던 것이다. 잠을 아껴 부족한 시간을 채우는 듯했다. 홍랑은 얼굴 한 번 찡그리지 않고, 사소한 일이니 신경 쓰지 말라고 했다. 그럴수록 더 신경이 쓰였다.

그즈음인가 보다, 홍랑과 입맞춤을 한 것이. 뭔가 거창한 계기가 있어서는 아니다. 지극히 사소하다. 손을 쥐고 걸음마 하듯 한 발 한 발 걷다가 돌부리에 걸려 넘어진 것이다. 홍랑이 손을 잡아당기지 않았다면 나는 고꾸라져 뺨이나 눈두덩에 피멍이 들었을 것이다. 균형을 잃은 내 뺨이 닿은 곳은 땅이 아니라 그미의 품이었다. 어색한 침묵이 흘렀다. 콩닥콩닥 뛰는 것은 내 다친 가슴이기도 했고 그미의 가슴이기도 했다. 나는 고개를 들었고 그미는 시선을 내렸다. 도톰하니 붉은 입술이 보였다. 그 입술에 내 입술을 살포시 포갰다.

다섯 달이 흐른 뒤에야 지팡이 없이 낮은 강 언덕을 오를 수 있었다. 취몽은 몸의 독이 다 빠져나가고 새살이 돋았다며 이제 약주로 가슴을 닦지 않아도 된다고 했다. 그러나 홍랑은 산책 전에 한 번만 더! 한 번만 더! 상처를 닦자며 졸랐다. 그렇게 상처를 닦고 강까지 느릿느릿 걷다 오면 한나절이 금방 갔다. 그리고 그날이 왔다. 구름이 몰려들었지만 홍랑은 나를 강으로 이끌었다. 말없이 흐르는 강을 바라보며 반년 동안 가슴에 묻어 둔 이야기를 내가 먼저 꺼냈다.

왜 묻질 않소? 어쩌다가 화살을 맞았는지, 수배를 받는 흉악범이 되었는지.

홍랑이 주저하지 않고 답했다.

'홍청'에서 저를 구하고 또 세자 저하를 지키기 위해 목숨을 거는 당신을 보았답니다. 그것으로 충분하지요.

충분하지 않소.

윤강록을 죽이고 호암군을 구한 이야기, 사당패의 몰살을 목도한 이야기를 들려주었다. 홍랑은 이야기를 끝까지 들은 후 아무 말 없이 내 손을 잡아 이끌었다. 돌무더기를 지나 돌아가니 평상처럼 반반한 바위가 나타났다. 소나무들이 주위를 둘러 가려 가까이에서도 보이지 않았다. 홍랑은 바위에 올라서자마자 나와 입을 맞췄다. 그리고 내 옷을 하나하나 벗겨 나갔다. 나는 손목을 쥐고 만류

했다.

곧 떠나야 하오. 마포로 돌아가야 하오.

시끄러워요. 가만히 좀 있어요.

홍랑은 손을 뿌리치곤 옷을 마저 벗겼다. 내가 알몸이 되자 그미도 스스로 겉옷과 속옷을 모두 벗었다. 우리는 사랑을 나누었다. 빗방울이 발가벗은 우리의 배와 가슴과 등을 때렸다. 둥지로 찾아드는 새들의 울음이 시끄러웠다.

홍랑에게 이렇게 속삭이기도 했다.

나는 혜성이 좋소. 빗자루별, 양 갈래 긴 꼬리가 밤하늘을 쓸듯이 세상을 쓸어버리고 싶다오.

사랑이 끝나자 흩뿌리던 빗방울도 잠시 멎었다. 홍랑은 어깨에 머리를 기댄 채 반년 만에 비로소 자기 이야기를 들려줬다.

어머니는 약방기생이었어요. 얼굴이 반반하고 침놓는 솜씨가 좋았다더군요. 아버지가 약주를 전하러 갔다가 어머니를 보고 한눈에 반했지요. 어찌어찌하여 임신을 하였고, 아버지는 평소 친형제보다도 친하게 지내던 약방 서리에게 어머니를 기생 명부에서 빼내는 값을 주었다고 합니다. 그런데 이 서리가 돈만 꿀꺽 삼키고 어머니를 병조 참판을 지낸 늙은이의 후실로 넣어 버렸다는군요. 아버지는 어머니를 만나기 위해 병조 참판 그 늙은이 집을 찾아갔지만 하인들에게 몽둥이찜질을 당해 쫓겨났대요. 어머니가 마당에 꿇어 엎드려 손이 발이 되도록 빌지 않았다면 아버지는 그날 매를 맞아 죽었을 거라더군요. 그리고 일곱 달 후 내가 태어났고, 아버진 강보에 쌓인 아기가 술도가 마당에 버려진 것을 발견했대요.

어머니와 다시 만난 적은 없소?

이 질문을 왜 던졌을까. 지금까지도 후회스럽다. 홍랑은 내 눈을 들여다보더니 담담하게 답했다.

내가 아버지에게 온 그 저녁 어머니는 스스로 목을 매 세상을 버리셨어요.

나를 꼭 끌어안고 이야기를 이었다.

나용주, 당신은 끝까지 목숨을 걸고 의리를 지켰어요. 사당패가 몰살한 건 가슴이 찢길 듯 슬프지만 당신이 바꿀 수 있는 일이 아니었어요. 광대들의 극락왕생을 빌 뿐이죠.

다시 강가로 나왔을 때, 홍랑은 두 손을 모으고 꼭두쇠 대인을 비롯한 사당패들의 행복한 내세를 기도했다. 우두커니 서 있는 내게도 두 손을 모으도록 한 후 허리를 숙여 소원을 빌라고 재촉했다. 대인과 세 여광대의 얼굴이 먼저 수면에 떠올랐으나 호암군과 최만치의 얼굴로 바뀌더니 철표와 명길 그리고 악두가 어깨동무를 하고 함께 검계의 노래를 부르는 모습으로 바뀌었다. 슬픔이 부글부글 끓었다.

평평한 바위에서 사랑을 나누느라 평소보다 한 식경은 늦게 술도가에 이르렀다. 바람이 가슴을 밀었고 빗방울이 섞여 들었다. 내가 앞장을 서고 홍랑을 등 뒤로 숨겨 바람을 피했다. 멀리 술도가 앞마당이 보였다. 급히 홍랑을 이끌고 풀숲에 앉았다.

무슨 일이에요?

눈을 동그랗게 뜨는 홍랑의 입을 손바닥으로 가렸다. 낯선 사내들이 술도가를 에워싼 것이다. 잠시 후 멱살을 잡힌 채 취몽이 끌려 나왔다. 그를 끌어낸 이는 놀랍게도 최만치였다. 취몽이 엎드려 빌었다.

소인은 소주방에서 주문한 대로 소주를 만들어 바쳤을 뿐이옵니다. 그 술은 약주로 마실 만큼 몸에 좋은 술이옵니다. 주상 전하께서 드실 술이라 하여 더욱 정성을 다해 빚었을 뿐이온데…….

닥치거라. 검계에게 밀주나 만들어 주던 네가 만든 술 때문에 이토록 망극한 일이 벌어졌느니라. 어디서 함부로 변명을 지껄이는가. 일벌백계로 다스릴 뿐!

최만치가 장검을 뽑아 머리 위로 치켜 올렸다. 홍랑이 당장이라도 달려 나갈 듯 엉덩이를 들었지만, 나는 강제로 당겨 앉힌 뒤 그미의 눈을 양손으로 가렸다. 최만치의 장검이 단숨에 취몽의 목을 베었다. 잘린 목이 땅에 떨어져 굴렀고, 목 없는 몸뚱이에서 피가 뿜어 나왔다. 홍랑의 눈물이 내 가슴을 적셨다. 삼키는 울음이 점점 쌓여 온몸을 흔들었다. 주위는 곧 고요에 빠졌으나 세상에서 가장 큰 울음에 휘감긴 나는 슬픔에서 헤어나지 못했다. 평생 내 몸에 각인된 아픔이었다.

취몽의 죽음은 검계 소탕의 서막이었다. 새 왕이 등극한 날, 만조백관을 앞에 두고 읽은 교서는 검계와의 한판 전쟁을 선언하는 명문이었다.

유교를 숭상하는 이 나라에서 검계와 같은 극악한 무리가 판을 치고 있다. 이놈들은 세 가지 끔찍한 짓으로 돈을 벌어들이니, 곧 밀무역과 밀주와 도박이다. 놈들의 마수에 걸려 재산을 탕진하고 목숨을 버린 이가 어디 한두 명인가. 검계를 소탕하지 않고는 이 나라에 법도가 바로 서지 않는다. 검계가 이 나라에서 사라질 때까지 잡아들이고 또 잡아들일 것이니라. 즉시 이 뜻을 전국 팔도에 방을 붙여 알리도록 하고 최만치를 대장으로 삼아 1년 365일 낮밤 없이 검계들을 색출하여 잡아들이도록 하라.

척검, 즉 검계를 소탕하겠다는 어명은 곧 검계가 상납하는 더러운 돈으로 세력을 유지하는 신하들을 향한 선전포고였다. 그 전쟁의 맨 앞자리에 좌포도대장 최만치가 서서 척검방 대장을 겸하였다. 우포청이 포도청의 일반 업무를 맡고 좌포청 관원들은 삼금령(三禁令) 업무에 집중하는 꼴을 갖추었다. 최만치는 삼정승 육판서 누구에게라도 협조를 구할 수 있으며 누구라도 추궁할 수 있었다. 또한 언제라도 왕과 독대할 권한을 지녔다. 검계는 흑백을 가리기 힘들 정도로 권력과 이미 뒤얽혔기 때문에, 척검방의 활동을 보호하기 위해선 비밀 유지가 중요했다. 왕은 뒷얘기를 만들고 사특한 소문을 퍼뜨리는 자들의 입을 봉하기 위해 어검(御劍)을 내렸다. 그 검으로 누구를 죽여도 문제 삼지 않겠다는 것이다.

취몽의 목을 벤 장검의 피가 채 마르기도 전에 최만치는 척검방 관원들을 면밀히 문초하였으며, 죄상이 중한 관원 둘의 목을 직접 베었고, 그 외에도 절반이 넘는 관원들을 하옥하거나 변방으로 보내거나 직을 빼앗고 내쫓았다. 척검방에 끈을 대고 단속을 피하던 이들은 좌불안석이었다. 척검방이 포구 몇 군데를 급습하자, 청나라와 일본에서 귀한 물품을 은밀히 들여와 떼돈을 벌던 밀무역상이 자취를 감췄다. 열흘 밤낮을 새워 가며 도박을 즐기던 꾼들마저 손을 놓고 쉬었다. 주점을 알리는 등(燈)도 순식간에 사라졌다. 한양과 경기 일원의 술도가 주인들을 줄줄이 잡아들였고 하루에 100통도 넘는 술통을 도끼로 부쉈다. 몰래 영업하던 도박장과 주점을 급습하여 손님들을 포박하기도 했다. 옥마다 삼금령을 어긴 자들로 넘쳐났다. 위협과 문초를 견디지 못한 이들은, 태어나서 지금까지 도박하고 밀수품 사고 술 마신 장소를 죄다 털어놓았다. 한 명이 잡히면 열 명이 튀어나왔고 그 열 명을 잡아들이면 백 명이 뒤를 잇는 형국이었다. 천민도 있었고 양민도 있었고 중인도 있었고 양반도 있었다. 붉은 옷자락 휘날리며 밤거리를 돌아다니던 별감 중에는 최만치 휘하에서 남촌 사가를 지킨 이들도 있었다. 지푸라기라도 잡는 심정으로 옛 인연을 상기하며 선처를 호소했으나 돌아온 것은 처음 정한 벌보다 두 배나 무거운 태형이었다. 당하관이나 당상관을 친족으로 둔 이들 역시 가벼운 처벌을 원했다. 특히 최만치와 당색이 같은 갑론 쪽 양반은 옥에 갇혀서도 설마 최만치가 자신들을 어찌하랴 마음을 놓거나 큰소리까지 쳤다. 그러나 최만치는 갑론이라고 우대하거나 을론이라고 천대하는 법이 없었다. 오로지 어명에 따라 주어진 직분에 충실했다.

그렇게 한 달이 지나갔고 겨울에 닿았다. 밀수품과 술과 도박판이 넘쳐나던 광통교도 해가 지기 전 어둠에 잠겼다. 그 한 달 동안 최만치의 잔혹함은 도성 안팎에 널리 퍼졌다. 그러나 왕은 척검방의 활약을 칭찬했으며 계속 밀어붙이라고 궁중 회의에서 재차 하명까지 했다. 그리하여 이 나라에서 밀무역과 밀주와 도박이 사라졌을까. 왕과 최만치로서는 실망스러운 결론이었지만 그 셋은 계속 손님을 받고 이익을 남겼다. 위험이 큰 만큼 더 비싼 가격으로 밀수품과 밀주가 거래되고 도박판이 벌어졌다. 삼금과 관련된 이들은 100분의 1 아니 1000분의 1로 줄었으나 재산은 100배 아니 1000배로 늘어났다. 최만치는 조그만 틈만 생기면 개미처럼 파고들었다. 잡아들이고 잡아들여도 죽이고 죽여도 삼금령을 어기는 죄수들은 사라지지 않았다. 위험천만한 일을 벌이다가 잡혀 온 무뢰배들 입에서 변명처럼 두 글자가 튀어나왔다. 자신들은 정말 밀수품과 밀주와 도박을 하고 싶지 않았으나 목숨을 빼앗겠다고 위협하는 바람에 어쩔 수 없었다고 했다. 악의 원흉은 바로 검계였다. 그리고 검계의 뒷배인 검은 재상이었다.

권력은 검지도 희지도 않지만, 사람들은 검계의 뒷배를 검다고 불렀다. 검계가 불법을 일삼으며 날뛰어도, 뒷배는 세상에 모습을 드러낸 적이 없었다. 그림자가 없는 응달로만 다닌다고도 했고, 빛이 들어오지 않는 대궐 같은 집에 웅크리고 있다고도 했다. 뒷배는 없고 자신이 바로 그 어둠이라 자처하는 검계 두령도 있었지만, 검은 재상에 대한 소문은 그치지 않았다. 깃대 높이 목을 매단 검계의 시신이 늘어날수록 그 뒷배는 더 짙고 깊고 어두워졌다. 도성을 삼킬 만큼이라고도 했고 이 나라 전체를 삼킬 만큼이라고도 했다.

농담이라며 웃었지만 서늘한 기운이 사라지진 않았다.

최만치는 자정을 넘긴 시각에 비익당에서 왕과 독대했다. 언제든 찾아오라는 하명이 있었으나 이렇듯 늦은 밤은 예의에 맞지 않았다. 그만큼 중요한 문제를 의논하겠다는 뜻이기도 했다. 왕은 한 숙빈의 유품인 거울을 들여다보며 기다리다가 최만치를 맞았다.

밀무역과 밀주와 도박이 이 나라에서 완전히 없어지기를 정녕 원하시옵니까?

서론 없이 바로 본론을 꺼냈다. 둘은 그런 사이였다.

그렇다.

하오면 뿌리까지 도려내야 하옵니다.

뿌리가 무엇이냐?

검계이옵니다.

또?

아시지 않사옵니까?

검은 재상 말이더냐? 그 풍문을 정녕 믿느냐?

색깔은 모르겠사오나 검계와 결탁한 신하들을 색출하여야 하옵니다.

쉽지 않을 것이다. 진짜 전쟁을 해야 한다.

먹고살려고 불법을 저지르는 이들과는 다른 무리이옵니다. 남촌 사가의 벽을 넘어 이 나라의 왕자를 암살하려던 무리이옵니다. 척검방 대장 최만치를 삭탈관직하라는 상소가 줄을 이을 것이옵니다. 용상을 범하려 들지도 모르옵니다. 그래도 뿌리를 도려내기 원하시옵니까?

왕이 거울에서 고개를 돌려 최만치를 쳐다보았다. 거울 속 자신을 바라볼 때와 똑같은 시선이었다.

만치야!

예, 전하!

너는 나를 믿느냐?

이 목숨 다하여 명을 받들겠사옵니다.

네가 하려는 일이 곧 내가 하려는 일이다. 뜻대로 하거라.

여기서 잠깐 악두가 왕의 밀사를 은밀히 만난 이야기를 하고 넘어가야겠다. 최만치에게 힘을 실어 준 다음 날 새벽 악두는 대전 내관 정문식을 마포 창고에서 만났다. 정문식이 우선 확인했다.

나용주에게 마마를 구하라 시켰소?

그러합니다.

나용주는 어디 있소?

모릅니다.

모른다?

잠잠해질 때까지 몸을 숨겨 팔도를 떠돌다가 오라 하였습니다. 갑론의 표적이 되었으니 한양에 머물다간 목숨이 위태롭습니다. 게다가 호위대장 아니 지금은 척검방 대장인 최만치, 그이도 용주를 찾고 있는 판이라서…….

마마께서 용상의 주인이 되셨으니 나용주가 돌아올 때도 지나지 않았소?

곧 돌아올 겁니다. 단단한 아이입니다.

왜 마마를 구하라고 시켰소? 갑론이 오랫동안 마포 검계의 뒷배를 봐준 걸로 아오만.

악두가 고개를 들고 대답 대신 되물었다.

솔직히 답해도 됩니까?

바라는 바요.

재상보단 왕이 더 세지 않겠습니까? 왕이 바뀔 때마다 조덕신 대감은 이 왕자를 없애라 저 왕자를 협박해서 도성 밖으로 내쳐라 명했습니다. 힘들고 귀찮더라고요. 차라리 왕을 도우면 이런 잡일을 하지 않고…….

한 시절 편히 지내겠다?

그렇습니다.

무엇을 원하오?

원하시는 것을 먼저 말씀해 주십시오. 뭐든지 하겠습니다.

뭐든지?

뭐든지! 다만 지금은 척검방 단속을 피했으면 합니다. 마포 검계가 건재해야 마마를 도울 수 있습죠.

그래서 여러 경로로 만나기를 청한 것이로군.

척검방이 얼마나 지독하게 구는지, 하루도 버티기 힘듭니다. 대신 우리가 마마의 보이지 않는 힘이 되어 드리겠습니다. 제거하고 싶은 자가 있다면 말씀만 하십시오. 마마께서 드러내 놓고 하시기 힘든 일들을 모두 해 드립지요.

그대로 전해 올리도록 하겠소.

악두가 마지막으로 준비한 선물을 내놓았다.

갑론에게 바쳐 오던 상납금이 꽤 모였습니다. 좋은 일에 쓰고자 했는데 임자가 나타나셨으니 드리겠습니다.

정문식이 하얀 이를 드러내며 웃었다. 거래가 성립한 것이다.

최만치의 검계 소탕 작전은 두고두고 인구에 회자되었다. 수많은 검계가 포박되었고, 조직의 비밀을 토설하지 않는 자는 단근질을 당해 절름발이나 앉은뱅이로 남은 생을 기어다녔다. 궁지로 몰린 검계는 할 짓 못할 짓 가리지 않고 최만치의 척검방에 맞섰다. 살아남기 위해 검계가 택한 여러 술수 중에는 그들이 오랫동안 상납한 돈의 위력에 대한 기대가 포함되었다. 같이 살기는 어렵지만 같이 죽기는, 결심만 선다면 어려운 일이 아니다. 번개같이 급습하여 일망타진하려는 척검방의 계획은 이뤄지지 않았다. 혹독한 징벌이 아니라 회유와 매수를 통해 천천히 검계를 압박해 들어갔다면 어땠을까. 시일은 많이 걸렸겠지만 스스로 투항하는 이들이 적지 않았을 것이다. 그러나 최만치는 검계와 말을 섞는 것조차 불쾌하게 여겼다. 범죄자는 잡아들여 벌을 내릴 대상이지, 마주 앉아 얼굴을 보며 이런 경우 저런 경우를 따지고 배려할 존재가 아닌 것이다. 절반의 성공 절반의 실패라는 결과가 돌아왔다. 절반의 실패는 완전한 실패와 다르지 않았다.

검계뿐만 아니라 도성 안팎 백성도 때때로 술안주 삼아 척검방을 거론했다. 그중 하나만 들려주겠다. 검계 소탕 작전에 대한 왕의 허락이 내리고 사흘 뒤에 벌어진 일이다. 최만치는 도성 안팎을 주름잡는 여덟 검계 중에서 조직원 숫자도 많고 밀주를 계속 만들어 유통하는 검계 둘을 먼저 급습하기로 결정했다. 악두의 마포 검계와 강치의 뚝섬 검계였다. 마포는 대장인 최만치가 맡고 뚝섬은 부장인 이재진(李在眞)이 박살 내기로 했다. 자정에 마포 나루와 뚝섬 나루의 검계 본거지를 동시에 치기로 한 것이다. 척검방과 좌포청의 관원은 물론이고 우포청과 의금부 관원까지 지원받았다.

결과는 뜻밖이었다. 마포 나루의 창고로 뛰어든 최만치는 그 자리에 멈춰 서고 말았다. 검계는 물론이고 창고에 그득 차 있어야 할 물품이 단 하나도 없었다. 그야말로 텅 빈 창고였다. 작전 계획이 마포 검계로 모조리 흘러들어 간 것이 분명했다. 창고를 미리 비워 척검방을 조롱하는 것이다. 골 빈 녀석들. 쫓아오려면 와 봐. 최만치는 갑론을 의심했다. 마포 검계에게 검은 재상보다 강력한 뒷배가 있으리라곤 예상하지 못했다.

뚝섬 나루에선 혈전이 벌어졌다. 마포처럼 계획이 누설되진 않았으나 강치를 비롯한 뚝섬 검계의 저항이 워낙 드셌던 것이다. 척검방 관원이 다섯 배는 많았으나 뚝섬 검계를 단숨에 밀어붙이지 못했다. 강치의 괴력이 놀라웠다. 쌍도끼를 들고 관원들의 목을 동시에 뚝뚝 자르며 부장 이재진을 향해 달려들었다. 무과에 장원으로 뽑힌 이재진의 장검도 강치의 쌍도끼에 쩔쩔맸고, 결국 팔뚝을 찍혀 피를 쏟았다. 관원들이 이재진을 둘러싸서 보호하는 사이, 강치와 뚝섬 검계들은 퇴로를 만들어 빠져나갔다. 뚝섬 본거지를 쑥대밭으로 만들긴 했으나 두령 강치를 체포하는 덴 실패했다.

다음 날 새벽부터 마포 검계 두령 악두와 뚝섬 검계 두령 강치의 얼굴을 그린 방이 도성 곳곳에 나붙었다. 그 둘을 포함하여 여덟 검계 두령의 행적을 척검방에 알려 오는 이는 없었다. 지난밤 역습은 척검방은 물론이고 검계들도 많은 생각을 하게 만들었다. 척검방이 한양 검계 전체를 소탕하겠다고 나선 것이다. 강치가 비록 잡히진 않았으나 뚝섬 창고들은 척검방의 수중으로 넘어갔다. 언제 다른 검계도 본거지를 잃을지 모르는 상황이었다. 흩어져 각자 이익을 좇던 검계들은 하나로 뭉쳐 싸울 때가 왔음을 깨달았다. 척검방의 감시가 미치지 않는 섬으로 모여들었다. 강화도였다.

여덟 검계 두령은 1년에 한 번씩 비밀 회합을 가졌다. 크고 작은 흥정과 거래가 오갔으며, 이권 다툼을 두령들끼리 의논하여 해결하는 경우도 가끔 있었다. 대부분은 술과 노래와 춤과 여자로 흥겹게 놀다가 헤어지는 자리였다. 그 겨울 강화도에서의 회합은 딱딱하고 춥고 을씨년스러웠다. 춤도 노래도 여자도 없었다. 탁자에 술이 놓였으나 울분을 삭히려고 한두 잔 들이키는 것이 고작이었다. 두 사내의 안색은 극과 극이었다. 밀주 한 잔을 마신 악두의 뺨은 복숭아처럼 발그레했지만, 같이 잔을 비운 강치의 턱과 목엔 칼날과 창날이 만든 상처가 열 군데도 넘었다. 나머지 여섯 두령은 악두와 강치의 눈치를 살피며 어색한 침묵을 견뎌 냈다. 악두를 노리던 강치가 다시 술을 들이켠 후 불만을 털어놓았다.

척검방이 오는 걸 미리 아는 재주가 있으면 같이 살아야지? 한양과 경기도 일대의 도박장과 주점과 술도가가 박살난 마당에 혼자만 멀쩡하면 되겠어? 그러니까 마포 검계 너희들이 욕먹는 거야.

악두가 제 앞에 놓인 술잔을 보며 차분히 받아쳤다.

할 말만 하쇼. 미리 알고 피한 내가 잘못이오, 넋 놓고 있다가 당한 뚝섬이 잘못이오? 단속은 앞으로도 계속될 거요. 우리가 무사하려면 일사불란하게 움직여야 하오. 내가 아무리 소식을 줘도, 날 믿지 않고 제멋대로 해 버리면 소용이 없지 않겠소? 다들 살고 싶으면 내 밑으로 들어오시오. 모두 마포 검계가 되란 얘긴 아니오. 각자 구역은 충분히 인정하리다. 단 여러분 뒷배를 봐주는 대신, 이익의 절반을 마포 검계에 주셨으면 하오.

척검방 단속 계획을 미리 알려 줄 테니 대가를 지불하라는 것이다. 두령들 얼굴이 상기되었다. 여덟 두령이 공평하게 도성을 분할하며, 서로 상납 따윈 않는다는 약조를 악두가 나서서 깬 것이다. 강치가 썩은 웃음을 지었다.

악두, 많이 컸네. 어디서 개소리를 나불대? 솔직히 털어놔. 네가 척검방을 끌어들여 우리를 친 거 아니야?

악두도 피하지 않고 받아쳤다.

남의 그릇에 발 담그고 지금껏 물 흐려 놓은 게 누군데 잡소리야! 꺼져! 널 도울 생각은 손톱만치도 없으니까.

강치가 벌떡 일어서서 주먹을 날렸다. 악두는 허리를 숙여 주먹을 피한 뒤 강치의 목을 감고 쓰러졌다. 둘은 그렇게 바닥에서 엉킨 채, 다른 두령들이 뜯어말릴 때까지 결정타를 날리지도 못하고 가쁜 숨만 내뱉었다.

성질들 좀 죽이시오, 어디 생각이나 해 봅시다. 비상 상황 아니오?

급한 불부터 먼저 끄라 했소. 우리가 사는 게 먼저 아니겠소?

그래도 이익의 절반은 너무 지나치오. 사정이 어렵긴 우리도 마찬가지라오. 조금 깎아 줄 순 없겠소?

강치가 탁자를 주먹으로 내리쳤다.

배알도 없는 쫀쫀한 놈들! 나는 가겠으니 너희끼리 주고받고 다 해 처먹어. 악두야, 지금이 네 세상 같지? 두고 보자. 언제까지 가는지……. 다음에 만나면 목부터 따 버릴 테니 각오해.

강치의 목소리는 거칠고 컸지만 그를 따라나서는 두령은 없었다. 대신 그들은 악두의 눈치만 살폈다. 강치가 사라지자 여섯 두령은 악두에게 충성을 맹세했다. 이익의 절반을 내고 안전하게 밀주와 밀무역과 도박을 보장받는 쪽을 택한 것이다. 악두는 이 나라에 검계가 생긴 이후 처음으로 한양을 통합했다. 권력을 쥐기 위해 그야말로 수단과 방법을 가리지 않은 결과였다. 헛되이 죽은 수많은 검계들의 핏값이었고 내 인생이 송두리째 절멸된 대가였다.

최만치가 마포 검계와 뚝섬 검계를 급습하고, 여덟 검계가 강화도에서 두령 회의를 갖는 동안 나 역시 분주하게 움직였다. 우선 서대문 안 저자거리에 높이 걸린 취몽의 머리부터 야음을 틈타 거두었다. 천안에 장지를 마련하여 묻었다. 홍랑은 성불사 주지와 안면이 있다며 의탁하겠노라고 했다. 일주문까지 그미를 데려다 주었다.

홍랑은 곧 돌아오겠다는 내 손을 꼭 쥐며 설득했다.

당신까지 잃긴 싫어요. 복수심을 버리세요. 그건 이 산사의 티끌보다도 못한 잡념이에요. 같이 있어요, 평생…….

걱정 마오.

나만 보고 살면 안 되나요? 다시 검계를 해야 해요?

미안하오.

산 넘어 산이에요. 그 산을 다 오를 순 없어요.

가겠소.

당신은 더 외로워질 거예요.

알고 있소.

홍랑은 눈을 감은 채 고개를 흔들었다. 돌이키기엔 너무 늦은 것이다.

내가 기다린다는 걸, 잊어요 그럼.

홍랑!

훨훨 날개를 달고 날아도 닿기 힘든 봉우리예요. 그게 좋겠어요.

꼭 돌아오리다.

꼭, 그래요 꼭!

부처의 가르침이 얼마나 깊고 넓은지는 모르겠지만, 나는 이대로 모든 것을 없음으로 돌리고 편히 지낼 자신이 없었다. 두 눈을 감기만 해도 수많은 주검들이 일렁거렸다. 꼭두쇠 대인과 취몽과 사당패 광대들! 어떻게든 살아 보려고 검계가 되어 악두 대신 죽어 간 사내들, 그리고 내 손으로 찔러 죽인 철표. 그렇게 죽을 사람들이 아니다. 불면증이 깊어졌다. 얼굴이 화끈거렸다. 눈두덩은 햇불을 갖다 댄 것처럼 뜨거웠다. 먼저 간 이들이 쉼 없이 찾아와서 뺨을, 이마를, 턱을 그리고 눈두덩을 후려쳤다. 때때로 비명과 통곡과 절규가 뒤섞여 들려왔다. 아무리 고요한 방에 머물러도 환청은 사라지지 않았다. 몸은 피곤했지만 신경은 날카로웠다. 나는 혼자고 상대는 무리다. 최만치는 척검방이라는 무리의 대장이고, 악두는 검계라는 무리의 우두머리다. 혼자가 무리와 상대하기 위해선 상식에 근거하여 차근차근 계단을 밟듯이 나아가선 아니 된다. 목숨을 걸고 단숨에 무리의 심장부로 뛰어들어야 한다. 거기서 죽든지 살든지 결판을 내야 하는 것이다.

사람은 평생 몇몇 무리에 속하기 마련이다. 작게는 가족에서부터 크게는 나라까지. 무리를 위해 내 이익을 포기하란 요구를 받곤 했다. 힘이 없을 땐 그 청을 받아들였지만, 스스로를 챙기기 시작한 후론 무리를 위해 내 것을 헌납하지 않았다. 무리를 내세우는 자들을 의심하라! 그들이 원하는 것은 무리의 장래가 아니라 너의 희생이다. 내가 다치거나 죽은 후 무리가 나를 위해 무엇인가를 해 주리란 헛된 기대는 개에게나 던져 주어라!

최만치의 척검방은 견고한 성이다. 혹시 있을지도 모르는 검계의 습격에 대비하여 다섯 군데 거처를 마련하고 또 다른 여섯 번째 거처에서 회의를 주재했다. 척검방에게 공격당한 검계는 벼락 맞은 숲처럼 굴었다. 한쪽에선 불길이 치솟았고 한쪽에선 그 불을 피해 달아나는 짐승들로 시끄러웠다. 여덟 두령이 모여 머리를 맞대었지만 강치는 악두의 권위를 인정하지 않고 이탈했다. 여덟 두령이 합심했다면 검계의 급소를 틀어쥐는 데 시일이 더 필요하고 어려움도 따랐으리라. 그러나 나는 마포 나루의 빈 창고를 확인하고, 또 비밀 회합장에서 강치만 씩씩거리며 먼저 강화도를 떠나는 것을 훔쳐본 뒤, 복수의 첫발을 어디에 디딜 것인지 결정했다. 악두의 저 당당함을 부술 필요가 있었다.

척검방은 검계만 생각하고 검계는 척검방만 생각했다. 세상에 오직 두 패만 있다는 생각이 척검방과 검계에게 스며들었다. 착각이었다. 두 패에서 한 걸음만 나와 서면 이 나라를 움직이는 다른 힘들이 보인다. 그러나 최만치도 또 악두도 이 승부에서 다른 곳으로 눈을 돌리려 하지 않았다. 거듭된 싸움으로 대의를 잃었고 쌓인 분노로 명분을 놓쳤다. 시간이 흐를수록 척검방과 검계는 승부에만 집착했다. 어디에도 속하지 않는 나로선 움직이기 편했다. 나처럼 움직이기 쉬운 이가 또 한 사람 있었다. 구중궁궐의 주인.

함박눈이 내리기 시작한 동짓달 첫 밤에 가마 두 개가 마포의 창고를 빠져나왔다. 여덟 명의 가마꾼 외에 마포 검계 열 명이 앞뒤로 붙어 호위했다. 선두에 선 이는 부두령 명길이었다. 명길은 가마를 동소문 쪽으로 이끌었다. 해가 지면 도성의 대소 성문을 모두 걸어 잠그는 것이 법이었으나 동소문은 열려 있었다. 수문장도 가마와 수상쩍은 사내들을 못 본 체했다. 동소문을 통과한 가마는 밤길을 달려 건천동 허름한 초가에 닿았다. 명길만 가마와 함께 마당으로 들어가고 나머지 검계들은 집을 삥 둘러 경계를 섰다. 방문을 열고 나온 이는 놀랍게도 대전 내관 정문식이었다. 일찍이 비익당에서 한 숙빈을 모셨고 호암군이 용상에 오르자 내시부의 으뜸인 상선으로 중용된 인물이다. 그 전부터 호암군에게 대궐의 대소사를 몰래 아뢰었고, 호암군의 명령이라면 물불 가리지 않기로 유명했다. 호암군이 세자를 거쳐 왕이 되는 동안 일어난 두 번의 석연찮은 급사에 궁궐에 있는 누군가가 도움을 주었다면 정문식일 것이라는 풍문이 돌 정도였다. 가마꾼들이 상자 열 개를 가마에서 차례차례 꺼냈다. 명길이 그중 하나를 열었다. 가득 든 돈을 확인한 정문식이 웃으며 고개를 끄덕였다.

크게 기뻐하실 것이오. 이제 아무 걱정 마오.

내가 복면을 쓰고 움직이기 시작한 것은 바로 그 순간이었다. 경계를 맡은 검계들은 벽에 적당히 기대거나 아예 엉덩이를 땅에 대고 앉았다. 나라에서 자신들을 돌보는데 걱정할 것이 무엇이냐는 태도였다. 나는 필살기로 급소만 노렸다. 그들은 비명도 지르지 못하고 그 자리에서 목숨을 잃었다. 뒷마당을 통해 지붕으로 뛰어올랐다가 날아 내리며 정문식의 등을 베어 버렸다. 웃음을 채 거두지도 못한 채 정문식은 열린 돈 상자에 코를 박고 절명했다. 가마꾼들은 걸음아 날 살려라 흩어져 달아났다. 마당엔 명길과 나 둘뿐이었다. 왼 가슴이 갑자기 울렸다. 명길이 쏜 화살에 맞은 자리였다. 취몽이 제조한 약주를 마시고 또 홍랑이 그 술로 상처를 반년 동안 닦아 낸 덕에 상처는 아물었지만, 오늘처럼 궂은 날엔 안에서부터 범종이 울리듯 가슴이 아렸다. 명길이 어둠 속에 선 내게 화살을 겨눴다. 나는 복면을 벗고 천천히 명길을 향해 정면으로 걸어갔다. 한 걸음 한 걸음 다가서는 나를 뚫어지게 노리던 명길의 얼굴에 놀라움이 차올랐다.

네놈은……?

그 작은 떨림을 놓치지 않고 나는 허공으로 날아올랐다. 명길이 허리를 젖히며 화살을 쏘았으나 두 다리 사이로 지나쳐 사라졌다. 단칼에 명길의 가슴을 베었다. 죽음의 문턱에서 돌아 나온 뒤 수백 수천 번 상상했던 바로 그 부위였다. 명길이 이미 목숨을 잃은 정문식의 시신 위로 쓰러졌다. 더 이상의 응징은 없었다. 열 명의 마포 검계와 상선 정문식과 돈이 든 상자에 눈이 수북하게 쌓이도록 내버려 두고, 걸음을 재촉하여 다시 마포 나루로 향했다. 명길의 죽음이 악두에게 닿기 전에 내가 먼저 그를 만나야만 했다.

평생 암수를 경멸해 왔다. 정정당당하게 도전한 상대를 병신으로 만든 적은 있으나 목숨을 앗지는 않았다. 그러나 내가 잠자리에 들 때나 연회를 베풀 때 은밀히 나를 해치려 덤빈 놈은 열이면 열, 사지를 찢었다. 제법 용기가 있는 녀석은 당돌한 질문을 던지기도 했다.

듣자 하니 악두 대두령의 침소를 몰래 찾아가서 목을 베었다 하더이다. 그건 비열한 암수 아니오?

등 뒤에서 이따위 이야기를 수군거렸다면 벌써 목을 쳤을 것이다. 그러나 내 앞에서 눈을 동그랗게 뜨고 던지는 질문은 아무리 허황되거나 추해도 벌하지 않았다. 그것이 내 삶의 철칙이다. 마포 나루가 한눈에 내려다보이는 악두의 별장 침소에 혼자 조용히 숨어든 것은 맞다. 그러나 잠든 악두의 목을 잘랐다는 이야긴 야비한 헛소문이다. 의리를 숭상하는 검계라면 암수나 쓰는 자를 두령으로 떠받들진 않는다.

잠든 악두의 머리맡에 왼 무릎을 꿇고 앉았다. 그리고 잠시 악두를 쳐다보다가 그 목에 칼날을 갖다 댔다. 악두가 살기를 느끼고 눈을 번쩍 떴다. 그는 호위를 맡은 검계들에게 들키지 않고 이곳까지 들어온 살수가 곧 나란 걸 알아차렸다. 나는 곧장 악두의 목을 베지 않았다. 오히려 일어나서 뒷걸음질을 쳤고 악두가 장검을 찾아 쥐고 마주 설 때까지 기다렸다.

나한테 왜 그랬소?

다 쓴 칼은 버리는 법이야. 왜 베지 않았느냐?

나는 검계요.

자신은 있나? 잠든 날 베지 않았다고 네 목숨을 살려 주진 않아.

한 번 죽었던 몸이오.

또 죽게 생겼군.

오늘은 그쪽이오.

내가 먼저 치고 들어가자 악두는 몸을 반만 돌려 역공을 폈다. 나는 허리를 숙이면서 바닥을 두 바퀴 구른 뒤 다시 목을 노리며 장검을 뻗었고, 악두는 벽을 차며 공중제비를 돌아 거리를 확보했다. 악두의 방은 순식간에 부서지고 꺾이고 찢겨 엉망진창이 되었다. 호위 검계들이 시끄러운 소리에 놀라 방으로 몰려왔고 나를 향해 달려들려 했다. 악두가 명령했다.

물러서!

검계들이 주저하며 눈치를 보자 다시 명령했다.

이 판이 끝날 때까지 끼어드는 놈은 목을 베겠다.

그제야 검계들이 방 밖으로 물러났다. 다시 혈투가 이어졌다. 꾁두쇠 대인과 함께 검술을 익힌 악두의 검술 실력은 대단했다. 피했다 싶으면 다시 파고들었고 베었다 싶었지만 허공만 갈랐다. 편안하게 목검을 들고 맞섰다면 악두에게 결코 이기지 못했을 것이다. 그러나 그 밤 나는 이 한 판에 모든 것을 걸었고, 악두의 칼날이 내 살갗을 베거나 찢는 것도 아랑곳하지 않았다. 예전에는 반 뼘 정도 차이를 두고 칼날을 피했다면 지금은 살갗에 닿더라도 물러나지 않고 오히려 가까이 붙었다. 상처는 내가 더 많이 입었고 피도 내가 더 많이 흘렸지만 숨소리가 거칠어지는 쪽은 악두였다. 악두가 원하는 박자를 계속 조금씩 당기면서 흩어 놓았던 것이다. 목을 노리고 악두가 달려들었을 때도 물러서는 대신 고개만 살짝 젖히면서 오히려 어깨를 베어 버렸다. 내 목에도 악두의 장검이 얹혀 피가 흘렀다. 새끼손가락 한 마디 정도만 더 상처가 깊었다면 나 역시 그 자리에서 목숨을 잃었으리라. 그러나 나는 장검을 쥔 채 서서 버텼고 검을 놓치며 쓰러진 이는 악두였다. 칼날을 악두의 목에 갖다 댔다. 악두가 가쁜 숨을 내쉬며 고개를 들었다.

베라!

잘 가시오.

나는 단숨에 악두의 목을 베었다. 두령의 죽음을 목도한 검계들이 천천히 다가왔다. 나는 가슴을 펴고 당당하게 외쳤다.

꿇는 놈은 살려 주겠다.

제일 앞에 섰던 두 놈이 고함을 지르며 달려들었다. 순식간에 놈들을 베곤 피가 뚝뚝 떨어지는 장검을 내밀며 물었다.

다음은 누구냐?

검계 하나가 장검을 발아래 던지곤 무릎을 꿇었다. 그러자 일제히 장검들이 바닥에 떨어졌다. 꿇어 엎드린 검계들의 머리를 내려다보며 단어 하나를 떠올렸다. 두령! 이제 나는 죽을 때까지 마포 검계 두령으로 불릴 것이다. 이것은 시작에 불과하다.

새벽부터 왕의 행렬이 동대문을 지났다. 빗줄기가 점점 굵어졌다. 승지들은 돌아갈 것을 조심스럽게 청하였으나 왕은 고집을 꺾지 않았다. 하루 종일 질퍽거리는 빗길을 걸어 한 숙빈의 묘에 닿았다. 한 숙빈이 병으로 죽은 후 처음 무덤을 방문하는 길이었다. 진작 가고 싶었으나 갑론들의 눈치가 보여 포기했었다. 보위에 오른 뒤에도 신하들은 이 행차를 나서서 반대했다. 왕의 어머니가 무수리란 사실을 드러낼 필요가 없다는 논리였다. 이번에는 왕도 물러서지 않았다.

그대들이 무수리 출신이라 하찮게 여기는 여인이 바로 이 나라의 왕을 잉태하고 낳은 어머니라오. 그 여인의 죄가 무엇이오? 성은을 입은 것이 죄인가? 왕자를 생산한 것이 죄인가? 꼭 가서 어머니의 묘를 봐야겠소. 앞을 막는 자는 누구라도 용서치 않겠소이다.

왕은 내관이 받쳐 든 우산 아래에 서서 묘를 내려다보았다. 군데

군데 봉분이 무너지고 뱀굴까지 뚫려 초라했다. 왕이 두 걸음 나아가서 무릎을 꿇었다. 무너져 내린 흙을 손으로 떠 봉분 위로 얹으려고 했다. 빗물에 젖은 흙이 쓸려 내려왔다. 왕은 흙을 올리고 또 올렸다. 빗방울이 얼굴은 물론이고 온몸을 적셨지만 멈추지 않았다. 수행한 승지와 궁인들이 모두 엎드려 아뢰었다.

전하! 옥체를 보존하시오소서.

왕이 고개를 들었다. 빗물이 이마와 눈두덩과 뺨을 때렸다. 눈물을 감추기엔 이보다 나은 것이 없었다.

위기는 곧 기회다. 대부분의 검계들은 척검방의 활동이 잠잠해질 때까지 엎드려 숨었지만, 나는 악두와의 대결에서 이겼을 때처럼, 오히려 한 걸음 내딛는 쪽을 택했다. 한양과 경기도 일대의 술도가가 척검방에게 적발된 까닭에, 술을 안정적으로 공급받을 새로운 술도가가 필요했다. 철표의 동생 철조(鐵早)에게 적당한 술도가를 조사하도록 했다. 쌍둥이처럼 형과 닮은 철조는 성미가 급하고 용감했다. 내가 호암군의 사가에서 철표를 죽였다는 사실을 철조는 몰랐다. 나도 구태여 옛일을 끄집어내지 않았다. 그리고 여섯 검계의 두령들에게 내가 마포의 새 두령이 되었음을 알리고 강화도에서 악두와 약조한 대로 상납금을 내라는 서찰을 돌렸다. 철조와 동갑인, 머리를 산발하고 다니는 봉칠(奉七)에게 이 일을 맡겼다. 수표교 거지패 출신으로 몸에 이가 득실거렸다. 사람을 죽인 뒤 꼭 이 한두 마리를 시체 위에 던져 놓는 것으로 유명했다. 나흘 후 철조가 와서 보고했다.

한양의 밀주 시장을 장악하려면 뚝섬 검계가 거래하는 전라도 술을 우리가 빼앗는 것이 최선일 듯합니다. 전주의 술도가에서 만드는 술이 향도 좋고 맛도 으뜸이라서, 돈이 꽤 되지요.

나 역시 같은 생각이었다. 전라도 술도가와 거래를 튼다면 밀주를 확보하면서 뚝섬 검계를 위축시키는 일석이조의 효과를 볼 것이다.

술도가를 눈 감아 주는 관원이 누군지 알아보고, 밀주가 전주에서 뚝섬까지 올라오는 경로를 지도에 그려 와. 역참들을 중심으로 두고. 할 수 있겠나?

예, 형님! 그럼 다녀오겠습니다.

시원시원하게 답하는 철조에게 검계 열 명을 붙여 주었다. 이어서 봉칠이 들어왔다. 얼굴에 짜증이 가득 묻어났다.

악두 두령하고 맺은 약조는 더 이상 지킬 필요가 없답니다. 여섯 두령 모두 상납금을 한 푼도 못 주겠대요. 오히려 새로 두령이 되었으면 선배 두령들에게 찾아와서 인사하는 것이 예의라는데요. 어떻게 할까요?

부하들을 대기시킨 뒤 문방사우를 폈다. 악두는 글을 몰라 간단한 그림으로 제 뜻을 알렸으나 나는 다행히 대인에게서 언문이나마 익혔다. 봉칠을 불러 서찰 여섯 통을 건넸다.

한 번 더 발품을 팔아야겠다.

봉칠이 머리를 긁적이며 왜 당장 공격 명령을 내리지 않느냐고 눈으로 묻다가, 서찰들을 챙겨 나갔다. 그 서찰에는 이렇게 적혀 있었다.

내일 자시(밤 11시~1시)까지 약조를 지키지 않는다면, 그에 합당한 벌을 받을 각오를 하시오.

반나절 뒤에 돌아온 봉칠은 이마에 주름을 세 겹이나 잡았다.

뭐라 적으셨는지는 모르겠지만, 두령들이 낄낄 웃더니 너나 할 것 없이 서찰을 찢어 버렸습니다. 감히 두령님이 보낸 서찰을 말입니다. 악두 두령이었다면…….

봉칠이 급히 손바닥으로 입을 막았다. 악두란 이름은 마포 검계에선 금기어였다. 나는 오른팔을 들어 봉칠에게 가까이 오라는 신호를 보냈다. 봉칠은 뺨을 호되게 맞거나 옆구리를 걷어차일 각오를 하고 다가섰다. 녀석을 때리는 대신 귓속말을 속삭였다. 봉칠의 얼굴이 벌꿀을 잔뜩 먹은 곰처럼 밝아졌다.

다음 날 자시에 무슨 일이 벌어졌는지는 자라나는 아이들의 노래에까지 담겨 있다.

> 하늘이 무너져라 울렸죠.
> 천둥, 나도 알아요.
> 땅이 무너져라 울렸죠.
> 하나 둘 셋 넷 다섯 여섯
> 저건 뭔가요, 지둥?

피의 놀음이 시작됐다. 천지를 울리는 굉음과 함께 나용주의 맨얼굴이 세상에 드러나는 순간이었다. 여섯 검계 소굴에서 동시에 폭탄이 터졌다. 소굴 안에 있던 검계들은 대부분 즉사했고, 밖에서 경계를 서던 검계들도 팔이나 다리 혹은 눈이나 귀를 잃었다. 사망자 명단엔 다섯 두령의 이름이 올라갔고, 겨우 목숨을 건진 서강 두령은 앉은뱅이 신세로 늙어 갈 처지였다. 그동안에도 검계끼리 세력 다툼은 종종 있었다. 구역을 나누기는 했지만 경계 지점에선 크고 작은 마찰이 벌어졌고, 큰 이권이 생기면 노골적인 침범이 일어나기도 했다. 주먹질은 기본이고 검계라는 이름에 걸맞게 장검을 휘두르며 싸울 때가 많았다. 그러나 폭탄을 쓴 적은 없었다. 몸과 몸이 부딪쳐 승부를 가리는 싸움에 익숙했던 것이다. 나는 이 관습을 깼다. 비겁한 짓이라고 검계 내부에서 손가락질받을 만한 일이었다. 그런 비난은 이 일을 감행한 내가 겨룰 만한 상대일 때 제기된다. 범접하기 힘들 만큼 내 힘이 막강하다면 그들은 고개 숙일 수밖에 없다. 그러므로 나는 검계 한둘을 선공한 것이 아니라 여섯 검계를 한꺼번에 날려 버리는 쪽을 택했다. 경악은 두려움을 낳고 두려움은 복종을 만든다. 폭탄 여섯 개로 100여 명의 검계가 사라졌다. 큰 손실이지만 그보다 더 많은 이들이 검계를 두려워하게 되었다. 그것이면 충분했다.

두려움을 심어 줄 상대가 한 무리 더 있었다. 여섯 검계 소굴을 폭탄으로 날려 버릴 작정을 할 때부터 예정된 수순이었다. 서찰을 미리 보내고 약속을 잡고 은밀히 만나는 짓 따윈 접었다. 그들은 언제나 상석을 차지하여 거드름을 부렸고, 검계는 무릎을 꿇은 채 머리를 조아려 왔다. 운종가 대로를 택했다. 창덕궁을 나온 가마가 운종가로 접어들자, 검계들이 대로의 앞과 뒤를 막고 행인의 출입을 끊었다. 척검방이든 포도청이든 검계들을 방해하는 관원은 없었다. 행인의 내왕이 사라지고 장사꾼들도 좌우에 늘어선 가게로 숨은 뒤였지만, 눈치 없는 하인은 가마 앞에서 목청을 높였다.

물렀거라. 좌의정 대감 납신다. 물렀거라.

나는 운종가 한가운데 서서 꿈쩍도 하지 않았다. 가마가 멈췄고, 하인은 나를 꾸짖었다.

웬 놈이냐? 썩 물러서지 못할까. 좌의정 대감이시다.

내가 슬쩍 노려보자 하인은 그제야 심상치 않은 분위기를 느끼고 가마 옆으로 구르듯 물러나서 엎드렸다. 그사이 검계들이 내 뒤로 모여들어 병풍처럼 섰다. 가마에 앉은 조덕신이 얼굴을 노리며 말을 더듬거렸다.

사, 살아 있었더냐?

저를 기억하시니 감사합니다. 좌상 대감! 대감께서 제게 하실 말씀이 있을 듯하여 이렇게 왔습니다. 저 역시 대감께 드릴 말씀이 있는 것도 같고요. 편히 이야기 나눌 곳으로 가시지요. 대감의 뜻에 따르겠습니다.

악두를 호위하여 한차례 갔던 인왕산 자락 조덕신의 별장으로 자리를 옮겼다. 검계들이 별장을 둘러쌌다. 불을 밝히고 마주 앉자마자, 나는 그림과 글씨와 도자기로 벽을 가득 채운 방을 훑으며 히죽거렸다.

많이도 챙기셨습니다. 대감!

이놈이 어디서 망발을!

조덕신은 분을 참지 못하고 화부터 냈다. 검계 따위가 운종가 대로에서 갑론의 영수이자 좌의정의 앞을 막고 흰수작을 부린 것이다. 상상할 수 없는 일이었다. 나는 늙은 여우가 꾀를 부리지 못하도록 궁지로 몰아세웠다.

마포 검계에서 조 대감께로 흘러 들어간 돈이면 궁궐 한 채를 짓고도 남을 텐데 말입니다.

문서를 품에서 꺼내 조덕신의 무릎 위에 던졌다. 악두의 비밀 금고에서 찾은 문서였다. 검계의 살림을 맡으며 그 문서를 기록한, 서리 출신 오복이란 놈을 불러 하나하나 확인까지 마쳤다. 그동안 악두가 조덕신에게 상납한 금액과 일시가 꼼꼼히 적혀 있었다. 글자를 모르는 악두지만 최악의 상황에서 자신을 보호할 수단을 지녔던 것이다. 문서 첫 장을 넘겨 본 조덕신의 얼굴이 싸늘하게 굳었다. 허리를 젖히고 잠시 침묵한 뒤 제안했다.

악두의 자리를 보장하면 되겠는가?

그 자린 대감이 보장하거나 마는 자리가 아닙니다. 제가 원하면 가지는 자리지요.

네 이놈! 검계 따위가 이런 헛소리를 입에 담는단 말이더냐?

조덕신은 빛바랜 기준을 들이밀었다.

소설 좋아하십니까? 옛날에 주인에게 충성을 다한 개가 한 마리 있었습죠. 주인의 명령이면 두려워하지 않고 달려들었습니다. 그러다가 멧돼지에게 받혀 크게 다쳤습죠. 그러자 주인은 쓸모가 없어졌다며 그 개를 여름 복날에 잡아먹으려고 했다는군요. 개는 탈출했고 다행히 상처가 다 나았습니다. 그러면 그 개는 어찌해야 할까요? 다시 주인의 사타구니 아래에서 꼬랑지를 흔들어 대야 할까요 아니면 주인의 목을 물어뜯어야 할까요?

조덕신이 버티려고 안간힘을 썼다.

개가 사람처럼 굴 순 없지.

절벽에 선 사내의 이마를 손가락으로 튕기듯 말했다.

주인이 개만도 못하다면 어찌합니까?

조덕신이 시선을 내리며 짐짓 물었다.

원하는 게 뭐야?

하룻강아지 대하듯 요구 조건을 밝혔다.

이제부터 마포 검계가 좌상 대감과 그 졸개들을 보호해 드리겠습니다. 대신 매달 보호비를 저희에게 주시지요.

자고로 이런 적은 없었네. 어찌 한낱 시정잡배에게 조정 대신이 돈을 갖다 바친단 말인가?

퇴로를 막았다.

시정잡배? 뭐가 그리 당당하십니까? 삼금령을 어기고, 거기서 나오는 돈으로 호의호식하며 백성의 고통 위에 군림하는 당신들이 우리와 다를 게 뭡니까? 나용주의 검계가 잡배라면 조덕신의 갑론도 잡배인 게지요.

조덕신이 할 말을 잃고 부들부들 떨었다.

아시다시피 좌상 대감 덕에 제가 주상 전하와 친분이 좀 있습니다. 당장 궁궐로 들어가 이 문서를 전하께 바치고 좌상 대감과 갑론 신하들이 그간 행한 짓을 낱낱이 밝힐까요? 그러길 원하십니까?

조덕신의 얼굴이 하얗게 질렸다. 갑론이 왕의 약점을 몰래 뒤지듯, 왕도 갑론의 약점을 찾고 있었다. 마포 검계로부터 받은 상납을 세세히 기록한 이 문서가 왕의 손에 들어간다면, 조덕신은 좌의정 자리에서 물러날 수밖에 없다. 왕은 이를 기회로 갑론 신하들을 줄줄이 내치려고 들 것이다. 운종가에서 좌상의 가마를 막을 정도라면, 마포 검계가 못할 일은 없을 듯했다. 조덕신은 처음으로 검계에게 굴욕적인 부탁을 했다.

문서가 전하께 올라가는 일은 없었으면 하네.

알아서 잘 좀 하십시오. 지켜보겠습니다.

갑론의 목줄을 쥔 뒤 나는 을론의 영수 김인혁을 만났다. 김인혁은 100년 동안 갑론에게 억눌렸던 상황을 뒤바꾸고 싶었다. 을론을 독려하며 챙기기 위해선 적지 않은 돈이 필요했다. 재물로 뒷받침이 안 되면 명분도 의리도 소용없었다. 내가 미끼를 던지자 망설임 없이 덥석 물었다.

이판 대감께서 소인과 손을 잡으시면 갑론의 준동을 막을 수 있습니다. 제가 벌이는 사업에서 2할을 드리지요. 대감께서 장차 하시려는 일에 조금이나마 도움이 되었으면 합니다.

이 나라 종묘사직을 바로 세우고 전하를 보필하기 위해 쓰도록 하겠네. 이제 나 두령과 을론은 하나가 되었으니 안심하고 여러 일들을 도모하게.

그 밤에 은괴 열 상자를 김인혁의 창고에 넣었다. 목줄을 확실히 채운 격이다. 갑론도 을론도 마포 검계를 함부로 건드릴 수 없는 조건이 만들어졌다.

마포 검계가 기세를 올리는 동안, 뚝섬 검계는 형편이 악화되었다. 벼슬아치들의 비호를 전혀 받지 못한 탓에, 거래하던 비밀 주점들이 척검방의 단속에 번번이 걸려든 것이다. 손님이 줄고 술 판매가 적어졌다. 주점 주인들이 몰려왔다. 두 가지 요구 조건을 내걸었다. 주점들을 확실히 보호해 줄 것, 주점에 들이는 술에 몰래 물을 타지 말 것. 평소에는 강치의 기세에 눌려 말도 제대로 붙이지 못했지만, 가게가 망할 판이니 그들도 앞뒤 가릴 여유가 없었다. 이렇게 죽으나 저렇게 죽으나 마찬가지인 것이다. 강치는 2보 전진을 위한 1보 후퇴의 방식을 모르고 살아왔다. 고분고분 말 잘 듣고 상납 잘 하던 주인들이 떼로 몰려온 것만 괘씸했다. 강치는 항의하는 주인 하나를 두들겨 패 죽였다. 삽시간에 소문이 퍼졌고, 그나마 붙어 있던 주점들도 등을 돌렸다. 나는 뚝섬 쪽으론 당분간 접근하지 말라고 부하들에게 명령했다. 제 힘만 믿고 날뛰는 강치는 내버려 두면 점점 더 쪼그라들 것이다. 미친개의 뒤통수를 후려갈길 시기가 다가오고 있었다.

여기서 나는 한 호흡 쉬었다. 탈을 바꿀 때도 같은 속도로 계속하진 않는다. 서너 번 바꾼 후에 잠시 멈추고 너스레를 떤다. 구경꾼의 반응을 살피는 것이다. 그들이 더 빨리 하라고 부추기면 탈바꿈의 속도를 늦추고, 그들의 대답이 작고 심심하면 속도를 높였다. 갑론과 을론 그리고 검계를 내 손안에 넣었으니, 이제 척검방의 반응을 살필 차례였다. 나는 정말 이번 일을 멋지게 마치고 싶었다.

홍랑이 성불사에서 도성으로 돌아온 것도 그즈음이었다. 나는 그미가 좀 더 성불사에 머무르기를 원했지만 고집을 꺾지 못했다. 한강을 내려다보며 뜨겁게 사랑을 나눈 뒤, 그미가 확인하듯 물었다.

주점을 재개해야 하겠지요?

상황 파악이 나보다도 빠른 홍랑이었다. 조직을 복원하고 늘어난 검계를 관리하기 위해서는 많은 돈이 필요했다. 비밀 도박장 겸 주점을 도성에 다시 열고 손님을 받는 것이 지름길이다. 적당한 장소를 살피고 기생들을 모으는 중이었다.

당신까지 나설 필요는 없어.

검술은 당신이 최고일지 몰라도 술 팔고 도박판 벌이고 사내들 마음 앗는 일이야 날 따라오려면 멀었죠. 가게에서 벌어들이는 돈이 이리저리 술술술 빠진다는 건 아시려나 몰라. 눈 뜨고 당하지 않으려면 내가 있어야 해요.

그러다가…….

최만치는 호락호락한 위인이 아니다. 홍랑이 내 마음을 넘겨짚었다.

그러다가 단속에 걸리더라도, 당신이 날 구해 줄 것 아닌가요? 마포 두령 나용주랑 한 이불 덮는 사인데 무슨 걱정이에요.

한 이불 덮는 사이만 아니라면 가게 운영에 홍랑보다 더 어울리는 여자는 없었다. 취몽을 아버지로 둔 탓에 도박판 사정에도 밝고 밀주가 만들어지고 운반되는 과정을 소상히 알며, 까칠한 기생들도 맏언니처럼 능숙하게 다룰 뿐만 아니라 벌어들인 돈을 믿고 맡길 수 있는 여인이었다. 그래도 아직은 위험하다. 한 달이라도 다른 퇴기를 앉혀 영업을 해 본 뒤 일을 시작하라고 권하려는데, 홍랑이 입술을 포개 왔다.

당신, 목표를 정하면 그곳으로만 질주하는 호랑이란 거 알아요? 일에 미쳐 밥도 먹지 않고 잠도 자지 않는 독종. 그런 당신을 가끔씩이라도 만나려면 내가 그 일 속으로 들어가는 수밖에 없죠. 당신은 당신 일 해요. 나는 내 일 하면서 당신 얼굴 볼 테니까. 우리 사이에 그 정도는 해 줄 수 있죠?

끔찍 못하게 만드는군. 호랑이를 잡고도 남을 솜씨야.

아무에게나 솜씨를 발휘하진 않아요. 나 두령 정도는 되어야죠.

주점을 다시 여는 건 시작일 뿐이야.

알아요.

당신을 끌어들이고 싶진 않았어.

안다니까요.

이것 하나만 약속해. 주점은 해. 좋아. 하지만 그 외에 더 이상 알려고 들지 마. 간섭하지도 말고.

약속 못해요.

응?

당신이니까 솔직하게 말하는 거예요. 당신이 위험해지면, 나 그 꼴 못 봐. 무슨 짓이라도 해서 당신을 구할 거야.

홍랑의 말투가 반말로 바뀌었다.

당신은 날 이미 구했어.

그건 내가 구한 게 아니라 당신 운이 좋았던 거라니까.

고마워. 그 맘만 받을게. 하지만 허락 못해. 내가 혹시 어려워지더라도 당신은 내게 오면 안 돼. 더 멀리 가야 해.

내 몸은 내가 알아서 해. 강요하지 마.

부탁이야.

싫어.

홍랑을 위해 대광통교 쪽으로 가게를 새로 꾸몄다. 낮에는 갓을 팔았고 밤에는 은밀히 손님을 받았다. 가게 이름은 '홍청'을 그대로 썼고 도박과 술 없인 하룻밤도 보내기 어려운 이들에게 은밀히 연락을 넣었다. 단속을 피하기 위해 악기 연주나 노래는 중단되었고 자릿값과 술값이 두 배로 올랐다는 것 외엔 신왕 등극 이전과 다르지 않았다. 반주 없이 추는 홍랑의 검무가 더욱 매혹적이라는 풍문이 돌자, 손님들은 비싼 돈을 내고서라도 기꺼이 모여들었다.

앞에서 여러 번 강조했지만, 척검방 대장 최만치는 어명에 살고 어명에 죽는 사내다. 최만치가 추운 겨울 내내 소탕하고자 노력하던 검계 소굴이 여섯 군데나 폭발했으니, 척검방에서 발 빠르게 자초지종을 조사하는 것은 당연한 수순이다. 검계 소굴들이 폭파되고 이틀 후 마포 검계를 장악한 새 두령의 초상이 부장 이재진을 거쳐 대장 최만치의 손에 쥐어졌다.

……너였어. 그래, 너였구나!

그 초상이 너무나 생생했기에 최만치는 실종되었던 호위무사 나용주가 죽지 않고 마포 검계 두령으로 돌아왔음을 확신했다. 곧바로 입궐하여 왕과 독대하였다. 지금부터 밝힐 이 선택의 순간이 나로선 두고두고 흥미로운 대목이다. 최대한 꼼꼼하게 빠진 부분 없이 이야기해 보겠다. 우선 최만치는 나와 강치의 초상 두 장을 왕에게 올린 뒤 이렇게 아뢰었다.

왕명을 받들어 검계 무리를 소탕한 결과 현재 한양 검계는 두 수괴를 중심으로 재편되었사옵니다.

먼저 강치의 초상을 올렸다.

이자는 뚝섬 검계 두령 강치라 하옵니다.

용주의 초상을 올렸다. 왕이 초상을 뚫어지게 쳐다보았다.

알아보시겠사옵니까? 그자이옵니다, 나용주! 마포 검계 두령 표악두를 죽이고 새 두령에 올랐사옵니다. 포악하고 잔인하게 한양 검계를 통합하고 있사옵니다. 강치와 나용주, 이 두 놈만 제거하면 검계는 모래알처럼 흩어질 것이옵니다.

왕이 강치의 초상을 본 뒤 나용주의 초상으로 옮겨 갔다. 침묵이 이어졌다. 입궁하기 전 사가에서 나용주와 보낸 나날을 떠올리는 듯했다. 나용주로부터 검계란 고백을 듣고도 살려 보냈다. 그 자리에서 단칼에 베지 않은 것은 두고두고 왕에게도 생각할 문제였다. 나용주는 왜 그 순간 고백을 한 것일까. 숨겼다면, 호암군의 목숨을 구한 은인으로 평생 떵떵거릴 수 있었다. 나용주는 일생일대의 기회를 붙잡지 않고 걷어차 버렸다. 그 결정이 너무 의외였기에, 그는 나용주를 베지 않았다. 훗날 이 순간을 재론할 기회를 남겨 둔 것인지도 몰랐다. 하지만 며칠 뒤 대전 내관 정문식이 악두로부터 들고 온 소식은 끔찍했다. 나용주를 다시 볼 일은 없을 것이라고 했다. 한강에서 가슴에 화살을 맞고 강물에 빠졌다는 것이다. 그 밤

사가를 급습한 거지패의 소행일 것이라고 했다. 누구의 짓이든 나용주가 죽었다는 사실만은 분명한 듯했다. 그런데 나용주가 죽지 않은 것이다. 살아 돌아와서 표악두를 제거하고 마포 검계의 두령이 된 것이다. 하문했다.

누굴 먼저 치려는가?

최만치가 주저하지 않고 답했다.

나용주입니다.

왕이 다시 하문했다.

이유가 무엇이냐?

뚝섬의 강치는 욕심 많고 무식한 왈자일 뿐이옵니다. 하지만 마포의 나용주는 다르옵니다. 놈은 교묘하게 신분을 위장하고 남촌사가의 호위무사로 들어왔던 놈이옵니다. 신분이 탄로 날 위기에 처하자 또 잽싸게 사라져 죽은 척 숨어 지냈사옵니다. 그렇듯 머리를 쓰는 놈이 한양 검계 전체를 이끌면 검계 소탕은 더더욱 어려울 것이옵니다.

왕이 초상을 내려다보며 물었다.

자신 있느냐?

목을 걸겠습니다.

최만치가 맹세까지 하고 자리를 떠났다. 홀로 대전에 남은 왕은 내 얼굴을 그린 초상을 움켜쥔 후 들릴락 말락 읊조렸다.

너도 나처럼 외줄을 타는구나.

어떤 이들은 내가 검계 소굴 여섯을 폭파한 후 '홍청'을 비롯한 비밀 주점을 도성에 다시 연 시기가 너무 빨랐다고 지적한다. 척검방의 단속에 걸려들었으니 그런 비판에 힘이 실릴 만도 하다. 그러나 그들은 하나만 알고 둘은 모른다. 판을 새로 짰으면 그 판이 제대로 돌아가는지 확인해야 한다. 알아보는 방법은 판에서 놀아 보는 수밖에 없다. 한바탕 지나간 놀음을 되새기면서 내게 부족한 부분을 꼼꼼히 챙기는 것이다. 그 판에 홍랑이 끼어 있다는 사실이 마음에 걸렸다. 따로 두고 싶었으나 홍랑이 원하지 않았다. 최만치가 '홍청'을 급습할 때를 미리 알았다면 홍랑을 빼내었을까. 그랬을 것이다. 내가 계획한 일들 때문에 그미가 손끝 하나라도 다치는 것을 원치 않는다. 그리고 척검방에 그런 귀띔을 해 줄 놈들을 충분히 심었다고 여겼다. 그러나 최만치는 역시 최만치였다. 그 밤에는 늘 부리던 좌포청 대신 우포청 관원들을 이끌고 대광통교를 포위했다. 검계 중 아무도 척검방의 습격을 몰랐다.

최만치와 척검방이 활약한 밤으로 들어가 보겠다. 대광통교의 가게들은 모두 장사를 접었고 문을 닫아걸었다. 사내 셋이 앞서거니 뒤서거니 갓을 파는 가게 앞에 멈춰 섰다. 주위를 살핀 뒤 문고리를 한 번은 길게 두 번은 짧게 두드렸다. 문고리 바로 위로 동그란 구멍이 열리고 눈동자가 어른거렸다.

뭡니까?

사내 중 하나가 답했다.

청국 소주에서 귀한 갓이 왔다기에 구경하러 왔네.

'홍청'으로 통하는 암호가 매일매일 바뀌었는데, 이 밤에는 소주의 갓이었다. 사내들은 가게에서 허드렛일을 하는, 사실은 마포 검계인 점원을 따라 들어섰다.

잠시 물러서십시오.

점원은 갓이 가득 매달린 벽을 천천히 밀었다. 길고 좁고 어두운 복도가 나왔다. 복도의 끝까지 걸어간 점원이 벽을 다시 밀자, 환한 빛과 함께 술 냄새가 먼저 사내들의 코로 스며들었다. 손님과 기녀들이 삼삼오오 앉아서 술잔을 기울이고 도박을 하느라 바빴다. 천으로 가린 창마다 건장한 사내들이 하나씩 서 있었다. 술을 마시지도 기녀들과 말을 섞지도 않고 바위처럼 우뚝했다. 검계들이었다. 사내가 점원의 팔을 등 뒤로 잡아 꺾는 순간, 나머지 두 사내가 품에 감춘 장검을 뽑아 들고 귀를 찢을 듯 피리를 불어 댔다. 그와 동시에 척검방 관원들이 사방의 창을 부수며 주점으로 밀어닥쳤다. 어느새 홍랑의 팔을 낚아챈 최만치가 큰 소리로 외쳤다.

움직이는 놈은 즉결 처분할 것이다. 한 놈도 놓치지 마라! 모두 의금옥으로 압송하라!

홍랑을 비롯한 기녀 스무 명과 쉰 명이 넘는 손님들 그리고 도박판의 판돈 만 냥과 백 통의 술이 압수되었다. 최만치는 의금옥에 이를 때까지 홍랑의 팔을 놓지 않았다. 홍랑이 단지 '홍청'에서 검무만 추는 기생이 아니라 이 비밀 주점이자 도박장의 주인임을 파악한 것이다. '홍청'의 새 주인 홍랑과 마포 검계의 새 두령 나용주의 밀착 관계는 최만치가 아닌 누구라도 흥미를 느낄 만했다. 좁은 방에서 홍랑과 마주 앉자마자 최만치가 물었다.

용주가 숨은 곳만 대면 그대와 기녀들은 석방하겠네.

홍랑이 눈가에 미소를 머금은 채 물었다.

착각이 크시네요. 마포 검계의 세상이 온 걸 어찌 최 대장님만 모르실까?

여긴 춤이나 추고 웃음이나 파는 주점과는 달라. 입을 열지 않으면 살아서 나가지 못한다.

나 두령이 숨어 다니는 곳을 대라? 황당한 말씀이오. 숨어 다닌 적이 없는 사람이니 숨은 곳도 있을 턱이 없지요. 편안히 오가는 그를 척검방 나리들 눈에만 보이지 않는가 봅니다. 연경에서 들여온 풍안경이라도 하나씩들 장만하시렵니까.

농담할 시간 없다. 어디 있느냐, 용주는?

오늘은 바람이다가 내일은 구름이다가, 그리 떠돌고 있겠지요.

정녕 단매에 혼쭐이 나야겠느냐? 네가 용주와 붙어먹는 사이란 걸 내 다 안다.

홍랑이 최만치를 째리다가 눈웃음을 흘렸다.

기생이 남정네랑 정을 주고받는 것이 어제오늘 일인가요? 대장님과도 술 한 잔에 노래 한 자락 나누며 이 밤을 보낼 수 있답니다. 그런다고 대장님이 이년에게 척검방 속사정을 털어놓지는 않겠지요? 나 두령도 마찬가지예요. 정은 정이고 검계는 검계입니다. 정을 나눴다고 이 둘을 섞어 버리는 두령이 있다면 검계는 진작에 궤멸했을 겁니다.

나는 재빨리 판을 흔들었다. 척검방 관원들이 홍랑을 비롯한 기녀들에게 단근질을 가할 수도 있었다. 철조와 봉칠을 불러 서찰 하나씩을 맡긴 후 김인혁과 조덕신의 집으로 보냈다. 철조가 올린 서찰을 받아 본 김인혁은 미소와 함께 선선히 답했다.

알았다고 전하거라.

봉칠이 올린 밀서를 읽은 조덕신은 즉답을 주지 않았다. 검계에게 보호비를 내라는 것이 무엇을 의미하는지 뼈저리게 느낀 것이다. 그것은 마포 검계 나용주가 시키는 일을 좌의정 조덕신이 개처럼 고분고분 따른다는 뜻이다. 조덕신은 이 굴욕을 머리로는 인정하면서도 가슴으론 받아들이기 어려웠다. 그러나 역시 그는 노회한 정객이었다.

……이번만은 도와주겠네만 다음부턴 곤란하다 전하게.

다음 날 아침부터 최만치는 여기저기서 만나자는 연락을 받았다. 범인 심문에 바쁘다며 거듭 거절하고 의금옥에 머물렀다. 점심때가 되기 전에 갑론 중신 둘과 을론 중신 둘이 함께 왔다. 겸상은 물론이고 거리에서 마주쳐도 아는 척하지 않는 앙숙들이 나란히 최만치를 찾아온 것이다. 최만치와 마주 앉은 그들은 탁자에 문서 하나를 올려놓았다. 지난밤 잡혀 온 이들 중에서 석방을 원하는 이름이 빼곡히 적혀 있었다. 최만치는 도끼눈을 뜨고 단칼에 거절했다.

범죄 현장에서 체포한 자들입니다. 단 한 명도 석방할 수 없습니다. 돌아들 가세요.

갑론 을론 가리지 않고 중신들이 최만치를 설득하기 시작했다.

너무 그리 뻣뻣하게 굴지 말게. 도와줄 만하니 도와주자는 것 아닌가.

홍랑의 검무는 한양 제일일세. '홍청'의 술맛이야 예전부터 유명했지. 벼슬아치들 중에 그 춤 한 번 안 보고 그 술 한 잔 안 마신 이가 있는 줄 아는가.

검계가 주점과 도박장 끼고 장사한 게 어제오늘 일도 아니고…….

훈계나 엄히 하고 풀어 주게나. 이렇게 찾아온 우리들 체면도 있고.

최만치가 한 발도 물러서지 않고 받아쳤다.

갑론과 을론이 이렇듯 같은 목소리를 내신 적이 있습니까? 정치를 오늘처럼 합심하여 행하셨다면 천하가 태평했을 겁니다. 저는 어명을 받들어, 밀주와 도박과 밀무역으로 돈을 버는 자들과 그 불법을 즐기는 자들을 잡아들인 겁니다. 대감들도 각별히 조심하십시오. 오늘 말씀은 듣지 않은 것으로 하겠습니다.

이쯤에서 이야기를 접고 다시 홍랑을 신문하기 위해 일어서려 했다. 그런데 문서 하나가 더 탁자에 던져졌다.

이것까진 보이지 않으려고 했네만, 하는 수 없군.

똥 묻은 개가 겨 묻은 개 나무란다더니 딱 그 꼴일세.

최만치가 문서를 집어 폈다. 부장 이재진을 비롯하여 척검방 관원 중에서 검계로부터 뇌물을 받은 명단과 액수가 낱낱이 담겨 있었다. 물론 그 문서는 내가 중신들에게 넘겨 준 것이다. 최만치의 놀란 얼굴을 살피며 중신들이 결정타를 날렸다.

최 대장 자네가 단 한 푼도 받아 챙기지 않았다는 건 우리가 인정함세. 자넨 정말 깨끗하기가 백조와 같네. 하지만 자네 빼곤 모두 검계로부터 뇌물을 받았더군. 이자들을 모조리 잡아들이면, 척검방에 관원이 한 명도 남지 않을 듯싶네.

결단을 내리게. 자네가 어젯밤 '홍청'의 일을 덮는다면, 우리도 이 문서를 문제 삼지 않겠네. 용돈 받은 정도로 지나침세.

척검방과 포도청에 검계와 연결된 관원들이 있으리라 짐작은 했지만 열에 아홉이 그들로부터 돈을 받았을 줄은 몰랐다. 검계를 단속하기엔 지금 관원들로도 그 수가 모자랐다. 이들 없이 밀주 단속과 검계 소탕 작전을 이어 가긴 불가능했다. 최만치는 결국 중신들의 타협안을 받아들였다. 치욕스러웠다.

밤에 의금옥으로 잡혀간 이들이 다음 날 낮에 석방된 적은 처음이었다. 갑작스럽게 봉변을 당한 손님들은 다시는 술을 마시지 않겠다며 제각각 집으로 흩어졌다. 기생들은 검계들과 함께 대광통교 쪽으로 사라졌다. 홍랑만 따로 갓 가게에서 잔심부름하는 소년을 따라 골목에 세워 둔 가마로 들어갔다. 그 안에서 기다리던 나는 홍랑을 품에 안았다.

다친 데는 없……?

말이 끝나기도 전에 홍랑이 내 품을 파고들었다.

판은 끝났고, 이 일로 하옥되거나 다친 이는 없었다. 갑론과 을론을 적절히 움직이면 척검방을 견제할 수 있음이 증명된 것이다. 이 정도면 나용주의 시대를 열어도 된다고 여겼다. 최만치가 당분간은 더 날뛰겠지만, 눈에 자꾸 거슬리면 척검방 대장에서 끌어내리면 그만이다. 갑론과 을론으로 안 되면 정문식에 이어 상선에 오른 박창도(朴昌道)를 통하는 최후의 방법도 있다. 안타깝게도, 확신에 찬 나머지 한 가지 간과한 것이 있었다. 최만치의 의지였다.

최만치는 그 저녁에 척검방 관원들을 남산으로 데리고 올라갔다. 그리고 모조리 나무에 거꾸로 매단 후 목검으로 엉덩이를 후려갈겼다. 비명이 터져 나왔다. 목검이 열두 개나 부러진 후에야 최만치는 징벌을 멈췄다. 관원들은 다시는 검계와 접촉하지 않겠노라고 눈물을 쏟았다. 홀로 어떤 일을 완성하기란 어려운 법이다. 관원들이 네 발로 기다시피 하산한 뒤에도 최만치는 부러진 목검과 함께 숲에 머물렀다. 동이 틀 때까지 단 한 사람의 이름을 씹고 또 씹었다. 꼭 잡겠다, 나용주!

척검방의 단속이 강화되었다. 특히 마포 검계의 활동을 꾸준히 조사하고 염탐하였다. 두령 나용주의 행방을 알려 주는 이에겐 포상금까지 두둑하게 걸렸다. 철조와 봉칠이 척검방의 동태를 보고하며 투덜거렸다.

척검방 그 새끼들이 골목마다 지키고 서 있는 바람에 손님 모시는 것은 고사하고 오금이 저려 걸어 다니지도 못하겠습니다.

사방에 두령님 얼굴 그림을 더덕더덕 붙여 두고 상금으로 팔자 고쳐 보라고 합니다. 두령님 잘생긴 얼굴 자주 보는 건 좋지만, 영 기분은 별룹니다. 함부로 거리로 나가기도 힘들어요.

충분히 예측한 상황이다. 나는 두 녀석의 얼굴을 번갈아 보며 별일 아니라는 듯 말했다.

그럼 마포 검계가 거리를 활보하면서도 거리에서 사라지면 되겠구나.

두 녀석이 연이어 황당한 표정으로 물었다.

활보하면서 사라지다뇨?

홍길동 흉내라도 내자는 건가요?

정답!

다음 날부터 마포 검계의 활빈당(活貧黨) 흉내가 시작되었다. 한양 곳곳을 다니며 집집마다 곡식과 포목을 두루 안겼고, 제사를 앞둔 집에는 귀하디귀한 청주까지 돌렸다. 나라도 구제 못한 가난을 검계가 극복하겠다고 나선 꼴이다. 인심은 곳간에서부터 나온다고 했다. 왕실과 조정은 국고를 열 생각이 없었기에 도성 민심이 어디로 향할 것인지는 불을 보듯 뻔했다. 도성에 붙은 검계 두령 나용주를 수배하는 방들이 사라지기 시작했다. 대부분은 저녁에서 새벽 사이 백성들이 뗀 것이다. 어느 아침 서대문 시장에서 내 초상이 그려진 방을 뜯던 늙은이가 좌포도청 포졸들에게 적발된 적이 있었다. 포졸들은 늙은이를 붙잡아 한차례 육모방망이질을 한 뒤 좌포청으로 끌고 가려 했다. 그런데 시장 사람들이 몰려와서 포졸들을 에워쌌다. 포위망을 좁히며 항의했다. 포졸들은 늙은이를 묶은 포승줄을 풀어 주고서야 겨우 그곳을 빠져나갔다. 이제 마지막 한 수를 둘 때가 왔다.

이 나라엔 민심이면 무조건 옳다고 믿는 어리석은 서생들이 적지 않다. 활빈당 흉내에서 보듯, 민심은 저절로 생겨나기도 하지만 또한 만들어 낼 수도 있다. 사람과 시간과 돈을 들이면, 검계가 활빈당이 되고 활빈당이 검계로 바뀐다. 다짜고짜 민심부터 들먹이는 이를 경계하라. 천하의 바보거나 희대의 사기꾼이다. 어느 쪽이든 가까이 두었다간 큰 피해를 입기 십상이다.

약간의 부연 설명이 필요하겠다. 어떤 이들은 검계 소굴을 폭파할 때 뚝섬을 제외한 이유를 물었다. 앙숙으로 지내온 세월을 짚어 본다면 뚝섬부터 쳤어야 하지 않느냐는 것이다. 하나만 알고 둘은 모르는 소리다. 내가 강치를 건드리지 않은 이유는 두 가지다. 첫째, 최만치의 눈과 귀를 잠시 가릴 존재가 필요했다. 내가 뚝섬까지 접수하면 한양 검계는 내 밑으로 완전히 통합된다. 그리되면 최만치는 오로지 나만 쳐다볼 것이다. 이것은 내게 썩 유쾌한 조건이 아니다. 강치는 이미 대부분의 세력을 잃었으니 천천히 처리해도 늦지 않다. 둘째, 강치를 칠 명분이 없었다. 다른 여섯 명의 검계 두령은 표악두에게 상납을 하겠다는 약속을 지키지 않았다. 내겐 그들을 공격할 명분이 있었다. 하지만 강치는 악두의 제안을 거절하고 먼저 자리를 떴다. 명분 없는 공격은 후유증이 크다. 뚝섬 소굴까지 폭파하고 내가 천하 통일 대두령에 오른다 해도, 검계들 가슴속에는 이런 질문이 싹틀 것이다.

명분이 있든 없든 힘만 세면 제일이지. 폭탄 몇 개 몰래 묻어 두고 날려 버리면, 나도 두령이 될 수 있어. 안 그래?

똑똑히 보여 줄 필요가 있다, 힘과 명분으로 뚝섬 검계를 누르고 강치가 스스로 내 밑으로 기어 들어오는 모습을. 그래야 진정 대두령이 되는 것이다. 척검방에서 뚝섬을 줄기차게 단속하는 바람에 강치의 세력이 절반 가까이 줄었다. 그나마 계속 조직을 유지하는 것은 전주에서 올라오는, 이 나라 제일의 맛을 자랑하는 밀주 덕분이었다. 밀주만 없으면 강치도 끝이었다. 나는 직접 놈에게 치명타를 안기고 싶었다. 그 일을 감행하기 전, 도성 안팎이 마포 검계 나용주를 지지하도록 만들어 둬야 했다. 이제 강치를 두들길 때가 온 것이다.

철조는 전주 술도가에서 뚝섬 검계 소굴까지 밀주가 운반되는 경로를 소상히 담은 지도를 내놓았다. 힘만 앞세우던 철표와는 달리 끈질기고 꼼꼼한 녀석이다.

철표 생각 가끔 하느냐?

안 합니다.

어려서부터 널 업어 키웠다던데…….

돌림병에 부모 죽고, 하늘 아래 형제뿐이었으니까요. 형이 젖먹이 동생을 돌보는 거야 흔한 일입니다.

혼자 살겠다고 달아나기도 한다.

그럼, 내 형이 아닙니다.

맞구나. 철조야!

예, 두령.

둘이 있을 땐 형이라고 불러라.

철조의 얼굴이 상기되었다. 악두 앞에서 나도 저랬겠지.

어찌 제가 감히.

괜찮다. 철표가 없으니, 너도 형이라고 부를 사람이 그립지 않느냐?

정말 그래도 되겠습니까?

불러 보래도.

형님.

그래, 아우님. 난 아우님만 믿겠네. 강치까지 없애고 나면 뚝섬은 아우님에게 맡길 생각이야.

철조의 눈이 더욱 커졌다.

인생은 반복이다. 거짓말도, 맹세도, 배신도.

나는 지도에 표시된, 습격하기 좋은 장소 중에서 수원 고개를 택했다. 한양에서 멀지 않아 더욱 마음에 들었다. 철조와 봉칠이 선봉을 맡겠다고 나섰지만 그건 내 몫이었다. 밤이 들자 소달구지 열 대가 열을 지어 고개를 넘어왔다. 뚝섬 검계들이 각 소달구지마다 네 명씩, 도합 40명이 좌우로 경계를 섰다. 시절이 시절인 만큼 당장이라도 싸움을 벌일 수 있도록 검을 품고 발소리를 죽이며 눈을 번뜩였다. 목숨 줄과도 같은 밀주가 아닌가. 강치는 뚝섬 검계 중에서도 용감하고 검술 실력이 빼어난 녀석들로만 추렸을 것이다. 내가 철조와 봉칠에게 선봉을 맡기지 않은 것은 피해를 최대한 줄이기 위해서였다. 무턱대고 달려들다간 마포와 뚝섬 모두 적지 않은 수가 다치거나 죽을 것이다. 나는 소달구지들이 오르막길을 거의 다 올랐을 즈음, 그러니까 소도 사람도 거친 숨을 내쉬기 시작하는 바로 그 지점에서 홀로 나섰다. 달구지를 노려보며 막아섰다.

웬 놈이냐?

선두를 맡은 뚝섬 검계가 걸음을 멈추고 날카롭게 물었다. 나는 순순히 내 이름을 밝혔다.

마포 두령 나용주다. 지금 항복하면 모두 살려 준다. 불복하면 모두 죽이겠다. 꿇어라!

미친놈. 네 녀석이 나용주면 나는 임금이다!

나는 첫 번째 소달구지로 몸을 날려, 천으로 덮어 놓은 술통으로 껑충 올라섰다. 질문을 던진 녀석에게 되물었다.

이제 믿겠어?

뚝섬 검계들이 움찔 떨었다. 여섯 검계 소굴을 폭파시키고 비밀 주점 '홍청'을 다시 시작한 나에 대한 풍문을 들었던 것이다. 가난한 백성에게 곡식과 포목을 뿌릴 뿐만 아니라 부하들에게도 함부로 주먹을 휘두르지 않는, 제 욕심만 차리며 광폭한 강치와는 전혀 다른 두령이었다. 그사이 철조와 봉칠이 검계들을 이끌고 재빨리 소달구지를 에워쌌다. 탈을 쓰진 않았으나 사람들을 쥐락펴락하는 광대놀음을 오랜만에 세 치 혀로 해 본 셈이다.

마지막 기회다. 어서 꿇어!

그 말이 끝나기가 무섭게 뚝섬 검계들이 달려들었다. 그들도 강치로부터 명령을 받았으리라. 척검방이나 마포 검계가 밀주를 노려 급습해 오면 목숨을 걸고 싸우라고. 나는 두번 째 세번 째 소달구지로 연이어 건너뛰면서 치명적인 급소를 피해 장검을 휘둘렀다. 철조와 봉칠이 이끄는 마포 검계들은 일부러 소란스럽게 고함을 지르며 다가섰다. 어둠 속에서 들려오는 사내들의 목소리가 두려움을 키웠다.

꿇지 않으면 씹어 먹으리. 꿇지 않으면 끓여 삼키리.

후미의 마흔 명 중 열 명이 장검을 버리고 항복했다. 뒤이어 열 명도 무릎을 꿇었다. 나머지 스무 명은 악착같이 소달구지를 지키며 검을 휘둘러 댔다. 허벅지를 베이고 어깨를 찔려도, 피가 뚝뚝 흘러내려도 그들은 포기하지 않고 다시 일어나서 싸웠다. 만만치 않은 저항이었다. 마포 검계 서넛이 칼에 찔려 쓰러지자 봉칠과 철조도 독이 올랐다. 철조가 외쳤다.

다 죽여!

술통을 덮은 천이 찢어지고 그 위로 검계들의 피가 튀었다. 저 술통의 술을 마시는 이는 피비린내를 맡을 것이다. 뚝섬 검계 열일곱 명을 죽이고 세 명을 앉은뱅이로 만든 다음에야 싸움은 끝이 났다. 마포 검계도 여섯 명이나 목숨을 잃었다. 나는 술 한 통을 열어 뚝섬 검계의 시신들에 뿌리도록 했다. 이 소식을 들은 강치의 분노가 하늘에 닿았을 것이다. 그러나 강치가 할 수 있는 일은 아무것도 없었다.

전주 술도가에 사람을 보내라. 전라도 술 모두를 마포 검계가 접수했다는 사실을 알려라. 한 방울의 술이라도 뚝섬으로 넘기는 날엔 내가 직접 나설 것이라 일러라.

검계들은 승리를 기뻐하여 소달구지에 가득 실린 술통을 마포 창고로 옮겼다. 강치의 마지막 숨통을 틀어막은 것이다. 기쁨과 함께 피로가 밀려들었다. 나는 철조와 봉칠에게 마무리를 맡기고 창고를 나섰다. 철조가 따라 나오며 물었다.

혼자 가셔도 되겠습니까? 호위할 아이들을 부르겠습니다.

괜찮아. 한 사람이라도 힘을 보태 부지런히 날라야 빨리 끝마치고 너희들도 쉬지.

알겠습니다. 들어가십시오.

새벽 공기가 시원했다. 검계의 호위를 받으며 지내는 것은 답답한 일이다. 이제 강치의 돈줄까지 차단했으니 누가 나를 노리랴. 깊게 숨을 들이마셨다가 내쉬었다. 한 달에 한두 번이라도 홀로 골목을 걷고 싶었다. 천금을 주고도 못 사는 즐거움이라고나 할까. 나를 지키는 건 손에 쥔 이 장검 하나면 족하다. 골목을 꺾는데 등 뒤에서 인기척이 났다. 걸음을 바삐 옮겼다. 장정 서넛이 막아섰다. 척검방이었다. 어디서부터 미행했을까. 수원에서부터 졸졸 따라오며 내가 혼자 남을 때를 노렸을까. 나는 뒤돌아서지 않고 앞을 막은 관원들을 향해 곧장 걸었다. 점점 걸음을 빨리하다가 달려 나가 관원 둘을 돌려차기로 쓰러뜨리고 나머지 두 관원의 어깨를 짚으며 담을 뛰어넘었다.

잡아라!

고함 소리가 요란했다. 골목마다 잠복한 관원들이 겹겹이 달려 나왔다. 나용주 하나를 붙잡기 위해 골목 전체에 진을 친 꼴이었다. 그들은 내가 도주할 가능성이 큰 곳을 미리 살펴 두었으리라. 장검을 휘둘러 서너 명을 한꺼번에 쓰러뜨린 후 달렸다. 따돌렸는가 싶으면 관원들이 나타났고 또 달아나서 숨을 돌릴 만하면 장검이나 장창을 흔들며 덤벼들었다. 헉헉, 거친 숨을 토하며 겨우 추격을 뿌리쳤다. 허리를 잠시 숙였다가 고개를 드니 막다른 골목이었다.

왔구나!

돌아섰다. 척검방 대장 최만치가 서 있었다.

어리석구나. 나와 겨뤄 이긴다고 정녕 자신하는가?

가장 쉬운 길이지.

내가 검계 두령임을 잊은 건 아니겠지? 검을 부리는 사내들 중 으뜸이 바로 네 앞에 선 나, 나용주란 뜻이다.

그래서 폭탄을 터뜨리고 뚝섬으로 가는 밀주를 빼돌렸느냐? 그건 장검을 아끼는 사내의 짓이 아니야. 겁쟁이 모사꾼의 음모일 뿐.

멍청한 놈! 네가 내 소맷자락이라도 벨 수 있을 것 같으냐?

목을 베어 주마.

척검방이면 검계나 쫓아라. 네 눈에는 내가 검계로 보이겠지만, 나는 네가 잡겠다고 덤빌 부류의 검계가 아니다.

검계면 검계지 검계 아닌 검계도 있다더냐? 궤변 지껄이지 말고 어서 덤벼.

이래서 내가 맨얼굴로 싸돌아다니는 놈을 싫어하는 거야. 네 주인이 네게 던져 준 탈은 없느냐?

최만치가 대답 대신 장검을 뽑았다. 그와의 첫 번째 대면이 떠올랐다. 그때 나는 이자를 죽일 수 있었으나 죽이지 않았다. 검으로 맞선 자를 살려 주었더니 결국 내 목을 노리고 있었다. 묘한 인연이고 기이한 운명이다. 여기서 이자를 죽이지 않으면 언젠가 또 이런 낭패를 보리라. 오늘은 죽인다.

최만치가 장검을 양손으로 쥐고 달려들었다. 나는 검을 가슴 앞에서 막은 뒤 힘껏 밀었다. 힘에 밀린 탓인지 검은 충분히 튕겨 나가지 않았다. 밀착된 틈을 헤집고 최만치가 마지막 일격을 가하는 망나니처럼 내 머리를 향해 검을 내리쳤다. 단순하고 강했다. 화려함이 없는 대신 일격에 전부를 실었다. 겨우 검으로 막았지만 견디지 못하고 나뒹굴었다. 최만치가 내 턱을 한 번 두 번 걷어찼다. 그리고 목을 자르기 위해 일격을 가하려는 순간, 나는 신발에 꽂아 둔 단검을 뽑아 최만치의 옆구리를 찔렀다. 최만치의 장검이 비껴 흐르며 내 어깨를 벴다. 그의 몸에서도 나의 몸에서도 피가 흘렀다. 나는 최만치를 내려다보며 턱을 한 번 두 번 세 번 네 번 걷어차고 일어서려는 그의 발목을 힘껏 밟았다. 그리고 검을 치켜들었다. 이제 모든 것이 끝이다. 최만치를 죽이면 척검방은 사공 없는 배가 될 것이고 왕의 교시도 물거품이 될 것이다. 갑론도 을론도 최만치의 죽음을 즐길 것이고, 팔도의 밀주점, 밀무역상, 도박꾼들은 새 세상이 왔다고 목청껏 소리치리라. 무쇠보다 강한 신념을 지닌 사나이, 최만치의 목을 향해 검을 내려치는 순간, 바람 소리를 내며 화살이 날아들었다. 최만치를 향하던 검을 돌려 화살을 막았다. 수십 개의 화살이 더 쏟아졌다. 나는 달아날 수밖에 없었다. 멀리 사라지는 나를 노리며, 최만치가 길바닥에 배를 깔고 엎드려 울분을 토했다.

나용주, 내 너를 죽일 것이야, 반드시!

선악과 승패를 연결하는 짓은 어리석다. 죽고 죽이는 싸움판에서 선악은 그럴듯한 외피이거나 덧없음을 견디는 농담이거나 살아남은 자를 위한 위로다.

닷새 후 전주의 술도가로부터 마포 검계를 통해 밀주를 대겠다는 연락이 왔다. 강치의 보호 아래 있던 주점 다섯 군데도 내게 손을 내밀었다. 마흔 명의 핵심 부하들이 한 순간에 사라지자 나머지도 속속 뚝섬을 떠났다. 마포 두령 나용주가 항복한 스무 명의 뚝섬 검계를 마포 검계와 동등하게 대우했다는 소문이 돌자, 뚝섬 검계 서른 명이 더 넘어오기도 했다. 나는 봉칠을 뚝섬으로 보내 한 달 뒤 검계 회의에 참석해 줄 것을 강치에게 요청했다. 독이 오를 만큼 올랐겠지만 강치는 더 이상 내 상대가 아니었다. 그 누구의 반대도 없이 대두령에 오를 날이 멀지 않은 것이다.

홍랑은 꿈자리가 좋지 않다고 자주 말했다. 꿈에 자꾸 아버지 취몽이 보인다는 것이다.

술이라도 한잔 나누자고 하시던가?

그랬으면 길몽이지요.

술 빚는 비법이라도 더 일러 주시겠다던가?

둘 다 아니에요. 너무 멀쩡하게 제게 오셔서 같은 말씀만 계속하시더라고요.

뭐라고 하시던데?

용주가 너무 취하기 전에 어서 냉수 한 바가지 끼얹으라고.

끼얹었어?

홍랑이 고개를 끄덕였다.

근데 깨어난 건 저였어요. 불길해요.

걱정 마. 난 안 취했으니까.

생각해 봐요, 잘!

위기는 나에게만 기회를 준 것이 아니다. 새로운 판이 만들어지자, 그 판에서 노래와 춤을 뽐내려는 광대들이 생겼다. 놀음을 준비한 이는 놀랍게도 이 나라의 왕이었다. 갑론의 위세가 예전 같지 않음을 알아차린 왕은 갑론을 낮추는 대신 을론을 중용하는 식으로 놀음을 시작했다. 갑론의 조롱과 멸시를 견딘 을론의 영수 김인혁을 이조판서에서 영의정으로 임명한 것이다. 100년 동안 단 한 번도 을론이 영의정에 오른 적이 없었다. 더구나 김인혁은 조덕신보다 스무 살이나 아래였다. 좌의정 조덕신으로선 마땅히 자신이 올라야 할 자리를 빼앗긴 것이다. 쓰린 마음을 감추고 김인혁에게 인사를 건넸다.

축하합니다. 영상 대감!

감사합니다. 좌상 대감이 맡으셔야 할 자리가 부족한 제게 돌아왔습니다. 많이 도와주십시오.

왕은 갑론의 행보에 주목했다. 김인혁의 사소한 잘못까지 뒤진 뒤, 영의정에서 끌어내려야 한다는 상소가 줄을 이을 수도 있었다. 그러나 이번 인사에 관해선 비판의 목소리가 들리지 않았다.

왕은 그다음 춤사위로 판을 이끌었다. 김인혁을 영의정으로 임명한 것은 조덕신과 흥정을 하기 위한 포석이었다. 왕은 그와 함께 후원을 거닐다가 졸졸 물소리를 내며 흐르는 개천을 내려다보며 다리 위에 멈춰 섰다.

좌상이 영상에 오를 차례이긴 하나 조정을 좀 더 젊게 바꾸어야 한다는 사간원과 사헌부의 상소도 있고 하여 이판을 영상에 임명한 것이오. 오해 없기 바라오.

조덕신이 온화한 표정으로 답했다.

오해라니요. 천부당만부당하신 말씀이시옵니다. 이판은 영상에 오르고도 남을 학덕과 인품을 지녔사옵니다. 다만…….

다만?

세 치 혀를 놀리기 좋아하는 무리가 이 일을 전하께서 옛일에 대한 앙갚음의 시작이라고 여길까 걱정이옵니다.

뼈 있는 지적이었다. 왕도 이미 준비한 답을 내놓았다.

보위에 오르기 전 일은 다 잊었소. 허나 돌아가신 어마마마께 합당한 예를 갖추는 일은 자식 된 자로 당연히 해야 할 일이라 믿소. 좌상이 이 일을 도와주면 우리 둘 사이를 이간하는 무리도 입을 다물게요. 그리고 다음 영상 자린 당연히 좌상이 맡아서 황희 정승보다도 더 오래 나랏일을 살펴야 할게요.

왕은 어렵게 속마음을 밝혔다. 자신을 향해 쏟아진 숱한 비난들의 근원에 대한 고민이기도 했다. 무수리를 어머니로 둔 탓에 얼마나 많은 고통을 당했던가. 그런데 이제 용상의 주인이 되고도 어머니에게 합당한 예를 다하지 못한 것이다. 그 부분을 해결할 수만 있다면, 왕은 자신을 평생 짓누른 짐에서 어느 정도 벗어날 듯했다. 어머니의 묘소에 직접 가서 그 초라함을 확인한 뒤, 왕은 숙빈묘(淑嬪墓)를 두 배로 넓히고 신도비를 세웠다. 혼을 달랠 사당인 숙빈묘(淑嬪廟)도 따로 마련하여 초가로 지었다. 마음 같아서는 당장 묘묘

(墓廟)를 더 높이 격상시키고, 그에 합당한 건물과 물품들을 마련하고 싶었다. 그러나 아직은 갑론을 누르고 맘대로 어머니를 위할 형편이 아니었던 것이다. 그리고 또 시간이 흘렀다. 사친(私親)을 추숭(追崇)하는 문제를 다시 꺼낸다면, 갑론들이 과연 가만히 있을 것인가. 그들은 그가 왕이 되는 것조차 끔찍하게 싫어했다. 갑론을 이끄는 조덕신의 동의와 협조가 없다면 어머니는 영영 무수리로 남을 것이고 왕은 영영 무수리의 아들로 남을 것이다. 어머니를 높이는 일은 곧 종묘와 사직의 일이었다. 조덕신이 천천히 답을 내놓았다.

효는 이 나라의 근간이옵니다. 최선을 다하겠사옵니다.

고맙소.

왕이 벅찬 심정을 감추고 짧게 말했다. 조덕신이 제안을 받아들인 것이다. 그러나 과연 '효'를 강조하는 것이 전부일까. 왕의 어심을 알아차린 듯 조덕신이 이야기를 이었다.

한 말씀 아뢰고 싶사옵니다. 최만치가 주야로 최선을 다하고 있사오나 아직 검계 두령 나용주를 포박하지 못하고 있사옵니다. 최만치에게 더 큰 권한을 주시옵소서.

예상 밖의 주청이었다. 노회한 조덕신은 무엇을 노리는 것인가.

더 큰 권한을 주라?

척검방 관원만으론 흉포한 검계와 맞서는 것이 역부족이옵니다. 한양과 경기도의 장졸에 대한 지휘권을 나용주를 잡아들일 때까지 최만치에게 주셨으면 합니다.

왕이 잠시 생각한 뒤 답했다.

알겠소. 그리하리다.

기는 놈 위에 뛰는 놈이 있고 뛰는 놈 위에 나는 놈이 있다고 했다. 왕은 조덕신에게 협조를 끌어낸 후 춤사위를 멈췄다. 최만치가 검계를 소탕하는 것을 지켜보다가 적당한 기회에 어머니 한 숙빈의 추숭을 논의하기로 계획을 잡은 것이다. 왕의 춤이 끝나는 자리에서 조덕신의 춤이 시작되었다. 영특하고 강단이 센 젊은 왕도 정치판에서 평생을 보낸 능구렁이의 숨겨 둔 춤사위를 파악하지 못했다. 노정객을 검계 두령처럼 쉽게 보고 간단히 제압하려 든 것은 두고두고 후회로 남았다. 내가 조정 대신부터 검계 두령까지 포괄하며 움직이듯이, 조덕신도 충분히 그런 재주를 부릴 수 있었다. 그런데 왕도 나도 조덕신을 협박하고 짓눌러 놓기만 했다.

굽이굽이 흐르는 개천과 굽이굽이 뻗은 산길. 곧장 흐름을 내지 않고 휘고 또 휘는 데는 이유가 있다. 내 힘찬 걸음에만 마음을 쏟지 말고, 따라오는 자와 따라갈 자를 살폈어야 한다. 힘을 다 쏟은 후 바다에 닿거나 정상에 오르는 것만이 능사가 아니었다.

조덕신이 반격을 위해 처음 끌어들인 인물은 강치였다. 이러지도 저러지도 못하는 강치에게 동아줄 하나를 내려 보낸 것이다. 조덕신은 그 줄을 냉큼 붙잡은 강치를 아주 쉽게 다뤘다.

웬일로 미천한 놈을 부르셨습니까?

자네가 필요하네.

용주에게 약점이라도 잡히셨습니까?

강치는 자신이 처한 비참한 신세를 감추며 슬쩍 조덕신을 떠보았다.

결론만 말하겠네. 나를 한 번 믿어 주겠는가?

독한 일인가 봅니다.

목이 달아날 수도 있지.

그렇습니까? 이놈이 그 독한 일을 맡으면 좌상 대감은 제게 뭘 주시겠습니까?

자네가 원하는 바로 그것을 줌세.

조덕신은 강치에게 한 가지만 가르쳤다. 맨얼굴을 드러내지 말 것.

그리고 조덕신은 척검방으로 최만치를 찾아갔다. 최만치는 새로 배속된 수원과 파주의 장졸들에게 일장 연설을 하는 중이었다.

주상 전하께서 삼금령을 선포하신 지 1년이 가까웠다. 하지만 검계들의 횡포가 날로 심해지고 연이은 흉년으로 민생은 도탄에 빠지고 있다. 전하의 특명으로 너희들이 지금 이 자리에 섰으니 왕실과 백성을 위해 목숨을 바친다는 각오로 임하여야 할 것이다.

조덕신은 최만치의 집무실에서 기다렸다. 벽에는 도성전도가 걸렸고, 탁자에는 검계에 관한 각종 문서가 가득했다. 방구석에는 베개 하나만 덩그러니 놓였다. 집무실에서 먹고 자며 검계 소탕에 최선을 다한다는 소문은 과장이 아니었다. 최만치가 날뛰어도 마포 검계 두령 나용주를 붙잡기엔 역부족이었다. 세상이 모두 나용주 편인데 그림자인들 밟을 수 있으리. 최만치는 잠을 줄이고 부하들을 닦달하며 하루하루를 버텨 나갔다. 희망이 나타날 때까지 절망을 견디는 자의 처절함. 최만치의 열정은 높이 사지만 일상을 포기한 삶은 시야를 좁게 만든다. 한양 검계를 모조리 잡아들이겠다던 계획은 오로지 나용주를 잡겠다는 좁고 깊은 열망으로 바뀌었다. 연설을 마치고 돌아온 최만치는 조덕신의 갑작스러운 방문에 놀란 표정이었다.

좌상 대감께서 어인 일이십니까?

이곳에서 숙식을 하며 국사에 전념한다더니 그 말이 사실인가 보군.

신하 된 자로서 당연히 할 일을 할 뿐입니다.

최 대장 충정이 참으로 가상하네. 하지만 대책 없이 열심히만 일하는 것이 능사는 아니지.

…….

특히 그 나용주란 자는 신출귀몰하여 행방까지 묘연하다면서? 한양뿐만 아니라 전국의 검계 조직을 장악하는 중이란 소문이 파다하네. 비책이라도 있는가? 어디 있는 줄도 모르는데 어찌 그 사악한 자를 잡겠는가?

비책이 따로 있겠습니까? 한 놈도 빠짐없이 발본색원하는 수밖에요.

어허, 답답하구만. 의지만으로 될 일이 아니라니까 그러네. 하나만 약조해 주면 비책을 알려 주지.

……말씀해 보시지요.

이이제이. 오랑캐로 오랑캐를 쳐라.

조덕신은 목소리를 낮추어 나용주를 비롯한 검계를 한꺼번에 소탕할 계획을 설명했다. 최만치의 얼굴이 달아올라 붉었다.

최만치도 '굽이굽이'의 지혜를 터득했어야 했다. 그러나 그는 검계 두령 나용주를 베려는 마음이 바빴고, 조덕신은 타인의 조급증을 요리하는 데 매우 능했다.

김인혁이 이조판서에서 영의정에 오른 사실은 파악했으나, 나는 조덕신의 발 빠른 움직임을 전혀 몰랐다. 검계 두령 회의에 참석하겠다는 강치의 연락을 받고 이제 한양 검계의 통일을 이뤘구나 하는 안도감에 사로잡힌 탓도 있다. 마음을 놓는 것, 방심은 정말 금물이었건만! 강화도를 회의 장소로 정했다. 강치를 제외한 여섯 두령이 악두의 휘하로 들어갈 것을 약속했던 곳에서, 강치까지 포함한 일곱 두령의 충성 맹세를 받는 것이다.

배에 오르기 전날 밤을 마포 나루에서 홍랑과 함께 보냈다. 나는 홍랑에게 소원이 있으면 무엇이든 말하라고 했다. 그미는 내 눈을 들여다보다가 고개를 저었다.

당신과 함께 이런 시간을 보내는 것만으로도 행복해요.

그래도 소원 한두 가지쯤은 있지 않느냐고 독촉했다.

너무 많은 것을 바라면 오히려 화가 미친다고 했어요. 이대로가 좋아요.

내가 먼저 바람 하나를 꺼냈다.

강화도에 다녀와서 세상이 조금 더 조용해지면 말이오. 술 빚는 법을 배우고 싶소. 듣자 하니 취몽 선생의 어깨 너머로 배운, 당신이 만드는 술맛도 탁월하다는데, 부디 내게 비법을 가르쳐 줄 수 있겠소?

홍랑이 손을 꼭 쥐어 제 가슴에 대고 답했다.

그렇지 않아도 폐허가 된 아버지의 술도가를 언젠가는 다시 정돈하고 싶단 생각을 했었어요. 아버지께서 땅의 형상과 물의 흐름을 따져 술을 빚기 가장 좋은 곳에 자리를 잡으셨지요.

그럼, 허락한 게요?

홍랑과 또 한 번 사랑을 나눴다. 술도가를 다시 짓는 일은 이미 철조에게 귀띔을 해 두었다. 앞으로도 오랫동안 나는 홍랑에게 다양한 선물을 할 작정이다. 그미를 위해서라면 금은보화도 아깝지 않았다.

강화도에서의 검계 두령 회의는 일사천리로 진행되었다. 강치가 부두까지 마중을 나와선 내 손을 굳게 잡으며 호탕하게 웃었다.

지난 일은 다 잊읍시다. 지금은 힘을 합쳐 척검방을 박살 낼 일에만 집중하고 싶소. 선봉을 맡으라면 기꺼이 앞장을 서리다.

선봉장을 맡겠다는 것은 곧 목숨을 걸고 내 명령을 따르겠다는 뜻이다. 감사의 표시로 전주에서 올라오는 밀주 판매의 수익금 중 3할을 뚝섬 검계와 나누겠다고 회의 시작과 함께 선언했다. 강치는 내게 술을 올리며 "대두령!"을 선창했다. 다른 여섯 두령도 일제히 "대두령!"을 외쳤다. 그 저녁 회의에서 여덟 검계 두령이 합의한 사항은 다음과 같다.

하나. 합의된 구역을 서로 침범하지 않는다.

둘. 척검방이나 좌우 포도청으로부터 빼낸 소식은 공유한다.

셋. 월마다 이익의 4할을 대두령에게 낸다.

넷. 위 사항을 어길 경우, 대두령의 지시에 의해 징벌의 방법을 정하고 이행한다.

4할은 적지 않은 비율이었지만 두령들은 흔쾌히 받아들였다. 내가 영의정 김인혁과 좌의정 조덕신을 언제라도 독대하고 검계의 요구 조건을 관철시킬 수 있기 때문이다. 두령 회의는 끝났지만 아무도 강화도를 떠나지 않았다. 새벽이 밝아올 때까지 오늘의 맹약을 기념하며 잔치를 이어 갈 예정이었다. 기생과 악공을 부르고 술이 따라 들어왔다. 일곱 두령이 부어 주는 술을 피하지 않고 마셨다. 강치도 내 곁에서 나보다 더 빨리 많이 마셔 댔다. 그들과 부둥켜안고 춤추었다. 「사나이로 태어나 이 세상을」을 힘차게 합창하기도 했다. 대취하기 전에 강치와 춘 칼춤과 도끼춤이 지금까지도 눈에 선하다. 누가 먼저랄 것도 없이 두령들의 칼춤이 이어지다가 강치가 쌍도끼를 들고 나오자 잠시 춤사위가 그쳤다. 강치의 도끼는 크고 무겁고 날카로웠다. 나는 장검을 뽑아 들고 마주 보며 섰다. 싸움이든 춤이든 강치를 상대할 이는 나뿐이었다. 우리의 어울림을 어떻게 담을 수 있을까. 살기와 살기, 취기와 취기, 아름다움과 아름다움, 거침과 거침, 부드러움과 부드러움이 만나고 다투고 화해하고 흩어졌다. 기생들은 입을 다물지 못한 채 칼날이나 도끼날이 내 목과 강치의 가슴을 스칠 때마다 얕은 숨을 뱉어 댔다. 무사히 춤을 마친 뒤 강치와 나는 술통을 통째로 안고 들이켰다. 목이 탔다. 기쁨의 갈증이었다.

마지막 봉우리라고 여겼다. 산꼭대기에 이왕이면 목을 축일 호수가 있고, 그 호수 뒤로 평원이 펼쳐지길! 총명한 왕은 젊고 나 역시 청춘이니, 적어도 10년 길게는 30년 정도는 변함없는 풍광이 이어질 법도 했다. 이제 왕을 만나러 가야 하겠다는 생각이 들었다. 왕이 먼저 회포를 풀자며 나를 불러들일 수도 있었다. 왕과 독대하면, 그의 깊고 아득한 눈동자를 보며 무슨 이야기를 할까. 굽이굽이 먼 길을 돌아왔으나 결국 가장 높은 봉우리에서 다시 만나 기쁘다고 아뢸까. 한밤의 지극히 짧고 행복한 꿈인 줄은 몰랐다. 봉우리는 발 디딜 틈도 없이 좁고 찬바람에 눈비까지 들이치니 내려가는 것 외엔 다른 방법이 없음을, 내가 술이 깨기도 전에 알려 주는 이가 있었다. 가히 호적수였다.

어둠이 그치고 새벽빛이 수평선부터 불그스름하게 물들이기 시작할 때, 봉칠이 급히 연회장으로 뛰어 들어왔다.

군선들이 바다에 쫙 깔렸습니다.

철조가 뒤이어 헐떡거리면서 나타났다.

부두를 반달처럼 에워쌌습니다. 강화도를 지키는 군졸이 아닙니다. 척검방 놈들이 밤사이 포위한 듯합니다.

이놈들, 제 발로 잘도 왔구나. 다 죽여 주마!

강치가 먼저 쌍도끼를 들고 뛰어나갔다. 최만치가 군사를 몰고

온 것이다. 두령들과 함께 속히 부두로 향했다. 멀리 군선들이 보였다. 서두르긴 했으나 척검방에게 붙잡힌다는 생각은 하지 않았다. 두령들이 타고 온 배들은 허공을 나는 것처럼 빠른 비선(飛船)이었다. 군선이 바다에 가득해도 바닷길을 모두 막는 것은 불가능하다. 배에 오르려는 순간 갈매기 울음이 귓전에 쟁쟁거렸다. 고개를 들었다. 사람이 있는 배와 없는 배를 귀신같이 구별하여 먹이를 달라고 울어 대는 영리한 놈들. 그런데 비선들 위로만 몰린 갈매기들이 지나치게 많았다. 혹시? 그 순간 선상에서 잠복하던 척검방 관원들이 한꺼번에 모습을 드러냈다. 마포에서 타고 온 내 배에는 최만치가 서 있었다.

어서 오너라!

집요한 놈. 그는 이미 배를 장악했다. 함정이었다. 나는 속히 뒷걸음질을 쳤다. 서너 걸음도 떼기 전에 돛대 위에서 떨어진 대형 그물이 나를 덮쳤다. 검술로는 당할 수 없기에 암수를 쓴 것이다. 뒤이어 그물 위로 방망이 세례가 이어졌다. 몸을 일으킬 수 없을 정도로 얻어맞은 뒤에야 그물이 걷혔다. 강치를 비롯한 나머지 일곱 두령도 모두 포박되어 군선으로 끌려갔다. 나는 들것에 실려 마지막으로 배에 올랐다. 참혹한 패배였다.

의금옥이 부족할 정도로 검계들이 속속 잡혀 들어왔다. 나는 독방에 갇혔다. 겨우 등을 기대고 앉는 데까지 반나절이나 걸렸다. 한심한 패배였다. 내 인생에서 가장 빛나고 멋진 순간이라고 믿는 순간 지옥으로 떨어진 것이다. 여기까지 오르느라 들인 돈과 시간과 노력이 하룻밤에 무너졌다. 네 가지 행운 덕분에 한 번은 회생했지만 이번에도 기회가 있을까. 장담하기 어려웠다. 강화도보다도 더 먼 곳으로 회의 장소를 옮기고, 경계하는 검계도 보강했어야 했다. 미행이 붙으리라 예상은 했지만, 상선 박창도에게까지 미리 귀띔을 하고 모였기에 크게 신경 쓰지 않았다. 척검방이 아무리 독자적으로 움직이는 조직이라고 해도 어명을 받들어 만들어진 것이다. 그런데 최만치가 휘하 병력 전부를 이끌고 강화도를 포위했다. 검계 두령 회의를 급습하란 어명이라도 내렸는가. 아니면 어명 없이 최만치가 은밀히 움직인 것인가. 후자라고 해도 검계 두령을 모조리 생포한 최만치를 나무라고 벌하긴 어렵다. 검계에게 시달려 온 백성에겐 이보다 더 좋은 소식이 없는 것이다. 뒷목이 퉁퉁 붓고 왼쪽 옆구리가 결리고 오른쪽 무릎도 아파 왔다. 최만치는 단숨에 나를 없애지 않고 살려서 한양까지 데려왔다. 대두령 나용주를 이용하여 달아난 검계들을 잡아들이려는 것이다. 숭례문쯤에 내 머리를 걸고 이렇게 떠들어 댈 것이다. 대두령도 이렇듯 무너졌으니 너희들도 항복하라!

척검방의 움직임은 김인혁의 을론은 물론이고 조덕신의 갑론을 통해서도 미리미리 연락을 받기로 약조가 되어 있었다. 그러나 지난 새벽에는 그 어떤 소식도 없었다. 경계를 위해 부두에 세워 둔 검계도 순식간에 제압당해 목숨을 잃었다. 척검방은 우리가 모이는 시각과 장소를 미리 파악했고, 여덟 두령이 비선을 숨긴 해안까지 정확히 꿰고 있었다. 내부의 배신 없인 불가능한 일이다. 찢기고 멍든 상처보다도 배신자의 숨은 웃음이 송곳같이 내 가슴을 찔러 댔다. 대두령이라고 으스대는 나를 얼마나 몰래 비웃었을까. 겨우 무릎을 세우고 일어섰을 때 다시 웃음소리가 들려왔다. 이번에는 환청이 아니라 바로 옆 옥에서 나는 소리였다. 그 웃음의 주인공은 강치였다.

고생해라. 검계는 걱정 말고. 내가 다 추슬러서 새로 시작할 테니. 하하하.

같이 잡혀 왔던 뚝섬 검계들이 우르르 옥에서 풀려났다. 최만치가 그들을 석방시킨 것이다. 다시 말해 지난 새벽의 급습은 최만치와 강치가 손을 잡고 벌인 일이다. 척검방 대장과 뚝섬 검계 두령의 공조. 이 협력이 과연 두 사람의 밀약만으로 가능할까. 어제의 적이 오늘의 동지가 된다는 우스갯소리도 있지만, 전혀 예상하지 못한 흉측한 풍경이었다. 최만치와 강치는 보기만 해도 상대의 목숨을 앗으려 덤벼드는 사이가 아니던가. 강력한 무엇인가가 두 사내를 억눌렀다는 이야기다. 이 나라에서 그런 힘을 지닌 이는 매우 적다. 왕은 아니다. 검계를 통합하고 엄청난 돈을 상납하기 시작한 나를 칠 까닭이 없다. 갑자기 그림이 그려졌다. 좌의정 조덕신이 그들을 연결했다면? 어지러웠다. 이 모든 불행이 단숨에 이해되지만 내게는 더더욱 암담한 이야기였다. 강치의 뚝섬 검계와 최만치의 척검방에 조덕신의 갑론까지 나선다면, 내가 의금옥을 살아서 나갈 가능성은 전혀 없었다.

죄만 쌓여 갔다. 이 나라가 이 모양 이 꼴로 전락한 것이 모두 검계의 잘못으로 간주되었다. 또 하나의 거대한 탈을 덮어씌우는 중이었다.

늘 죽음을 생각했다. 검계란 어느 날 갑자기 목숨이 달아날 수도 있는 업(業)이다. 주변을 깔끔하게 정돈하고 장검을 벼리고 다녔다. 검계 두령 나용주의 장검이 녹슬었더란 소린 죽어서도 듣기 싫었다. 일대일로 맞서 싸우다가 죽을 일은 없을 것이다. 하지만 죽음이란 놈은 정정당당하게 정면에서 등장하지 않는다. 경계하고 긴장하며 하루하루를 보내지만, 예상 못한 공격을 당해 내 목숨이 위태로울 수도 있다. 꼭 피하고 싶은 최후는 검계들에게 배신당하는 것이다. 검계보다 의리를 강조하는 조직이 있을까. 역설적이게도 그것은 그만큼 배신이 잦고 배신당할까 두렵다는 뜻이다. 나 역시 결코 배신자에게 목숨을 잃고 싶진 않았다. 뚝섬 검계 두령 강치와 척검방 대장 최만치와 갑론 조덕신이 손을 잡을 줄은 꿈에도 몰랐다. 그들 입장에선 최고의 묘수였다.

옥에서는 시간을 정확히 파악하기 어렵다. 낮이든 밤이든 옥은 어둡고, 복도 모서리에 세워 둔 횃불만 쉼 없이 타오른다. 옥리들이 바뀌는 횟수를 세는 편이 낫다. 하루에 네 번 교대한다면, 바뀐 횟수로 옥에 갇힌 시간을 가늠할 수 있다. 다섯 번 옥리의 얼굴이 달라진 뒤, 최만치는 나를 끌어냈다. 탁자에는 이미 심문을 마치고 기록한 문서가 수북하게 쌓여 있었다. 나를 불러내기 전 여섯 두령과 봉칠과 철조를 차례차례 형틀에 앉힌 것이다. 봉칠과 철조는 혀를 깨물면서까지 버텼지만, 여섯 두령은 곤장 몇 대에 입을 열었다. 자신들에게 불리한 부분은 쏙 빼고 모든 잘못을 대두령에게 덮어씌웠다. 열 번은 참수하고도 남을 만큼의 죄를 확보한 뒤 최만치는 형틀에 나를 밀어 넣었다.

척검방이 세운 여러 작전을 미리 네게 알린 자들이 누구냐? 한 놈도 남기지 말고 전부 토설하라.

이래도 죽고 저래도 죽는 상황이었다. 최만치를 노렸다. 그가 술도가 앞에서 취몽의 목을 베는 장면이 벽화처럼 떠올랐다.

토설하면? 잡아 죽일 자신이라도 있어? 척검방 대장 따위가 감당할 일이 아니니 귀찮게 하지 마.

최만치가 목청을 높였다.

이놈! 뼈 마디마디가 부서지고 살갗이 갈가리 찢긴 후에야 이실직고를 하겠느냐?

방심에 대한 벌을 서둘러 받고 싶을 뿐이었다.

시간 낭비 말고 어서 베어라.

심문이 시작되었다. 인두가 발바닥에서부터 허벅지와 엉덩이를 지나 등과 어깨까지 지졌다. 검붉게 탄 살갗 위로 곤장과 육모방망이가 번갈아 날아들었다. 처음엔 이를 악물고 비명을 삼켰으나 결국 고통을 토할 수밖에 없었다. 심문하는 관원의 얼굴도 피와 땀으로 범벅이 되었다. 최만치는 만족하지 않고 몰아붙였다. 더 더 더 더!

두 번 까무러친 후 정신을 차렸을 때, 최만치는 아쉬운 표정으로 자리를 떠났다. 입궐 시간이 되었음을 깨달은 것이다. 나는 다시 독방에 던져졌다. 한 모금의 물도 허락되지 않았다.

이때 만약 최만치가 입궐하지 않고 계속 심문했다면 나는 거기서 목숨이 끊어졌을지도 모른다. 최만치도 나도 끝장을 보려는 마음으로 가득 찼던 것이다. 내 몸은 활활활 타올랐다가 재가 되어 사라지기 직전이었다. 검계 소탕의 공적을 살펴 상을 내리는 궁중 회의가 내게 휴식 아닌 휴식을 선사한 셈이다.

궁리하고 또 궁리했지만 상황을 반전시킬 방법이 없었다. 최만치의 마음을 조금이라도 흔들 구석이 떠오르지 않았다. 기다란 장대 꼭대기에서 머리만 대롱대롱 매달린 기분이었다. 다시 땅으로 내려서고 싶지만 몸뚱이마저 없는, 난감한, 헛헛한, 그렇지만 미련이 남아 바람으로 떠도는 시간.

최만치가 가장 늦게 도착한 궁중 회의는 여름과 겨울 혹은 빛과 어둠에 비길 만큼 뚜렷이 대조적인 두 국면을 맞았다. 먼저 강화도 검계 소탕 작전에 대한 척검방 대장 최만치의 보고가 있었고, 뒤이어 갑론과 을론을 막론하고 신하들의 칭찬이 이어졌다. 검계 두령을 모조리 잡아들인 마당이니, 김인혁 이하 을론도 검계와의 연결 고리를 단호히 끊는 편이 옳다고 판단한 것이다. 좌의정 조덕신만은 별다른 의견 없이 신하들의 주장을 경청했다. 영의정 김인혁이 마포 대두령 나용주의 몸을 찢어 팔도로 각각 나누어 보내야 한다고 주장했다. 왕은 최만치를 가까이 다가오도록 명한 뒤 칭찬했다.

나용주를 비롯한 검계의 무리를 소탕한 공이 자못 크다. 척검방 대장 최만치를 병조판서에 임명하노라.

최만치는 이마가 땅에 닿을 정도로 허리를 숙였다.

성은이 망극하옵니다.

여기까지가 여름과 빛의 국면이었다. 왕과 최만치 그리고 갑론과 을론은 겨울과 어둠의 자리에 검계를 밀어 넣었다. 그리고 자신들은 유유히 빠져나와 따듯하고 빛나는 자리에 섰다. 왕은 이처럼 경사스러운 날, 자신의 오랜 소원까지 얹어 성사시킬 결심을 했다. 좌의정 조덕신을 향해 눈짓을 보낸 뒤 말했다.

당상관들이 대부분 모였으니 사친을 추숭하는 문제를 논의하였으면 하오. 왕위에 오른 지도 1년이 지났지만 아직 어마마마를 충분히 높여 드리지 못하였소. 허심탄회하게 경들의 생각을 듣고 싶소. 이제 때가 되었다고 보오만…….

김인혁이 어심을 헤아려 먼저 말했다.

지당하신 분부이시옵니다. 전하께서 즉위하신 후 숙빈묘(墓)를 조금 넓혀 신도비를 세우고 숙빈묘(廟)를 초가로 마련하였으나, 추숭의 뜻에 비추어 본다면 너무나 부족하다 하지 않을 수 없사옵니다. 숙빈이라는 내명부의 직첩 대신 따로 시호를 내리시옵소서. 그리고 묘(墓)는 원(園)으로, 묘(廟)는 궁(宮)으로 격상시키셔야 하옵니다. 또한 초가를 부수어 정당(正堂)을 짓고, 그 앞에 외삼문 중삼문 내삼문을 세워 잡인의 출입을 막으시옵소서. 정당의 물품 또한 주렴(珠簾)에서부터 감실(監室), 신주(神主), 선개(扇蓋) 등을 종묘의 예에 따라 갖추셔야 하옵니다. 그리고 철마다 궁으로 친행하셔서 정성을 다해 제사를 지내시오소서. 어리석은 백성에게 효를 가르치는 데 이보다 좋은 모범은 없을 것이옵니다.

왕이 고개를 끄덕이며 시선을 조덕신에게 향했다. 을론의 영수가 지지 의사를 강력하게 밝혔으니 갑론의 영수인 조덕신이 반대 의견만 표명하지 않는다면, 왕의 소원은 이뤄지는 것이다. 조덕신은 딱딱한 표정을 풀지 않고 아뢰었다.

천부당만부당하옵니다. 묘묘(墓廟)면 족하옵니다. 그보다 높이 받드는 것은 예의에 어긋나는 일로 나라 안팎의 비웃음만 살 뿐이옵니다.

약속을 파기한 것이다. 왕의 얼굴이 싸늘하게 굳었다. 갑론의 반대 의견이 줄지어 흘러나왔다. 을론의 반박도 만만치 않았다. 김인혁이 조덕신을 째리며 따지듯 말했다.

좌상 대감! 말이 너무 지나치지 않소이까?

조덕신이 기다렸다는 듯이 받았다.

지나치다? 진짜 지나친 것이 무엇인지 가르쳐 드릴까요? 영상 대감! 대감이 마포 검계 두령 나용주의 뒷배를 봐줬다는 풍문이 돌고 있소만…….

김인혁이 당황한 눈빛을 감추며 목청을 더 높였다.

모함이오. 뒷배라니오? 물증이라도 있소이까?

조덕신의 시선이 김인혁에서 최만치 쪽으로 옮겨 갔다.

모함인지 아닌지는 최 대장이 검계 두령 나용주를 심문하고 있으니 곧 밝혀질 일이오. 나도 영상 대감의 결백을 믿고 싶소만 만에 하나 나용주와 결탁한 사실이 밝혀진다면 이는 영상 대감에만 국한되는 문제가 아닐 것이외다.

김인혁도 말꼬리를 물고 늘어졌다.

좋소이다. 검계의 뒷배를 봐준 검은 재상이 을론인지 갑론인지 낱낱이 밝히도록 하십시다. 만에 하나 좌상 대감이 지금 뱉은 말이 거짓으로 드러날 때는…….

왕이 용상을 힘껏 내리쳤다. 김인혁을 비롯한 신하들이 말을 멈추고 허리를 숙였다. 왕의 떨리는 숨소리가 갑자기 찾아든 침묵을 흔들어 댔다.

멈추시오. 경들의 의견은 잘 알겠소. 추숭의 일은 오늘 결론을 내기 힘들 듯하오.

잠시 숨을 고른 후 조덕신을 노리며 이야기를 맺었다.

하나만 확실하게 해 두리다. 여러분이 무수리였다고 천하게 여기는 바로 그 여인이 지금 용상에 앉은 이의 생모라는 점이오.

조덕신이 왕과의 밀약을 지켰다면, 그래서 왕과 신하들이 한목소리로 모든 불행과 가난과 악덕을 검계에게 돌렸다면, 나는 다음 날 당장 목이 잘리고 장대에 머리가 매달렸을 것이다. 그러나 조덕신은 최만치의 검계 소탕을 국면 전환의 방편으로 삼고 왕과 을론을 압박하기 시작했다. 실망을 금치 못한 왕은 궁중 회의의 마지막을 누구도 예상 못한 방향으로 이끌었다.

왕이 일어나서 천천히 당상관들 사이를 걸었다. 침묵 속에서 다가오는 왕의 시선을 피해 대신들은 머리를 조아렸다. 정3품 신하들이 엎드린 자리까지 나아간 왕이 호조 참의 박영후(朴永琊) 앞에 멈춰 섰다. 그리고 다시 용상으로 되돌아와서 앉자마자 따져 물었다.

뭔가 냄새가 나지 않소? 어젯밤 다들 좋은 데 가서 한잔씩들 하신 모양이오만……. 백성은 쌀이 없어 굶어 죽어 가는데, 그 귀한 알곡으로 빚은 술을 마시며 즐겼다?

조덕신이 답했다.

삼금령이 지엄한데 어찌 소신들이 어명을 거역하고 술을 가까이 하겠나이까?

김인혁도 거들었다.

밀주 생산과 판매를 일삼은 검계 무리는 척검방에서 모조리 잡아 의금옥에 가두었사옵니다.

왕이 김인혁과 조덕신을 차례로 본 후 제안했다.

그래요? 분명 술 냄새가 나는데 경들은 그 냄새가 전혀 나지 않는다 이 말이오? 좋소. 그럼 내기를 하나 합시다.

망극하옵니다. 전하!

술을 마신 이가 나오면 그 목을 치고, 경들 중 단 한 명도 술을 마신 이가 없다면 경들 뜻에 따르기로. 어떻소?

저, 전하!

합시다. 재미있잖소?

삼금령을 어긴 자를 색출한다는데 이의를 제기할 신하는 없었다. 왕은 궁중 회의에 참석한 당상관들과 함께 후원으로 나갔다. 당상관들은 각 품계에 맞춰 문반과 무반으로 줄지어 섰다. 내관들이 흩어져서 한 사람 한 사람의 입 냄새를 맡기 시작했다. 다시 침묵이 안개처럼 깔렸다. 이조 참판 조문규(趙文奎) 앞에서 내관 하나가 손을 번쩍 들었다. 다른 내관이 다시 가서 조문규의 입 냄새를 맡고는 마찬가지로 손을 들었다. 왕이 뚜벅뚜벅 다가갔다.

입을 벌려 보시오.

조문규의 얼굴이 사색이 되었다.

저, 전하!

입을 벌리래도? 입을 벌리지 않으면 지난밤 술을 마신 것으로 간주하고 목을 쳐도 되겠소?

조문규가 마지못해 입을 벌렸다. 술 냄새가 진하게 흘러나왔다. 왕이 오른손을 들어 소나무 아래를 가리켰다.

저기 가서 기다리시오.

조문규가 벌벌 떨면서 겨우 걸음을 뗐다. 내관들은 다시 당상관들 사이를 미꾸라지처럼 오가며 냄새를 맡았다. 그리고 호조 참의 박영후 앞에 두 내관이 차례로 멈춰 섰다. 왕이 천천히 박영후에게 다시 갔다. 지레 겁을 먹은 박영후가 엎드려 죄를 자복했다.

전하, 죽여 주시옵소서.

왕이 박영후의 뒤통수를 내려다보고 또 하늘을 한 번 올려다본 후 답했다.

그럽시다, 그럼!

칼을 든 내관들이 이조 참판 조문규와 호조 참의 박영후를 포박하여 꿇어 앉혔다. 조문규는 을론이었고 박영후는 갑론이었다. 왕이 신하들을 향해 엄중히 경고했다.

삼금령을 내렸건만 한 나라의 당상관이란 자들이 밤마다 술 냄새에 이끌려 기생집을 찾아드니 어찌 이 부나방 같은 자들을 그냥 보고 있겠는가.

그리고 내관이 든 장검을 빼앗아 들었다. 조문규와 박영후는 물론이고 신하들 얼굴에 두려움이 차올랐다. 왕의 우렁찬 목소리가 이어졌다.

이 나라를 세운 태조 대왕께서 홍건적과 왜구를 물리칠 때 쓰신 이 보검으로 벌레 같은 죄인들의 목을 칠 것이다. 일벌백계의 뜻으로 그 목을 숭례문에 걸어 두 번 다시 삼금령을 어기는 자가 없도록 할 것이다.

조덕신과 김인혁이 시선을 교환했다. 지금까지 그 어떤 왕도 신하가 술을 마셨다 하여 직접 장검을 뽑아 든 적이 없었다. 삼정승 육판서의 의견을 왕이 숙고하고, 다시 의논하여 상벌을 정해 온 관행에서 크게 어긋나는 일이기도 했다. 김인혁이 먼저 입을 열었다.

전하! 저 둘의 목을 베시려거든 신 영의정 김인혁을 비롯한 당상관 모두의 목을 베시옵소서. 개국 이래 군왕이 칼을 들어 신하를 참한 적은 없사옵니다.

조덕신이 거들었다.

신 좌의정 조덕신 아뢰옵니다. 조정의 중론을 모아 듣고 법도에 따라 그 죄의 유무와 경중을 따져 집행하셔야 옳은 줄 아뢰옵니다.

대신들도 갑론 을론 가리지 않고 한목소리로 아뢰었다.

전하! 통촉하여 주시옵소서.

왕은 물러서지 않았다.

그 입 다물지 못할까! 만나면 서로 못 죽여 으르렁대는 갑론과 을론이 오늘은 어찌 한입이 되었소? 그것 참 괴이하오. 파당과 무관하게 모두 공범인 게요?

왕이 신하들을 향해 장검을 들었다. 그들이 일제히 고개를 숙였다. 왕은 성큼성큼 걸어 나가 조문규 앞에 섰다.

저, 전하!

하얗게 질린 조문규의 목을 향해 장검을 내리쳤다. 피가 사방으로 튀면서 조문규가 쓰러졌다. 김인혁을 비롯한 을론의 얼굴이 흙빛으로 바뀌었다. 왕은 다시 박영후 앞으로 옮겨 갔다. 박영후는 조덕신과 눈을 맞춘 후 이마를 박고 읍소했다.

살려 주시오소서. 다시는 술을 마시지 않겠사옵…….

그 말이 끝나기도 전에 왕이 장검을 휘둘렀다. 박영후의 잘린 머리가 튕겨 굴러 조덕신의 발에 닿고서야 멈췄다. 조덕신은 피범벅이 된 박영후의 머리를, 고개를 돌리지 않고 똑바로 쳐다보았다. 작고 날카로운 두 눈에선 살기까지 돌았다. 왕은 피 묻은 장검을 던진 채 내전으로 들어가 버렸다. 내관들이 왕의 장검과 두 신하의 시신을 수습하려 했다. 조덕신은 손을 뻗어 박영후의 뜬 눈을 감겨 주며 작지만 단호하게 읊조렸다.

꼭…… 갚아 주마.

무릇 나라는 나라법에 의해 움직이기 마련이지만, 때론 그 법을 무색하게 만드는 일들이 발생하기도 한다. 왕이 신하들의 중론을 듣지도 않고 신하 둘의 목을 직접 자른 것도 두고두고 따져 볼 만한 사건이다. 왕은 삼금령을 참형의 근거로 제시했다. 조문규와 박영후가 법을 어기긴 했으나 과연 처형까지 당할 죄였을까. 이와는 반대로 신하들이 힘을 합쳐 왕을 핍박하고 용상에서 끌어내린 적도 있다. 이 경우 신하들은 삼금령에 버금가는 법적 혹은 도덕적 근거를 찾아냈다. 역사서를 뒤적여 보면 열에 아홉은, 극단으로 치닫지 않고 왕과 신하가 중간 어느 지점에서 타협하여 정치를 잇는 것이 보통이다. 그러나 이날의 궁중 회의는 왕은 왕대로 신하들은 신하들대로 어떤 극단을 상정하게 만들었다. 왕이 이긴다면 조덕신의 배신과 두 신하의 음주를 지렛대 삼아 검계와 결탁된 붕당들의 본색이 만천하에 밝혀질 것이고, 신하들이 이긴다면 두 당상관의 참형에 세자 이호의 죽음과 선왕의 급사까지 얹어 비천한 출생에서 비롯된 왕의 광증(狂症)으로 폭로될 것이다. 결과가 어찌 되든 둘 다 피비린내가 진동할 것이다. 진정한 싸움은 이제부터였다.

궁중 회의에 참석한 신하 중 술을 마신 이가 없었다면 어찌 되었을까. 왕에게 갑론을 응징할 다른 방책이 있었을까. 이런 물음이, 이후 닥칠 변고와 맞물려 오랫동안 내 곁을 맴돌았다. 어심을 살피기 어려우니 또 다른 방책까지 예측하긴 힘들지만, 적어도 두 가지는 확실하다. 첫째, 왕의 질책이 순간적인 분노로부터 시작된 것이 아니라는 점. 조덕신이 반대 의견을 내지 않았다면 물론 두 신하의 목을 베는 일도 없었으리라. 하지만 어심을 거역한다면 단숨에 신하들을 응징할 준비를 마쳤던 것이다. 둘째, 왕은 궁중 회의를 시작하기 전 술에 취한 신하가 있음을 미리 알았다는 점. 궁궐을 오가는 수십 명의 내관과 궁녀를 통해 그 정도 술 냄새를 맡는 것은 문제도 아니다. 술을 즐긴 신하들을 알고도 모른 척 덮어 두었다가 우연히 적발한 것처럼 꾸며 꾸짖은 것이다. 왕은 왜 하필 이날 미리 준비해 놓은 방책을 쓴 것일까. 그가 노린 목표는 정녕 무엇이었을까.

최만치는 그 저녁에 비익당에서 왕과도 독대했다. 별궁으로 들어서던 최만치는 술상을 발견하고 놀랐다. 삼금령을 어긴 벌로 두 신하의 목을 벤 왕이 술상을 앞에 놓고 척검방 대장을 불러들인 것이다. 왕은 자신의 잔에 맑은 술을 따른 후 최만치의 잔도 술로 채웠다. 내관도 상궁도 곁에 없었다. 술로 목을 축인 왕이 물었다.

나용주는?

아직 죄를 토설하지 않고 있사옵니다. 내일은 반드시…….

왕이 말을 끊고 이름을 불렀다.

만치야! 널 믿어도 되겠느냐?

…….

최만치가 즉답을 못하고 고개를 드는 순간, 왕의 주먹이 최만치의 뺨을 후려갈겼다. 쓰러진 최만치가 자세를 고쳐 앉았다. 왕은 잔에 술을 따라 마신 후 말했다.

벗 외엔 누구와도 일을 도모하지 마라.

최만치가 온몸을 떨며 겨우 답했다.

전하! 검계를 소탕하고 이 나라에서 밀무역과 밀주와 도박을 완전히 없애라는 어명을 받들기 위하여 좌상 대감의 제안을…….

왕이 술상을 뒤집어엎으며 일어서서 최만치의 턱을 걷어차고 자근자근 밟았다. 최만치의 입과 코와 눈에서 피가 흘렀다. 왕이 최만치의 관자놀이를 발뒤꿈치로 찍어 눌렀다.

벗으로 대했건만, 개새끼와 거래를 해?

다음 날 밤에 조덕신은 인왕산 별장으로 김인혁을 불러냈다. 김인혁은 방으로 들어서다가 조덕신의 옆에 앉은 척검방 대장 겸 병조판서 최만치를 보고 움찔 놀랐다. 조덕신이 웃으며 김인혁을 맞이했다.

괜찮습니다. 최 대장은 이제 우리 사람이라오.

우리라 하셨습니까?

김인혁이 자리에 앉으며 되물었다.

그렇지요, 우리. 이 판국에 갑론 을론 따져 뭣하겠소이까? 주상은 보란 듯이 갑론 한 명과 을론 한 명의 목을 베었소. 그것이 무엇을 뜻하는지 모르진 않겠지요?

영상과 저를 협박한 겁니다.

맞습니다. 가만히 있으면 우리 모두 자리보전은커녕 목숨도 지키기 힘들게 됐습니다.

어쩌실 생각이십니까?

조덕신이 최만치를 흘끔 본 후 답했다.

중이 싫다고 절을 태울 순 없소.

그 말씀은…….

근본은 못 속이는 법입니다. 무수리의 자식을 용상에 앉히는 게 아니었어요. 사필귀정이라고 하지 않았소이까? 늦었지만 지금이라도 바로잡읍시다. 영상과 제가 합심한다면 바로잡지 못할 게 무엇이 있겠습니까?

그도 그렇습니다.

최만치는 눈을 감고 아무런 대꾸도 하지 않았다. 어젯밤 왕은 이들을 개새끼라고 서슴없이 칭했다. 그리고 그 개새끼들의 다음 행보를 알아 오면, 최만치의 지난 잘못은 덮겠다는 말까지 덧붙였다. 저들은 왕을 어리석다 비웃지만, 왕은 오래전부터 갑론과 을론을 손바닥 위에 올려놓고 살펴 왔던 것이다.

쇠뿔도 단숨에 빼는 것이 좋지 않겠소이까? 내일 밤이 어떻겠소?

김인혁이 놀라며 되물었다.

설마 파궁하실 작정이십니까? 병력이 없지 않습니까? 궁궐과 도성을 경비하는 병력은…….

조덕신이 옆에 앉은 최만치의 손을 쥐며 답했다.

최 대장에게 좌우 포도청은 물론이고 도성 및 경기도 일대 장졸의 통솔권이 넘어간 것은 영상도 아시지요. 궁궐 밖을 지키는 무예별감도 최 대장을 따를 겁니다. 궁궐 안에 무장한 내관들이 있긴 하지만 돈화문만 열린다면 간단히 제압할 수 있습니다. 우리에겐 검계가 있으니까요.

검계라시면?

김인혁의 시선이 최만치에게 향했다. 조덕신이 대신 답했다.

힘만 세고 머리는 돌대가리인 개새끼 한 마리를 뚝섬에 살려 뒀지요. 그놈이 마음에 안 들면 또 다른 개새끼로 바꾸면 그만입니다. 최 대장! 내일 밤 자정에 거사하는 게 적당하겠소. 차질 없이 준비를 해 주길 바라오.

조덕신과 김인혁의 대화를 조용히 듣고만 있던 최만치가 무겁게 입을 열었다.

알겠습니다.

장기판에서 왕은 거의 움직이지 않는다. 중심에 머물다 좌우상하로 겨우 한두 칸 오갈 따름이다. 그러나 왕은 차포마상은 물론이고 졸의 움직임까지 관장한다. 그들은 오직 자신들의 왕을 지키고 상대편 왕을 죽이기 위해 최선을 다할 따름이다. 그러므로 왕의 한 걸음은 졸의 100걸음보다도 무겁고 중요하다. 누군가를 구하러 가는 걸음이라면 더더욱!

나는 새벽까지 독방에 쓰러져 끙끙 앓기만 했다. 입궐한 최만치가 돌아오면 다시 형신이 시작될 것이고 그땐 목숨을 보전하기 어려우리라. 나 하나 죽는 것으로, 포박되어 끌려온 검계들의 죄가 경감되기를 바랐다. 훌훌 털어 버리려 해도 옹이처럼 지워지지 않는 얼굴이 하나 있었다. 노랫가락이 아득히 먼 곳으로부터 들려왔다. 홍랑이었다. 그리움 가득한 눈으로 술 한 잔에 얹어 부르던 권주가였다. 죽고 나면 썩을 몸 아껴 무엇하리. 억겁의 연으로 마주 앉았으니 이 눈빛에 취해 보리라. 홍랑의 검무가 뒤이었다. 쌍검을 들고 빙글빙글 판을 돌던 그미가 단숨에 내 눈앞까지 달려 나왔다. 얼굴 가득 미소를 지으며 손에 쥔 검을 제 목에 대더니 갑자기 그으려고 했다.

안 돼.

그 순간 차가운 물체가 뺨을 때렸다. 눈을 떴다. 옥문 열쇠였다. 옥문 밖에 미복 차림의 사내가 서 있었다. 횃불을 등지고 섰기 때문에 얼굴을 분간하기 어려웠다.

내가 아직도 너의 벗이냐?

놀랍게도 왕의 목소리였다. 나를 만나기 위해 의금옥까지 온 것이다. 여긴 어이하여 왔을까. 그리고 옥문 열쇠부터 던져 준 까닭은 무엇인가. 다시는 이 목소리를 들을 기회가 없으리라 여겼다. 한때 그의 벗이었다는 기억까지도 지우려 했다. 죽음을 코앞에 둔 새벽에 그가 내 앞에 선 것이다. 겨우 일어나서 무릎을 꿇은 후 이마를 땅에 댔다. 할 말이 혀끝까지 차올랐다. 그러나 이상하게 단 한마디도 나오지 않았다. 왕이 스스로 답했다.

너를 벗이라 부른 날을 기억하느냐?

어찌 잊겠사옵니까.

나도 네가 검계라고 털어놓던 날을 기억한다. 종종 묻고 또 물었느니라. 네가 입을 다물었다면 나와 함께 입궁하여 평생 곁에 머물 수도 있었는데, 왜 고백을 했을까? 두 가지 결론을 얻었다. 하나는 악두가 고백을 하라고 명하진 않았다는 것. 그러니까 그 고백은 검계의 일원이 아니라 인간 나용주가 정말 하고 싶어 한 것이다. 또 하나는 내게 처음으로 진심을 보였다는 것. 사당패를 따라다니며 탈춤과 외줄타기와 검술을 익히고 검계가 된 네 인생을 그려 보았다. 네가 과연 누구에게 진심을 보인 적이 있었을까. 왜 하필 내게 진심을 보인 걸까. 내가 너를 벗으로 대했기 때문이 아닐까. 진정한 벗은 거짓을 말하지도 행하지도 않는 법이니까. 너는 거짓으로 벗인 체하며 내 곁에 머물려고 하지 않고, 벗답게 진심을 내보인 것이다. 그 고백이 네 심장에 화살을 꽂는 한이 있더라도.

전하!

뜨거운 기운이 목을 타고 올라왔다.

내 추측이 옳았음을 증명해 다오. 그렇게 할 수 있겠느냐?

눈물이 내 볼을 타고 흐르다가 떨어졌다. 오직 그만이 나를 구할 수 있었지만, 왕이 직접 와서 내 첫 마음을 헤아릴 줄은 몰랐던 것이다. 겨우 울음을 삼키며 고개를 드니 왕은 벌써 사라지고 없었다. 열쇠를 쥐고 옥문을 열었다. 왕이 내 마음을 더듬은 자리엔 장검 한 자루가 놓여 있었다. 조문규와 박영후의 목을 벤 바로 그 보검이었다.

옥리 셋을 순식간에 해치운 뒤, 철조와 봉칠을 구하여 의금옥을 탈출했다. '홍청'에 철조를 보내 홍랑부터 찾았지만 행방을 알 수 없었다. 내 전부를 잃더라도 홍랑만은 지키고 싶었다. 꼭두쇠 대인과 사당패 광대들을 잃은 후 다시는 이런 슬픔을 맞지 않으리라 결심했었다. 뚝섬을 살피고 온 봉칠이 보고했다. 뚝섬 검계들이 소굴로 모여들고 있다는 것이다. 철조와 봉칠에게 명령했다.

나용주가 돌아왔다고 알려라. 나와 함께 목숨을 내놓고 싸울 이들만 데리고 오너라.

오래 끌 싸움이 아니었다.

밤이 되고 어둠이 깔리자 무리들의 이동이 시작되었다. 을론은 영의정 김인혁의 집으로 모여들었고 갑론은 조덕신의 별장에 집결했다. 파궁하여 왕의 목을 베었다는 소식을 강치가 전할 때까지 집 밖으로 나가지 않을 예정이었다. 오늘 밤 궁궐에서 벌어질 변고와 자신들은 무관하다는 듯이. 강치가 이끄는 뚝섬 검계는 어떤 방해도 받지 않고 동대문을 통해 운종가를 행진하듯 나아왔다. 건국 이후 검계가 한양의 대로를 이렇게 활보한 적은 없었다. 300명은 족히 넘었다. 강치의 목소리가 하늘을 찌를 듯했다.

왕의 목은 내 거다. 누구도 건드리면 안 돼.

처음엔 땅을 끄는 발소리가, 그다음엔 웅성대는 목소리가, 그리고 코앞에 이른 지금은 그 모든 소리가 뒤엉켜 울렸다. 대열의 가장 앞에 강치가 섰고 뒤에는 소두령들이 따랐다. 300명의 칼 든 사내들 앞에 나는 혼자였다. 강치가 나를 발견하고 걸음을 멈추며 팔을 높이 들었다. 뚝섬 검계도 한꺼번에 서서 나를 노렸다. 나와 강치의 거리는 서른 걸음도 채 되지 않았다. 강치는 혹시나 하는 마음에 내 뒤를 유심히 살폈다. 텅 빈 거리에는 바람만 휘이이잉 불어왔다가 흩어질 뿐이었다.

마중이라도 나온 게야?

강치가 쌍도끼를 흔들며 히죽거렸다. 내가 담담하게 받아쳤다.

물러가라. 지금 돌아가면 검계의 일원으로 존중해 주마. 없던 일로 치겠다.

뚝섬 검계들이 한꺼번에 비웃음을 터뜨렸다.

의금옥을 어떻게 나왔는지는 모르겠지만, 네 재롱을 보고 있을 시간이 없구나. 얘들아! 저 나용주의 목을 벤 녀석에겐 은괴 한 상자를 주마.

검계들이 함성과 함께 달려들었다. 그 순간 좌우에 늘어선 가게들이 폭발했다. 앞장서서 달리던 검계들이 허공으로 튕겨 오르며 온몸이 찢긴 채 떨어져 절명했다. 뒤이어 봉칠과 철조를 비롯한 마포 검계들이 골목에서 쏟아져 나왔다. 화약 연기가 걷히자 내 뒤에도 100여 명의 마포 검계들이 도열했다. 바로 옆에서 쌍검을 쥔 이는 남장 차림의 홍랑이었다. 수원성 근처로 피신했다가 연락을 받고 급히 올라온 것이다. 반가움은 잠시 미루고 설득부터 했다.

낄 자리가 아니야.

이 자리 저 자리 따질 때인가요?

물러서.

두 번 다신 홀로 두지 않겠다고 약속했잖아요? 살아도 같이 살고 죽어도 같이 죽어요.

그미의 고집을 꺾을 여유가 없었다. 강치가 쌍도끼를 뽑아 들고 큰 소리로 명령했다.

모조리 죽여라!

두 검계 무리가 뒤엉켜 개처럼 싸우기 시작했다. 급소만을 노리며 장검을 휘둘렀다. 강치 역시 도끼를 번갈아 내리치며 좌충우돌했다. 죽고 죽이며 여기저기서 비명이 터져 나왔다. 전세는 마포 검계에게 유리하게 돌아갔다. 우리는 뚝섬 검계의 숫자를 충분히 파악한 후 잠복과 급습 계획을 세웠지만, 저들은 마포 검계의 현황에 대해 아는 바가 없었다. 강치는 마포 두령 나용주와 철조, 봉칠 등이 모조리 의금옥에서 심문을 당한 후 처형될 것이라고 떠벌렸었다. 그런 내가 춤추듯 달려들자 뚝섬 검계는 너나 할 것 없이 두려움에 사로잡혔다.

물렀거라!

강치를 포위하고 협공을 펼치던 철조와 봉칠이 물러났다. 나는 검계들이 만든 둥근 포위망으로 들어섰다. 강치가 피범벅인 쌍도끼를 어깨 위로 치켜들며 말했다.

용주! 또 잔꾀를 부렸구나. 역시 넌 개만도 못한 잡놈이야.

나는 대답 대신 장검을 휘두르며 달려들었다. 강치가 물러서는 대신 쌍도끼를 붙여 쭉 내밀며 칼날을 막아 냈다. 뒤이어 강치의 오른발이 옆구리를 노리며 날아왔다. 뒤공중돌기로 발길질을 피했다. 강치는 도끼를 번갈아 휘두르며 목과 가슴을 노렸다. 나는 등이 거의 바닥에 닿을 만큼 몸을 젖혔다가, 몸을 튕겨 올리며 강치의 왼어깨를 베었다. 왼손에 쥐었던 도끼가 툭 떨어졌다. 강치는 남은 도끼를 표창처럼 이마를 노리고 던졌다. 나는 허리를 숙였다가 펴면서 장검으로 그 도끼를 쳐 떨어뜨렸다. 그리고 단숨에 강치의 목에 검을 들이댔다.

항복해라! 목숨만은 살려 주마.

강치가 끝까지 눈싸움을 했다.

빌어먹을 놈의 세상 한바탕 잘 놀다 간다! 마무리해 다오, 어서!

강치의 목을 베었다. 강치가 죽자 뚝섬 검계는 싸울 의지를 잃고 그 자리에 무릎을 꿇었다.

이 밤에 살육이 벌어진 곳은 운종가만이 아니다. 왕의 목을 애타게 기다리던 조덕신의 별장에 드디어 소식이 날아들었다. 하인이 급히 마당에서 아뢰었다.

최만치 대장께서 오셨습니다.

조덕신이 환하게 웃으며 갑론들에게 말했다.

이제 끝이 났는가 봅니다. 어서 드시라 하여라.

최만치가 문을 열고 들어섰다. 눈빛은 차가웠고 손에는 장검이 들렸다. 파궁에 성공했다는 소식을 전하러 온 분위기가 아니었다. 그때까지도 웃으며 자리에서 일어섰던 조덕신과 최만치의 눈길이 마주쳤다.

최 대장 잠깐만…….

그것이 조덕신이 남긴 마지막 말이었다. 최만치가 잠깐도 기다리지 않고 득달같이 달려들어 목을 베어 버린 것이다. 척검방 관원들이 방으로 난입하여 갑론들을 모조리 죽였다.

이제 더 이야기할 것이 남았을까. 죽은 자는 말이 없고 산 자는 지난밤 피의 의미를 각 무리에 어울리도록 부여했다. 궁중 회의에서는 척검방 대장 겸 병조판서 최만치가 그 일을 맡았다. 문무백관이 모인 자리에서 다음과 같이 지난밤 혼란을 정리했다.

신 최만치 주상 전하의 특명을 받잡고 검계 소탕 작전을 마무리하였는바 이에 보고드리옵니다. 지난밤 돈화문 가까이까지 몰려온 검계 수괴 강치와 그 무리를 모조리 소탕하였사옵니다. 생포한 검계는 의금옥에 가두었고 시신은 불에 태워 없앴사옵니다. 역심을 품고 검계와 내통한 당상관들도 즉결 처분하였으니 그 명단은 다음과 같사옵니다. 좌의정 조덕신, 예조판서 김환, 호조판서 이태식, 공조 참판 이태, 대사헌 김준하, 좌승지 이진철 등이옵니다. 또한 이들과 연루된 당하관들도 색출하여 모조리 잡아들이고 있사옵니다.

그리고 왕의 어머니인 한 숙빈을 추숭하는 회의가 이어졌다. 이번에는 그 누구도 이의를 제기하는 신하가 없었다. 김인혁이 이끄는 을론은 갑론과의 담합을 지우기 위해서라도 목소리를 높여 왕의 뜻을 받들었다. 김인혁이 아뢰었다.

전하! 왕실의 명예를 드높이고 안위를 돈독히 하기 위하여 돌아가신 한 숙빈 마마의 묘소를 숙빈묘에서 금화원(金華院)으로 올리고 따로 사당 또한 새로 지어 자애궁(慈愛宮)이라 명명하시옵소서. 신이 직접 이 모두를 관장하여 빈틈없이 처결하겠나이다.

왕이 미소와 함께 물었다.

고맙소. 그리하여도 되겠소?

모든 신하들이 한목소리로 답했다.

성은이 망극하옵니다.

척검방은 공식적으로 해체되었고, 최만치는 병조의 일만을 관장하게 되었다.

왕은 만백성의 행실을 바르게 고치는 서책을 만들라는 어명을 내렸다. 특히 효를 충에 버금갈 만큼 비중 있게 다루도록 했다. 수많은 이야기들이 수집되었고, 궁중 화원들이 동원되어 각 이야기에 맞는 삽화까지 곁들여졌다. 또한 이 서책은 언해본으로도 편집되어 방방곡곡에서 읽힐 예정이었다.

왕은 아침저녁으로 성현의 가르침을 배우고 익히는 경연(經筵)을 중지시켰다. 왕의 언행에 대해 의견을 내는 것은 역심을 품은 것으로 간주하여 엄벌에 처했다. 왕은 왕이기 때문에 옳고 옳아야 하며 옳지 않을 수 없었다.

살육의 밤을 거친 후 나는 평생의 벗을 얻었다. 달빛이 교교하게 흐르는 밤이었다. 왕은 비익당 후원으로 나를 불렀다. 술상을 마주하고 앉아서 잠시 밤의 정적을 느꼈다. 이윽고 왕이 하교했다.

용주야! 오늘은 벗으로 마시자꾸나.

황공하옵니다. 전하!

왕이 직접 내 잔을 채웠고, 나 역시 왕의 잔을 채웠다. 우리는 함께 잔을 비웠다. 그때 대전 내관이 들어와서 속삭였다. 왕이 고개를 끄덕이며 명했다.

들라 하라!

야심한 시각에 이토록 사사로운 자리로 올 사람이 또 있단 말인가. 왕이 내 마음을 읽은 듯 말했다.

네게 벗 한 사람을 소개하고 싶구나.

문을 열고 들어선 사내는 병조판서 최만치였다. 시선이 마주쳤다. 그도 불편했고 나도 불편했다. 왕이 명했다.

앉거라.

최만치가 왕의 오른편, 그러니까 내 왼편에 앉았다. 삼각형의 세 꼭지점처럼.

뭘 하느냐, 술 한잔 따라 주지 않고?

술병을 들어 최만치의 잔을 채웠다. 왕이 명했다.

지난 일은 다 잊어라. 각자 자신의 처지에서 최선을 다한 것이니까. 오늘부터 우리는 평생 벗이다. 서로 돕고 의지하며 한세상 멋지게 살아 보자꾸나.

나와 최만치가 동시에 말했다.

황공하옵니다. 전하!

왕은 우리들의 우정을 기념하는 뜻으로 선물을 내놓았다. 비단에 싼 물건은 『행실도(行實圖)』라는 이름의 서책 한 질이었다. 백성을 착하고 올바른 길로 이끄는 것이 왕의 책무였고, 그 왕을 벗으로 둔 우리들의 사명이었다.

술잔을 비운 뒤 왕이 별일 아니라는 듯 내게 서찰 하나를 내밀었다. 그 서찰을 받아서 폈다. 조덕신과 함께 정변을 모의했던 을론의 명단이 적혀 있었다. 영의정 김인혁, 우승지 이철상, 예조판서 김우정……. 왕은 이들마저 제거하려는 것이다. 나는 서찰을 접어 품에 고이 넣었다. 왕과 검계 두령과 척검방 대장. 결코 우정을 나눌 수 없었을 것 같은 세 벗의 술자리가 달이 질 때까지 이어졌다.

척검방은 사라졌지만 검계는 사라지지 않았다. 피바람이 지나가고 한 달 뒤 도성뿐만 아니라 이 나라 곳곳의 검계들이 마포 나루로 모여들었다. 멀리 제주에서부터 경상과 전라, 충청과 경기를 지나 강원도에 이르기까지 각 지방 두령들이 진귀한 특산물을 바리바리 싸들고 집결한 것이다. 대두령의 탄생을 축하하기 위해 선물을 싣고 온 나귀만 300마리가 넘었고 물길을 타고 올라온 배가 100척에 이르렀다. 금은보화와 산해진미, 최고의 상인들이 빚은 술로 채운 술통으로 마포와 서강 창고가 넘쳐났다. 그리고 사흘 밤 사흘 낮 술판이 벌어졌다. 그리고 나는 이 나라 검계를 총괄하는 대두령으로 추대되었다. 나의 말이 밤의 세계를 지배하는 법이 되었고 내가 아끼는 술과 음식은 장안의 유행이 되었다. 아이들은 이다음에 자라서 나용주가 되고 싶다 했고 어른들은 자랑하듯 나의 무용담을 소곤거렸다. 목숨을 걸고 들어선 길에서 드디어 으뜸이 된 것이다.

나는 마포와 서강 나루에 쌓인 수만 섬의 쌀을 왕께 바쳤다. 왕은 그 쌀을 굶주리고 병든 백성에게 골고루 나누어 주라 명했고, 최만치를 우의정으로 올려 그 일을 맡겼다. 최만치는 전국의 검계들이 돈을 모아 마련한 선단(船團)을 이용하여 방방곡곡으로 쌀을 실어 날랐다. 최만치는 나랏일을 도운 대가로, 내게 한강의 큰 나루 넷을 독점할 권리를 주었다. 영원히 굴러갈 거대한 수레바퀴가 완성되는 순간이었다.

취몽의 술도가를 예전 모습대로 다시 짓도록 지시했다. 그리고 종종 이곳에 숨어 술을 빚으며 홍랑과 함께 마셨다. 그것이 세상을 잠시 잊는 유일한 방편이었다.

왜 내게 아직 술 빚는 법을 가르쳐 주지 않는 거지?

당신은 마시고 취하기만 해요.

약속했잖아?

아직은 때가 아니에요.

술 빚는 법을 배우는 것도 때가 있단 말인가?

그럼요.

못 믿겠군.

탈을 벗을 때가 있듯, 검을 놓을 때가 있듯.

왜 지금은 아니란 게지?

아직은 잊기 위해 마실 때니까요. 빚는 법을 배우면 술을 마실 때마다 무엇인가를 기억하려 들 거예요. 기억은 내가 할게요. 당신은 마시고 취하고 잊으세요.

다 잊을까 두려운데.

그 두려움마저 사라지면, 그때 술 빚는 법을 가르쳐 드리죠.

이승에선 배우기 힘들겠군.

어쩌면.

사람들은 선인과 악인이 싸우는 이야기를 좋아한다. 악인이 선인을 이기면 무릎을 치며 안타까워하고 선인이 악인을 이기면 박수를 치며 좋아한다. 그러나 현실에서 선인과 악인이 싸우는 경우는 천에 한둘뿐이다. 대부분은 악인과 악인이 싸운다. 이긴 악인은 덜 나쁜 놈이 되고 진 악인은 더 나쁜 놈이 된다. 차악과 극악의 대결을 선인과 악인의 대결로 간주하여 인기를 끄는 소설도 있지만, 그딴 헛소리를 정말 믿는 바보는 없다. 싸움꾼들을 무엇이라고 부르든지 결론은 마찬가지다. 이기는 쪽은 악이다. 악만이 이긴다.

왕이 성군이 되고, 최만치가 명재상이 되며, 나용주가 이 나라 제일의 거상이 되는 것은 시간문제였다. 왕도 선하고 최만치도 선하고 나용주도 선하니, 태평성대가 참으로 오랫동안 이어질 것이란 칭송이 쏟아졌다. 마포 나루에 모인 갑남을녀의 그림자를 내려다보며 생각했다. 선인이 모여 태평성대를 만드는 것이 아니라, 태평성대를 만든 자들을 선인이라 일컫는 것뿐이라고.

검을 잡기 전엔 무엇을 하셨는지요? 이 질문을 던졌던 일패 기생이 황급히 머리를 조아렸다. 내가 마포 강변으로 초청한 두 벗이 누구인지 이제야 알아차린 것이다. '홍청'은 그사이 더욱 번창하여 전국 열 군데에 분점을 냈다. 내가 밑도 끝도 없는 이야기를 늘어놓은 이 주점도 그중 하나다. 벗들이 내게 청했다.

탈춤을 한판 놀아 주겠나?

부탁하이.

나는 술잔을 비우고 일어나서 춤을 추기 시작했다. 탈 없이 처음 추는 탈춤이었다. 두 벗도 술잔을 비운 뒤 춤판에 끼어들었다. 어떤 이야기의 마지막이기도 했고 또 어떤 우정의 시작 혹은 악행을 저지르고도 결코 벌을 받지 않는 범죄의 기원이기도 했다.

## 작가의 말 1

이야기 한 편을 만들었다. 이번에는 혼자가 아니라 친구인 이원태 감독과 함께.

첫 구상은 최근 각광 받는 역사 소설이나 역사 영화에 담긴 영웅담 — 메시아주의 — 에 대한 반성에서 비롯되었다. 이들 이야기에선 민중의 고난을 해결하고 사필귀정을 만드는 영웅이 등장하지만, 이야기 밖 현실엔 그처럼 정의롭고 힘센 이가 없다. 대리 만족과 군중심리에 기댄 위안의 이야기를 부수고 싶었다. 시대의 난제를 개인의 결단이나 탁월함으로 해결하지 말고, 파멸의 과정이 담긴 이야기 한 편을 만들기로 한 것이다.

반년쯤 지나자 얼개는 얼추 짜였다. 그러나 부족했다. 매일 원고를 꺼내 읽고 고쳤지만, 고쳐도 나아지지 않았다. 거대한 늪으로 빠져드는 기분이었다.

지난봄을 겪으며 부족함의 이유를 깨달았다. 소설가들이 흔히 그렇듯이, 내겐 소설 주인공들에 대한 애정이 남아 있었다. 저이도 인간이니 저럴 수밖에 없었으리라. 그들이 변명하며 빠져나갈 틈을 만들어 줬기 때문에 『조선 누아르, 범죄의 기원』이 헐거웠던 것이다. 사람이 벌레가 되고 짐승이 되는 이야기나 그림은 비유가 아니다. 사실이었다. 새로운 질문이 찾아들었다. 인간은 무엇 때문에 짐승이 되는가.

다시 원고에 매달렸다. 주인공들과 함께 인간에서 짐승으로 추락하고 나니, 가을이었다. 아침마다 확인하던 사망자 숫자는 단식에 돌입한 이들의 숫자로 바뀌었다. 그리고 완성된 원고 앞에서 단 한 번도 느끼지 못한 감정이 밀려들었다. 국가 권력을 장악한 이 소설의 인물들을 죽이고 싶어졌다. 주인공과의 이별을 따듯하게 아쉬워하던 다른 작품들과는 완전히 다른 기분이었다. 내가 쓰고 만든 살의(殺意)를 쳐다보는 시간이 늘었다. 낯설고 아팠다.

인간의 고통 앞에서 중립을 지킬 수는 없다고 했던가. 신음하는 이들에게 곁을 내주며 계속 이야기를 만들어 가겠다. 독자들도 함께했으면 싶다.

2014년 11월

김탁환

## 작가의 말 2

이 이야기는 어떤 역겨움에서 시작됐다. 속에서 욕지기가 올라올 때마다 자전거를 끌고 한강으로 나갔다. 하얀 눈이 덮인 한강변을, 벚꽃 찬란한 안양천 길을 달렸다. 내 안으로 들어왔다 다시 나가는 바람에 몸을 씻기듯 맡겼다. 행주대교 아래에 서서 흐르는 물을 하염없이 바라보았다. 공간이 바뀌고 시간이 달라져도 역겨움은 지워지지 않았다. 더러운 세상에서 비롯되었다고 여긴 역겨움은 내가 지닌 부끄러움의 다른 얼굴이었다. 권력의 이면에 도사린 추한 욕망들 앞에서 나는 오랫동안 무기력했다. 이 모든 타락과 부정과 탐욕은 어디서부터 왔는가, 왜 우리는 이것들을 바로잡지 못하는가. 『조선 누아르, 범죄의 기원』은 이 질문에 대한 나의 탐구이다.

"악의 바닥에 사는 검계에게 정의란 없었다. 수단 방법 가리지 않고 내 손에 들어오면 내 것인 것이다. 불법으로 불법을 이기고 그 불법을 다른 불법으로 막는 것. 그것만이 검계의 삶이다."

과연 이것이 검계의 세계에서만 통용되는 말일까.

이 글을 쓰는 동안 용서란 단어가 뇌리를 떠나지 않았다. 세상에 용서받지 못할 일은 없다고 흔히 말한다. 그렇지 않다. 세상엔 용서받지 못할 일도 있고 용서해선 안 될 일도 있다. 기억에 대해서도 또한 생각했다. 세월이 지나면 잊히는 것이 사람의 일이라고 말한다. 그렇지 않다. 세상엔 잊혀선 안 될 일도 있고 반드시 남겨야 할 일도 있다. 쉬운 용서는 무책임이고 잦은 망각은 회피다.

이 이야기를 붙잡고 꽤 많은 시간이 흘렀다. 호기롭게 시작한 이야기는 어느 순간 절망에 빠졌다. 등장인물들이 활개를 칠수록 두려웠다. 이야기 속 세상이 이야기 밖 현실과 다르지 않음을 느꼈기 때문이다. 이 거대한 악순환을 어찌해야 할 것인가.

세월은 빠르고 손은 더디니 부지런히 원탁의 이야기를 세상에 내놓을 일이다. 겨울이 오면 평일 하루 날을 잡아 김탁환 작가와 둘이서 눈 내리는 헤이리로 가리라. 『조선 누아르, 범죄의 기원』을 함께 만들며 고통스러우면서도 신났던 그 마음으로 다시 새 이야기를 꿈꾸리라. 카메라타의 음악이 그리운 날이다.

2014년 11월

이원태

no 01
mo\vel 무블
vie

# 조선 누아르, 범죄의 기원

1판 1쇄 펴냄 2014년 12월 1일
2판 1쇄 펴냄 2016년 5월 27일
2판 2쇄 펴냄 2019년 4월 24일

지은이 이원태·김탁환
발행인 박근섭·박상준
펴낸곳 (주)민음사

출판등록 1966. 5. 19. 제16-490호
주소 서울특별시 강남구 도산대로1길 62(신사동)
강남출판문화센터 5층 (우편번호 06027)
대표전화 02-515-2000 | 팩시밀리 02-515-2007
홈페이지 www.minumsa.com



ISBN 978-89-374-4161-5 (04810)
978-89-374-4160-8 (세트)